O diário de Lena

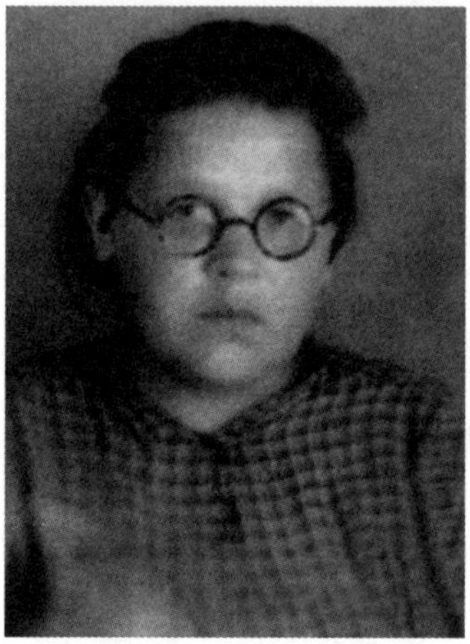

Lena Mukhina, estudante.

Lena Mukhina

O diário de Lena

A história real de uma adolescente durante a Segunda Guerra

Tradução
Jorge Bastos

GLOBO LIVROS

Texto fixado conforme as regras do Acordo Ortográfico da Língua Portuguesa (Decreto Legislativo nº 54, de 1995).

Título original: *Le Journal de Léna: Leningrad, 1941-1942*

Editor responsável: Estevão Azevedo
Editor assistente: Juliana de Araujo Rodrigues
Preparação: Juliana Campoi
Revisão: Tomoe Moroizumi e Huendel Viana
Diagramação: Jussara Fino
Capa: Delfin [Studio Delrey]
Imagens da capa e das páginas 2, 6 e 252: Collection of the author all rights reserved
Imagens da quarta capa e da página 22: © AFP Photo/Azbuta

CIP-BRASIL. CATALOGAÇÃO NA PUBLICAÇÃO
SINDICATO NACIONAL DOS EDITORES DE LIVROS, RJ

M912d
Mukhina, Lena, 1924-1991
O diário de Lena : a história real de uma adolescente durante a Segunda Guerra / Lena Mukhina ; tradução Jorge Bastos. - 1. ed. - São Paulo : Globo Livros, 2015.
266 p. : il. ; 23 cm.

Tradução de: Le Journal de Léna: Leningrad, 1941 - 1942
ISBN 978-85-250-5851-5

1. Mukhina, Lena, 1924-1991. 2. Guerra Mundial, 1939-1945. I. Bastos, Jorge. II. Título.

14-16799 CDD: 927.8164
CDU: 929:78.067.26

1ª edição, 2015

Direitos de edição em língua portuguesa para o Brasil adquiridos por
Editora Globo S.A.
Av. Jaguaré, 1485
São Paulo-SP – 05346-902
www.globolivros.com.br

Sumário

Prefácio de Nicolas Werth 7
Diário de Lena 21
Posfácio — Em busca de Lena 253
Cronologia dos acontecimentos do cerco de Leningrado 259

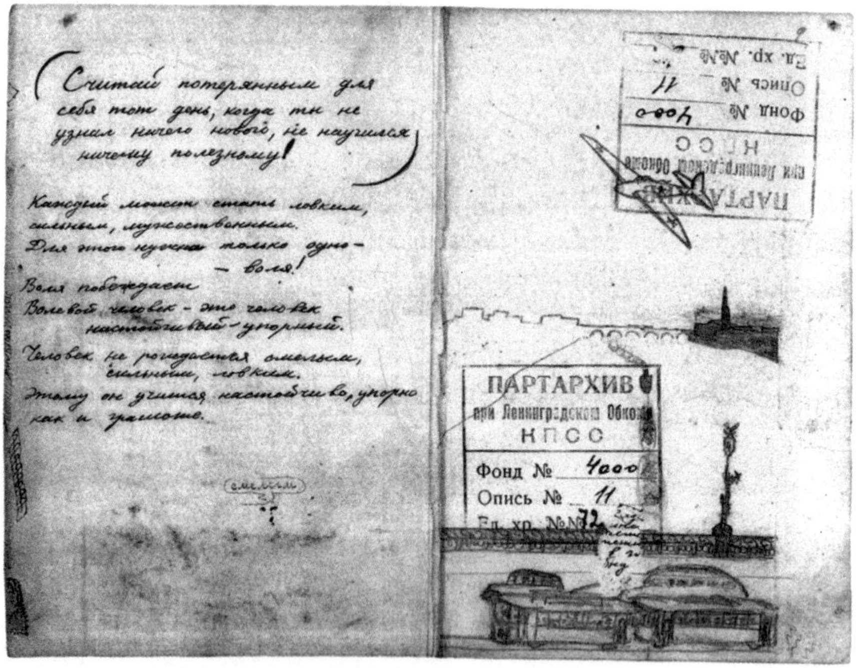

Primeiras páginas do diário de Lena.

Prefácio

Este devia ser apenas o diário íntimo de uma colegial de Leningrado, meio introvertida e solitária. Um diário como *O herói do nosso tempo*, do grande poeta russo Mikhail Lermontov, em que ela tomaria nota de "tudo, de absolutamente tudo, como fazia Petchorine". Isso até que a História, com a invasão da URSS pela Alemanha nazista na madrugada de 22 de junho de 1941, viesse dar um tom particular — que rapidamente se tornou dramático — ao *Diário* de Lena Mukhina. Presa na emboscada, como mais de 2 milhões de habitantes de Leningrado, ela atravessou o mais longo cerco — 872 dias e noites — por que já passou uma cidade moderna, durante o qual mais de 700 mil civis — um em cada três moradores da cidade — morreram de fome e exaustão.

Para tentar compreender a experiência extrema, fora do comum, que levou aos limites das possibilidades humanas toda uma população faminta, isolada do mundo e sacrificada, o leitor dispunha até o momento de pouquíssimos testemunhos, sendo o mais conhecido o *Diário do cerco de Leningrado*, de Lidia Ginzburg (1902-1990), célebre especialista em Púchkin, amiga de Anna Akhmatova e de Ossip Mandelstam.[1] No entanto, tudo diferencia esse *Diário*, escrito essencialmente *a posteriori* e por uma grande personalidade

1 Lidia Ginzburg, *Journal du siège de Leningrad*, Paris, Christian Bourgeois éditeur, 1998.

intelectual — colocando em cena um personagem não identificado, denominado convencionalmente N, figura simbólica do sitiado —, do caderno de notas diariamente atualizado por Lena Mukhina, uma simples estudante de dezesseis anos, surpreendentemente madura, sensível e observadora!

O *Diário de Lena*, descoberto há não muito tempo nos arquivos de Leningrado, onde foi registrado no início dos anos 1960 em um fundo que reuniu centenas de diários e anotações pessoais escritos durante o cerco,[2] é um testemunho ao mesmo tempo comovente e extraordinariamente preciso da tragédia que viveu a população da cidade sitiada, sobretudo durante o período mais duro, o terrível inverno de 1941-1942. Iniciado em 22 de maio de 1941, exatamente um mês antes da invasão nazista, o *Diário* é brutalmente interrompido um ano depois, em 25 de maio de 1942. As pesquisas feitas pelo historiador Sergei Yarov, que descobriu o manuscrito, demonstraram que Lena Mukhina não morreu durante o cerco, mas foi evacuada da cidade sitiada poucos dias depois da interrupção de seu diário, no início de junho de 1942.

O que sabemos de Lena Mukhina? Pouquíssimo, na verdade. Nascida na cidade de Ufa em 21 de novembro de 1924, Lena viveu por algum tempo em Leningrado, nos anos 1930, com a mãe, Maria Nikolaievna. Ao ficar doente, sua mãe confiou-a à irmã, Elena Nikolaievna (o que explica o fato de, no *Diário*, Lena chamar a tia de "mamãe Lena" — para diferenciá-la da mãe, morta no início da guerra, em julho de 1941). Depois da morte da velha Aka (provavelmente a "babá" de mamãe Lena), de fome e exaustão, em 1º de janeiro de 1942, e depois da morte de mamãe Lena, em 7 de fevereiro de 1942, a menina se viu completamente só na cidade sitiada. Restava apenas uma parenta longínqua, Jenia, meia-irmã da tia, que morava na cidade de Górki (antiga Nijni-Novgorod), às margens do Volga. Para essa cidade é que Lena foi finalmente evacuada, durante a grande operação realizada a partir de fins de

2 Uma boa seleção de trechos desses diários foi publicada (em russo) em 1984: *Blokadnaia kniga* (O livro do Bloqueio), organizada por A. Adamovitch e D. Granin. Citemos igualmente dois notáveis diários pessoais, traduzidos em inglês: Elena Skriabina, *A Leningrad Diary: Survival during World War II* (Edison, NJ, Transaction Publishers, 2000); Elena Kochina, *Blockade Diary* (Ann Arbor, MI, Ardis, 1990).

maio de 1942, em embarcações através do lago Ladoga, principal — e sempre frágil — "brecha" no cerco de Leningrado.

Em Górki, recebida por Jenia Jurkova, Lena Mukhina concluiu o ensino médio e mais tarde, terminada a guerra, voltou a Leningrado. Deu início então aos estudos de nível superior no Instituto de Artes Aplicadas, seguindo uma formação de mosaicista. Sem encontrar trabalho em Leningrado no final do curso, foi preciso partir para o interior, primeiro para Rybinsk, cidadezinha no nordeste da Rússia, e depois para Kemerovo, na Sibéria, onde desenhou cartazes de propaganda para o canteiro de obras de uma grande central térmica. Depois da morte de Stálin, ela conseguiu — grande privilégio! — um trabalho em Moscou, como ilustradora numa indústria mecânica. No final dos anos 1960, com a saúde debilitada, passou a trabalhar em casa como desenhista, criando desenhos para os tecidos de uma empresa têxtil. Lena Mukhina morreu em Moscou em 1991, aos 67 anos, após uma vida anônima de "soviética média".

Antes de voltarmos ao que *O diário de Lena* acrescenta ao nosso conhecimento do cerco de Leningrado, relembremos seu contexto histórico. Em quais circunstâncias a cidade caiu na emboscada, no final do verão de 1941? O que sabemos hoje da terrível fome que dizimou os leningradenses?

De acordo com o plano Barbarossa, estabelecido pelo Estado-Maior da Wehrmacht, quatro grupamentos militares deviam efetuar o Blitzkrieg contra a URSS e forçar o Exército Vermelho a capitular antes do inverno de 1941. O grupo da Finlândia, sob as ordens do general Von Dietl e do marechal finlandês Mannerheim, tinha como objetivos a cidade de Murmansk e o controle do litoral do mar Branco. O grupo Norte, comandado pelo general Von Leeb, estava encarregado de avançar contra Leningrado. O grupo Centro, o mais importante, sob o comando do general Von Bock, devia marchar na direção de Moscou. E o grupo Sul, dirigido pelo general Von Rundstedt, tinha como missão ocupar a Ucrânia.

Como em todos os lugares, o avanço alemão contra Leningrado foi fulgurante. Em duas semanas, as forças soviéticas do "Eixo norte-oeste", comandadas pelo marechal Vorochilov, membro do Politburo e um dos mais próximos colaboradores de Stálin, são postas em debandada nas repúblicas bálticas. Em 8 de julho, os alemães ocupam Pskov, a duzentos quilômetros de Leningrado, enquanto os finlandeses avançavam, é verdade que mais lentamente, pelo noroeste, rumo a Petrozavodsk, no lago Onega.

Na tentativa de retardar o avanço alemão na direção de Leningrado, as autoridades organizam um verdadeiro levante em massa de civis. Diga-se que, mais do que em qualquer outra cidade soviética, dezenas de milhares de cidadãos, homens (não mobilizáveis), mulheres e adolescentes, se alistaram como voluntários, logo nos primeiros dias de guerra, para participar da defesa da cidade. Uma parte é encaminhada a batalhões complementares, formados às pressas e imediatamente enviados à frente de batalha, onde são dizimados logo nos primeiros choques com as unidades alemãs. Mas a maioria dos voluntários é direcionada para a abertura de trincheiras e fossas antitanques, para a instalação de barreiras de arame farpado e construção de fortificações e casamatas. No início do mês de agosto, mais de meio milhão de leningradenses se concentra na urgente edificação de três linhas de defesa, sendo duas delas nos limites imediatos da cidade.

Quando as tropas alemãs lançam sua "ofensiva final" contra Leningrado, em 10 de agosto, a situação logo se torna catastrófica e a cidade em poucas semanas está sitiada. A sudoeste, no rio Luga, a primeira linha de defesa é rapidamente superada; e, em 21 de agosto, quando os alemães tomam a cidade de Tchudovo, interrompe-se a estrada de ferro que ligava Moscou a Leningrado. Uma semana depois o invasor conquista Mga, cortando, assim, a comunicação ferroviária entre Leningrado e o restante do país. No sul, a situação não é menos desesperadora para os soviéticos, que conseguem, apesar de tudo, manter uma cabeça de ponte em Oranienbaum, enquanto os alemães alcançam o Golfo da Finlândia. Simultaneamente, mais a leste, as tropas alemãs chegam à margem meridional do lago Ladoga e se apoderam de Chlisselburgo.

No final do mês de agosto de 1941, é então de esperar que os alemães tomem de assalto a cidade de forma relativamente rápida. É nesse contexto de extremo perigo que o primeiro-secretário do partido comunista de Leningrado, Jdanov, o marechal Vorochilov e o presidente do soviete do local, Popkov, lançam o famoso "Apelo ao povo de Leningrado". Esse apelo para a defesa da cidade pelo próprio povo faz com que os leningradenses, privados — como, aliás, o restante da população soviética — de todo tipo de informação sobre a derrocada do Exército Vermelho, tomem consciência da gravidade da situação.

Já é tarde demais para abandonar a cidade, submetida desde o dia 4 de setembro a ataques da aviação alemã. Os bombardeios dos dias 8, 9 e 10 de setembro — descritos com precisão no *Diário de Lena* — são particularmente violentos e provocam inúmeros incêndios, sobretudo em depósitos de combustível e de abastecimento situados perto do porto. Nessa situação crítica, as autoridades avaliam o momento de abandonar toda a parte da cidade na margem sul do Neva e concentrar a resistência nos bairros do norte. Em 13 de setembro, Merkulov, o número 2 do NKVD,[3] chega de Moscou especificamente como portador de uma mensagem ultrassecreta do Comitê de Defesa do Estado, com instruções para que as autoridades de Leningrado destruam pontes, fábricas e edifícios públicos considerados estratégicos, caso o inimigo atravesse a última linha de defesa nos subúrbios ao sul da cidade. Dois dias antes, o general Jukov foi nomeado para o comando da frente de Leningrado. Substituindo um Vorochilov desnorteado, ele consegue, *in extremis*, estabilizar o front a poucos quilômetros da parte sul da cidade. Ela, no entanto, continua totalmente isolada do restante do país, à exceção de comunicações bem precárias pelo lago Ladoga.

Tudo indica que, nesse momento, Hitler e o Alto Comando alemão já tenham decidido não tentar tomar de uma vez a cidade, preferindo deixá-la à míngua. A diretriz do Alto Comando, datada de 29 de setembro de 1941, é explícita: "Propomos um cerco radical da cidade, destruindo-a com tiros de artilharia de todo calibre e bombardeios aéreos. Se, pela situação criada, houver pedidos de rendição da cidade, eles devem ser rejeitados, pois não nos cabe solucionar questões de sobrevivência da população e sua alimentação. No que nos concerne, nesta guerra, não temos nenhum interesse em manter sequer uma parte da população". Leningrado, o berço do bolchevismo, devia simplesmente ser riscada da face da Terra, e seus habitantes, morrer de fome.[4]

3 Comissariado do Povo para Assuntos Internos, aparato policial substituído posteriormente pela KGB. (N. T.)

4 Sobre as estratégias genocidas nazistas com relação à Leningrado, ver as recentes obras de David Glantz, *The Battle for Leningrad, 1941-1944* (Lawrence, University of Kansas Press, 2002), e de Jörg Ganzenmüller, *Das belagerte Leningrad, 1941-1944. Die Stadt in den Strategien von Angreifern und Verteidigern* (Paderborn, Ferdinand Schöningh, 2005).

No início de setembro, com a cidade cercada e todas as ligações ferroviárias cortadas, a situação do abastecimento de Leningrado se torna catastrófica. A rapidez do avanço alemão tomou de surpresa as autoridades, que só puseram em funcionamento um sistema de cartões de racionamento em 18 de julho, no 27º dia da guerra.

O estoque de víveres de que dispõe a cidade mal corresponde a 35 dias no referente ao trigo e à farinha de trigo, a trinta dias para a carne e a 45 dias para óleos e gorduras. Tentando fazer durar essas escassas reservas, as rações diárias são reduzidas em três ocasiões, entre 2 de setembro e 13 de novembro de 1941. Para aqueles que se incluem na "primeira categoria" (operários, técnicos e engenheiros), a ração diária de pão, por exemplo, passa de seiscentos a trezentos gramas. Para os funcionários e outros trabalhadores não braçais (segunda categoria), de quatrocentos a 150 gramas; para os "adultos inativos" (terceira categoria) e as crianças de menos de doze anos, de trezentos a 150 gramas. Tais rações, entretanto, por mais reduzidas que fossem, não fazem durar muito tempo o estoque.

Tentando mitigar a pressão, as autoridades organizam — bem tardiamente, após o fiasco de uma primeira evacuação de crianças, enviadas em julho à área sudoeste de Leningrado, logo em seguida ocupada pelos alemães — a evacuação de certo número de cidadãos "prioritários": operários de alta qualificação de certas indústrias estratégicas de armas, elites científicas e intelectuais, familiares de membros da *nomenklatura*.[5] Durante o outono de 1941, de 70 mil a 80 mil pessoas são evacuadas (ou seja, de 3,5% a 4% dos leningradenses presos no bloqueio) —, metade por avião e metade por barco, através do lago Ladoga.

A "Estrada da Vida" que o lago Ladoga se torna é igualmente utilizada para encaminhar alguns escassos recursos à cidade sitiada. Mas é uma linha de comunicação permanentemente ameaçada pela aviação alemã, cujas bases mais próximas estão a cerca de quarenta quilômetros ao sul do lago. De qualquer maneira, a quantidade de víveres encaminhada por essa via é ridiculamente insuficiente se comparada às necessidades da população: em dois

5 A casta dirigente soviética. (N. T.)

meses, a cidade sitiada recebe apenas 24 mil toneladas de farinha de trigo e cereais, além de 1.100 toneladas de carne e laticínios, ou seja, o equivalente a cerca de quinze dias de rações mínimas. A chegada precoce do inverno interrompe a navegação no lago a partir do início do mês de novembro. O único meio de comunicação com o exterior fica sendo então a via aérea, mas o abastecimento por esse canal se mostra pouco eficiente, diminuindo ainda mais a quantidade de recursos que chega à cidade.

A partir de 22 de novembro, no entanto, volta a ser possível transpor o lago, graças a uma espessa camada de água congelada. A grande dificuldade na utilização dessa "estrada de gelo" consiste em trazer, em caminhões e por estradas execráveis, os recursos da estrada de ferro Vologda-Leningrado — que passa a cerca de vinte quilômetros ao sul do lago, até as suas margens. A partir daí, através do lago congelado e coberto de neve, até Osinovets, de onde uma via férrea alcança Leningrado. Em 9 de novembro, porém, os alemães se apoderam de Tikhvin, cortando a linha Vologda-Leningrado. Por um mês, até que as tropas soviéticas retomem Tikhvin, a "Estrada da Vida" está interrompida.

Em 20 de novembro as normas de racionamento são, pela quinta vez, alteradas, com nova redução: 250 gramas de pão para os da "primeira categoria", 125 gramas para todos os demais. Já os tíquetes de racionamento (algumas dezenas de gramas diárias de carne, laticínios, gorduras e açúcar) apenas esporadicamente podem ser respeitados, e isso após uma espera de várias horas em filas que começam à noite, em frente a lojas vazias. A partir da segunda quinzena de novembro, a mortalidade por "distrofia alimentar" — eufemismo empregado pelo governo para se referir à morte por fome — dispara. Registram-se 54 mil casos em dezembro de 1941 (treze vezes mais do que em um mês de inverno comum), 127 mil em janeiro de 1942, 123 mil em fevereiro, 98 mil em março, 66 mil em abril...

À tortura da fome se soma a do frio, o inverno daquele ano foi particularmente rigoroso, com temperaturas inferiores a 20°C negativos por várias semanas consecutivas, em dezembro e janeiro. O único combustível disponível é a madeira que equipes de lenhadores, mobilizadas pelas autoridades da cidade, são encarregadas de conseguir nos parques municipais. Parcimoniosamente repassado aos habitantes pelos comitês de moradia, o estoque de lenha rapidamente se esgota.

Já a distribuição de eletricidade e gás é cortada para uso particular desde a metade de novembro. A cidade fica mergulhada no escuro. Somente alguns prédios oficiais, como os locais da Defesa Civil e certo número de repartições públicas, mantêm iluminação por algumas horas do dia. No início de dezembro, a chegada do frio mais intenso gera, nos edifícios que deixaram de contar com o aquecimento, o estouro dos encanamentos congelados, privando os moradores de água potável. Como mostram as fotografias impressionantes de Mikhail Trakhman, os moradores do centro da cidade são obrigados a abrir buracos no gelo, em canais do Neva, para conseguir alguma água, mesmo que poluída. Por falta de energia, os bondes — principal meio de transporte público — param de funcionar, o que obriga os habitantes a andarem quilômetros a pé para ir ao trabalho, onde distribui-se nos refeitórios o básico da parca alimentação ainda disponível. O mesmo com relação aos raros pontos de distribuição de pão, onde filas intermináveis se formam desde as quatro horas da manhã. Com a penúria de combustível praticamente paralisando o tráfego de veículos a motor, o trenó, puxado pelos que ainda se mantêm de pé, se torna o principal meio de locomoção dos mais enfraquecidos. De trenó são levados os distróficos ao hospital e os mortos ao necrotério.

Para tentar sair dessa situação desesperadora, apenas três alternativas se apresentam: forçar o cerco com uma contraofensiva militar, evacuar o máximo de cidadãos, abastecer melhor a cidade com alimentos e matérias-primas.

A primeira alternativa fracassa em meados de dezembro de 1941, por falta de recursos militares suficientes: naquele momento, a prioridade do Alto Comando do Exército Vermelho é a de afastar ao máximo os alemães de Moscou.

A segunda demora muito a ser posta em funcionamento: depois de uma tentativa caótica no início de dezembro — as autoridades parecem estar convencidas de que o cerco será desfeito por uma contraofensiva do Exército Vermelho —, a evacuação de crianças, aposentados, "inativos" e mães de família não empregadas na produção finalmente se organiza, já na segunda metade do mês de janeiro de 1942. Entre 22 de janeiro e 10 de abril, mais de 450 mil moradores de Leningrado são evacuados em comboios de caminhões pela "Estrada da Vida", no lago Ladoga congelado. As baixas não são desprezíveis: a aviação alemã bombardeia os comboios, causando inúmeras vítimas. Já os sobreviventes, muitos estão tão debilitados que morrem pouco depois de chegar a Vologda, um dos grandes centros de acolhimento dos refugiados de Leningrado.

Uma segunda "onda de evacuação" — dessa vez por barco — tem início no meio de maio de 1942, após algumas semanas de interrupção, devido ao derretimento do gelo do lago Ladoga. No decorrer do verão de 1942 mais de meio milhão de pessoas, principalmente mulheres, crianças e idosos ou inválidos, são evacuadas, aliviando assim a pressão sobre o restante dos sitiados. Em setembro de 1942 restam na cidade apenas 700 mil pessoas, ou seja, três vezes menos habitantes do que no início do bloqueio, um ano antes. O objetivo do Comitê de evacuação — "tornar Leningrado uma cidade de frente de batalha, contando com o mínimo indispensável de população produtiva e economicamente independente" — é alcançado.

O terceiro imperativo para enfrentar o sítio e salvar os civis é o de abastecer Leningrado com alimentação e matérias-primas. Depois da reconquista de Tikhvin pelo Exército Vermelho, em 9 de dezembro de 1941, várias semanas foram necessárias para recuperar a estrada de ferro danificada pelos alemães e para permitir que os comboios ferroviários se aproximem da cidade sitiada, até Voibokalo, de onde, por uma estrada péssima e atravessando o lago congelado, os caminhões vão poder transportar cargas até Leningrado. Por mais precária e perigosa, a "Estrada da Vida" permite um abastecimento mínimo para a população civil. Em 24 de dezembro de 1941, após cinco diminuições sucessivas das rações desde setembro, as autoridades concedem um primeiro aumento: os cidadãos de "primeira categoria" veem sua cota diária passar de 250 para 350 gramas, e os das demais categorias, de 125 para duzentos gramas. Um mês depois, as rações novamente aumentam, passando para quatrocentos e 250 gramas, respectivamente. Insuficientes para eliminar o progressivo enfraquecimento dos organismos, esses cinquenta gramas diários extra têm sobretudo um efeito na moral dos sitiados.

No entanto, com isso o índice de mortalidade, a partir de maio de 1942, cai rapidamente (43 mil mortes registradas em maio, 25 mil em junho, 15 mil em julho), à medida que as cotas de alimentação dos sobreviventes aumentam. O inverno de 1942-1943 é bem menos fatal que o anterior. Em janeiro de 1943 o cerco de Leningrado é parcialmente rompido, e um corredor de dez quilômetros é aberto na ponta alemã, ao sul do lago Ladoga. Uma ligação ferroviária com a "Grande Terra" é restabelecida, e os trens voltam a circular entre Moscou e Leningrado, apesar dos permanentes bombardeios alemães, que fazem dessa via, nas proximidades de Leningrado, um verdadeiro "corredor da morte". Somente com a ofensiva vitoriosa do Exército Vermelho, em janeiro de 1944, o cerco da cidade, sob cargas de artilharia e bombardeios desde setembro de 1941, finalmente termina.

É então o período mais sombrio do cerco de Leningrado — do outono de 1941 à primavera de 1942 — que *O diário de Lena* nos descreve, através do dia a dia de uma jovem colegial. Antes de tudo, desde o mês de setembro de 1941, há o choque — visual e auditivo — dos primeiros bombardeios e fogo cerrado de artilharia ("uma erupção vulcânica"), a visão aterradora dos primeiros edifícios em ruína, a progressiva adaptação ao "ritual" de descer para os abrigos. Experiência, é bem verdade, amplamente compartilhada por uma infinidade de cidadãos da Europa em guerra, de Varsóvia a Londres.

Um pouco mais tarde, em outubro, alistada no programa de "mobilização coletiva do trabalho" como auxiliar de enfermagem em um hospital militar, Lena descobre pela primeira vez a face da morte — a morte de jovens pouco mais velhos que ela.

Como para os demais habitantes de Leningrado presos na armadilha da cidade sitiada, a partir de novembro a busca diária por alimentos mobiliza toda a energia e os pensamentos de Lena. O sistema de racionamento é extremamente complexo, com os tíquetes diferenciados (em função da categoria em que cada habitante foi classificado) para um certo número de produtos básicos (pão, óleos e gorduras, açúcar), distribuídos a cada dez dias e que estão longe de garantir o pleno o abastecimento. A situação varia constantemente: dia a dia, de loja em loja, de bairro em bairro. Um dia, pode-se levar para casa uma minúscula barra de chocolate inglês; no dia seguinte, receber um pequeno pote de marmelada no lugar do açúcar; porém, o mais comum, após longas caminhadas e intermináveis horas em filas de espera, é que se consiga, com muita luta, um mísero naco de pão. A salvação vem em geral de refeitórios de empresas ou escolas, onde é possível, com um sistema de descontos complicadíssimo, trocar tíquetes de racionamento por um prato de sopa ou de cereal cozido ou, cada vez mais raramente, por uma almôndega de carne de cavalo. Com o passar dos dias, sucedâneos — bolachas compostas de bagaço de oleaginosas, normalmente destinadas à alimentação do gado, cola de madeira transformada em massa gelatinosa, carne de gato — substituem os produtos alimentícios.

Nos apartamentos gélidos, sem aquecimento nem eletricidade, em que a temperatura não passa dos 5°C, a "refeição" à luz de uma vela se torna um ritual derrisório, que se tenta prolongar diante de um fogão de lenha que não chega a ficar morno, antes de se enfiar, de roupa e tudo, na cama, por volta das seis da tarde. "Vivemos como homens das cavernas", escreve Lena em 3 de janeiro de 1942, acrescentando — única passagem do *Diário* em que se vê alguma revolta contra o regime: "aqui passamos fome, morremos como insetos, e ontem, em Moscou, Stálin novamente deu um jantar no Kremlin em homenagem a Anthony Eden.[6] É simplesmente um escândalo: lá eles se empanturram como diabos, enquanto aqui nem sequer recebemos o pedaço de pão a que temos direito, como qualquer ser humano".

Com o corpo torturado pela fome, o espírito vacila, os sentimentos fraquejam, o ser humano se desumaniza. Um dia depois da morte de Aka, Lena anotou: "a morte de Aka, de quem gostávamos tanto, teve seu lado positivo. [...] Mamãe agora vai obter diariamente quatrocentos gramas de pão [...]. E como as coisas se encadeiam umas nas outras de maneira surpreendente! Se não tivéssemos matado e comido nosso gato, Aka teria morrido antes e não teríamos agora esse cartão a mais que, por sua vez, nos salvará. Sim, temos que agradecer ao nosso gatinho".[7]

Como escreve Lidia Ginzburg em seu *Diário do cerco de Leningrado*: "Entre pessoas próximas, na intimidade, era difícil distinguir o amor do ódio

6 Ministro do Exterior britânico em visita oficial a Moscou.
7 O fato de Aka ter morrido em 1º de janeiro fazia com que, teoricamente, quem tivesse seus cupons os pudesse utilizar.

— com relação àqueles dos quais não era possível se separar [...]. Desfiguradas pela compaixão ou pelo ódio, as pessoas compartilhavam o pão. Faziam a divisão se amaldiçoando e morriam".[8]

Em 11 de fevereiro de 1942, três dias após a morte de mamãe Lena, a jovem estudante anota: "Hoje aumentaram a ração de pão. Pela manhã, com a zeladora do edifício, transportei mamãe à rua Marat.[9] [...] Em seguida fui com a zeladora à padaria. Recebi seiscentos gramas de pão e dei a ela a metade. E depois fui ao colégio, onde consegui um prato de milho-painço e uma ração de mingau de painço na manteiga".

Comer é não deixar de viver. E viver é, também, apesar do frio, da fome e da ausência de transporte público, ainda ir ao teatro, ao cinema, onde passam filmes divertidos dos aliados britânicos e americanos. Pois, apesar do bloqueio, dos bombardeios e das imensas dificuldades do cotidiano, a vida continua na cidade sitiada. Para tentar sobreviver, há também o que a grande poeta de Leningrado, Olga Bergoltz, denominou "a estratégia da microvida": "O que nos mantém em vida são esses gestos da microvida: pegar um balde d'água no Gorokhovaia; depois contar cada degrau que se sobe, de pernas bambas, até chegar em casa; depois esquentar em lenha miúda uma panela de sopa rala; depois, enfim, chupar, demorando o máximo possível, seu naco de pão — é o que nos desvia e nos salva de nossos pensamentos, de nossos sentimentos e, para muitos de nós, simplesmente da loucura".[10]

E resta o ato de escrever. Escrever é dar seu testemunho, se proteger do desespero, afirmar sua humanidade, exercer a vontade mesmo em condições muito difíceis ("estou de pé e escrevo com os dedos congelados, traçando uma letra de cada vez"). É também, no caso de Lena, uma maneira de romper a dolorosa solidão: "Meu querido e precioso amigo, meu diário, tenho somente você, meu único conselheiro. É a quem confio todas as minhas tristezas,

8 Lidia Ginzburg, op. cit., p. 26.

9 Onde ficava o necrotério.

10 Maria Vassilievna Machkova, *V pamiat uchedchix I vo slavu jivuschix* (Em memória dos desaparecidos e à glória dos que estão vivos), São Petersburgo, Biblioteca Nacional da Rússia, 1995.

preocupações e dores. E só peço uma coisa: conserve minha triste história nas suas páginas e mais tarde, quando for necessário, conte minha história".

O diário de Lena nos permite igualmente entender o processo de dessocialização gerado pela fome, pela morte em massa, pelo contexto crítico de uma sobrevivência constantemente ameaçada. Os colegas desaparecem, as aulas são suspensas por longos períodos, os alunos só passam na escola na esperança de conseguir alguma coisa no refeitório. Com a volta de temperaturas mais amenas e na interminável espera da retirada para Górki, Lena passa os dias a perambular sozinha pela cidade, à procura de comida. Tudo se vende, tudo se troca. A principal moeda de referência: o grama de pão. Um relógio valioso "vale" 250 gramas; um tapete, duzentos; uma edição completa de livros de arte, seiscentos; nove tábuas de madeira para aquecimento, quatrocentos. A "cidade socialista modelo" se tornou um vasto bazar, onde cada um tenta salvar a própria pele. Os mais bem alimentados, os que gozam de recursos especiais reservados a essa ou aquela categoria de representantes políticos, mas também os intelectuais incluídos em alguma das inúmeras listas dos que têm privilégios concedidos pelo regime, não hesitam em ir à casa de pessoas que, como Lena, se preparam para deixar a cidade, com o intuito de comprar por um baixo preço móveis e roupas. Caem as máscaras. O cerco, a fome, a morte em massa, agem como formidáveis reveladores das relações sociais — sacudidas, dilaceradas, nuas e cruas.

Nem por isso a pressão da burocracia do regime afrouxa. O papel dos administradores de edifício, pontos de referência e de informação da polícia política, se mantém crucial na atribuição dos preciosos cupons de racionamento. Inspetoras em bandos continuam seu trabalho rotineiro de "verificação das condições sanitárias" dos apartamentos. Assim que chega a primavera, os agentes do Partido mobilizam os sobreviventes enfraquecidos para retirar a neve, quebrar as crostas de gelo e limpar as ruas das imundices acumuladas durante o inverno.

Tanto quanto a experiência radical vivida por uma jovem sitiada, submetida à fome, ao frio e à solidão após a morte dos seus entes mais próximos, são todas as facetas contraditórias da vida em Leningrado, durante o bloqueio, que o tocante relato de Lena Mukhina nos faz descobrir.

Tocante, mas não desesperado como o *Diário* de Tania Savitcheva, outra jovem de Leningrado, nascida em 1930, do qual um trecho célebre, familiar a todos os habitantes da cidade, é fixado na entrada do Museu de História de Leningrado: "Jenia morreu à meia-noite de 28 de dezembro. Vovó morreu em 25 de janeiro, às três horas da tarde. Leka morreu em 5 de março, às cinco horas da manhã. Tio Liocha morreu em 10 de maio, às quatro horas da tarde. Mamãe morreu em 15 de maio, à 7h30 da manhã. Os Savitchev morreram. Todo mundo morreu. Resta apenas Tania".

Evacuada poucas semanas depois de Lena Mukhina, Tania Savitcheva, já muito enfraquecida, morreu aos catorze anos de idade. Lena, no entanto, sobreviveu. Uma formidável vitalidade a animava, como comprovam inúmeras passagens luminosas do seu *Diário*. Um raio de sol primaveril, um broto que germina num vaso à beira da janela, um rosto conhecido avistado no miserável refeitório da escola — tudo que ecoa a vida prende a atenção da jovem. Pouco antes da interrupção do *Diário*, ela escreveu: "É bom viver na expectativa de alguma coisa. Nos últimos dias, foi essa expectativa que me manteve viva. Não, a espera de jeito nenhum me deixa ansiosa. Não tenho pressa. Sei que tudo vem a seu tempo [...]. Partirei de trem e atravessarei o lago Ladoga de barco. Aliás, nunca vi o lago Ladoga. Depois, novamente o trem, com baldeação em Vologda. E outro trem ainda até Górki. [...] No caminho, serei alimentada gratuitamente e receberei muito pão [...]. Depois uma nova vida começa".

Nicolas Werth

Diário de Lena

Classe de Lena Mukhina em 1941
(No alto, a terceira da esquerda para a direita).

[1941]

22 DE MAIO

Fui me deitar às 5h da manhã, tinha ficado estudando literatura russa. Hoje me levantei às 10h e até as 12h45 ainda continuei dando duro nessa terrível literatura. Às 12h45 fui para o colégio.

Na porta, vejo que meus colegas de sala — Emma, Tamara, Rosa e Micha Iliachev — estão ali e já fizeram a prova: eles parecem contentes. Eles nos desejam boa sorte. Cumprimentei Liússia Karpova e Vovka. O sino não tinha batido ainda e esperamos no hall. Do nosso grupo, todos os meninos da turma estão presentes, menos Vova Kliatchko. Perguntei a Vovka se tinha tido tempo de repassar tudo. Ele disse que não, e eu bem que queria conversar mais um pouco, mas ele foi se juntar aos amigos.

O sino tocou, subimos a escada e entramos na sala. O pessoal estava bem nervoso, mas eu me mantinha calma, pois tinha certeza de que iria mal: todas as biografias, assim como as datas, se embaralhavam na minha cabeça. Além disso, não tive tempo de rever certos pontos. Mas uma coisa posso dizer a meu favor: estava menos preocupada comigo do que com os outros.

Liússia e eu nos colocamos na penúltima fileira. À frente tínhamos Lenia e Yania. Vovka também estava sentado com eles. Eu estava mais interessada em Vovka do que na prova.[1] Não que me preocupasse, até preferia que não se saísse bem. Na verdade, tinha vontade de estar a seu lado, conversar, sentir seu olhar em mim, estar, de maneira geral, o mais perto possível dele. Se for mal no exame, ele ficará triste e desolado, e adoro vê-lo quando está assim. Nesse estado, tenho a impressão de que ele está mais perto de mim, tenho vontade de pôr a mão no seu ombro e consolá-lo, para que me olhe e sorria com carinho, agradecido. Naquele momento, estava tão perto que me bastaria estender um pouquinho a mão para encostar no cotovelo dele, apoiado na nossa carteira. Mas não, não posso fazer um gesto desse: ele é tão distante! As meninas sentadas atrás de mim poderiam perceber, e ele está com os amigos. Todos notariam, sei lá o que achariam, e seria o fim, o fim de tudo. O fim de quê? Nem eu mesma sei. Estou sentada, com os cotovelos na mesa e observo Vovka de maneira que ninguém note. Não, na verdade não o observo, eu o olho, só isso. É um grande prazer e uma grande satisfação olhar as suas costas, os cabelos, o nariz, a expressão do seu rosto. Vovka está sentado de lado, vendo Dimka fazer seu exame, e, de vez em quando, troca comentários com Yania ou Lenia. Se pelo menos uma vez se virasse na minha direção! Por que conversa com Yania e Lenia, por que trocam olhares e opiniões, enquanto comigo, faz como se eu nem existisse? Melhor desistir, não posso fazer nada! Vovka não é uma moça e eu não sou um rapaz. Além disso, será que sou uma exceção? Na verdade, ele também não troca olhares com as outras garotas. Fiquei sonhando por um minuto, com a cabeça escondida pelas mãos. Mas quando dei uma olhada na direção dele, achei que não, que não era possível. De que tenho medo, já que ele, meu querido Vovka, é exatamente o mesmo Vovka do outro dia, no teatro: a mesma roupa, o mesmo sorriso. Minha timidez desapareceu, como se a tivesse mandado embora com um simples gesto, porque é dele que eu mais gosto, disse para mim mesma, sem ficar nada incomodada de reconhecer isso. Puxei na minha direção o caderno de Liússia

1 Para avaliar com precisão o grau de conhecimento dos alunos, um decreto do Comitê Central do Partido Comunista, de 25 de agosto de 1932, havia instituído um sistema de exames de grau de conhecimento dos alunos (com exceção daqueles das primeiras séries). Um segundo decreto, de 3 de setembro de 1935, deu novas normas ao conjunto do programa, no final do ano letivo.

com o programa do curso de literatura e escrevi na capa: "Faço votos de que passe no exame com a menção 'muito bom'". Puxei o cotovelo dele e mostrei o que acabara de escrever. Ele imediatamente se virou e deve ter gostado, pois me desejou o mesmo, parecendo contente. Balbuciei algo incompreensível e balancei de qualquer jeito a cabeça, querendo dizer que tinha certeza de me sair mal.

Depois foi a minha vez. Sentei-me na segunda carteira, sem em momento algum me virar para os colegas, de forma que não via Vovka e não sei se estava torcendo por mim. Estava sentada com a sensação de ter atrás de mim apenas colegas que não haviam ainda sido chamados, como Vovka. Queria muito que ele estivesse pensando em mim naquele momento e que se preocupasse comigo. Talvez fosse o caso. Realmente não sei. Pouco depois, ele é que foi chamado e se sentou à minha frente.

Para mim caiu uma questão horrível, e eu não sabia nada, nem o primeiro nem o segundo ponto. Resolvi esperar uns minutos e pedir outra questão. Não havia outra solução. Vovka estava sentado, as costas encurvadas, certamente nervoso. Rasgou e amassou a página que acabava de escrever, fazendo uma bolinha. Desgrenhou os cabelos, perdido em pensamentos, e voltou a escrever. Duas ou três vezes se virou e, numa delas, nossos olhares se encontraram. Parecia exausto, procurando algo. Tudo bem? Ele balançou levemente a cabeça. E voltou a escrever...

Tirei outra questão e logo senti, depois de uma breve olhada, que nem tudo estava perdido.

1. Os temas da poesia lírica de Púchkin.
2. O sentimentalismo.
3. A composição de *O herói do nosso tempo*.[2]

Eu conhecia bem a segunda questão e a terceira também, mas, para a primeira, precisaria buscar na memória. De qualquer forma, já sabia que seria aprovada no exame de literatura. Vovka tinha acabado sua dissertação. Estava sentado bem na beira do banco e olhava muitas vezes para trás. Eu

2 Romance de Lermontov (1814-1841).

mesma nem olhava, fazia um esforço incrível para me lembrar dos poemas de Púchkin. Mas sentia que Vovka estava preocupado comigo. Provavelmente tinha notado que pedi uma segunda questão e reparado na minha expressão completamente desamparada.

Porém, o mais terrível é que, quando consigo o que quero e começam a me dar alguma atenção, faço todo esforço possível e imaginável para não mais provocar interesse, com medo de que os outros percebam. É muita idiotice, não é mesmo? Mas é assim! Vovka conseguiu a luz que esperava olhando diretamente para mim (quando conversa com alguém, sempre olha diretamente a pessoa, coisa que em geral sou incapaz de fazer), perguntando se eu sabia a resposta. Acenei que sim com a cabeça e ele se sentiu mais tranquilo.

Ele fez o exame depois de Grichka e falou com precisão, clareza e rapidez. Nem foi preciso terminar, não foram feitas perguntas, e o liberaram. Eu que fui chamada a responder. Vovka saiu da sala. Deixei logo de pensar nele e não sei se ele ficou olhando pela porta, curioso por minhas respostas. Como estava contente, provavelmente se esqueceu de mim. Foi encontrar os amigos. Não vai, é claro, passar a vida pensando em mim.

Pelo menos isso está resolvido. Duas provas a menos.

Passei a tarde de mãos abanando. Recuperei a serenidade. Mais três dias pela frente. Tenho tempo. É sempre assim comigo: basta decidir tirar algum descanso e tenho dificuldade em recuperar o controle. Assim foi como o dia se passou, sem que eu me desse conta. Ouvi *Baladas alemãs* no rádio, gosto muito de baladas. Quando acabou o programa, retomei meu Púchkin e li todas as suas baladas de uma vez: é afinal muito bom que não existam neste mundo almas impuras. Não fosse assim, não nos deixariam em paz.

Agora já são quase dez da noite. E prometi a mamãe[3] que me deitaria às nove. Ela pode voltar a qualquer momento e ver que não cumpri minha

3 "Mamãe", ou "mamãe Lena" (Elena Nikolaievna), é a tia materna de Lena. Sua verdadeira mãe, Maria Nikolaievna, morreria em 1º de julho de 1941, em consequência de uma séria doença que a tia só lhe revela em 29 de agosto de 1941 (ver no diário). Não se sabe por quê. Com exceção do dia em que é informada da sua morte, Lena nunca se refere a ela. Nada se sabe do seu pai, que nunca é mencionado. (Nota da tradução francesa, daqui em diante indicada por N. d. T. F.)

palavra. Isso vai abalar o meu amor-próprio. E vou me sentir simplesmente culpada. Mas não consigo parar. Não paro de escrever.

Acabo de decidir me ocupar de meu diário com regularidade. Mais tarde vai ser interessante para mim. Deus do céu, Aka[4] entrou no quarto e ainda não estou na cama.

— Você tinha prometido, precisa se deitar.

— Estou indo, estou indo — respondi. — Agora mesmo.

E continuo escrevendo (Aka saiu do quarto). Quero escrever no diário o que sinto, tudo, absolutamente tudo, como fazia Petchorine.[5] É tão interessante, não é mesmo? Ler o próprio diário. Mas cometi um crime. Estou escrevendo na agenda de mamãe e ela pode se zangar. Bom, tudo bem, de um jeito ou de outro consigo convencê-la e, enquanto isso, vou colocar as coisas de volta nos seus lugares.

23 DE MAIO

Caramba, ninguém me acordou! Abri os olhos às 10h. Outra vez não fiz minha ginástica matinal. Ouvi "A juventude de Amundsen",[6] um programa para crianças. Que força de vontade! Tudo o que ele quis, conseguiu. Se eu fosse um menino, bem que imitaria Roald. Mas eu nunca li que alguma menina tivesse ido dessa maneira ao limite das suas forças. Eu teria medo de me lançar numa aventura assim.

Gostaria que Vovka sonhasse ser um explorador polar, um cientista, um alpinista. Mas não tenho impressão de que isso o anime: não tem a menor vontade de "quebrar a cara" em fendas de montanhas. Preciso, inclusive, perguntar o que ele acha disso. Mas quando isso será possível? Talvez seja

4 Apelido de Rosalia Krums-Straus, de origem inglesa. Até a revolução de 1917, Aka era preceptora, trabalhando para uma família de proprietários fundiários. Desde os anos 1930 ela vivia com Lena e "mamãe Lena".

5 Personagem principal de *O herói do nosso tempo*, de Lermontov.

6 Roald Amundsen (1872-1928), explorador das regiões polares que foi o primeiro a passar da Groelândia ao Alasca (1903-1906) e chegar ao polo Sul (1911).

convidada à *datcha* dos pais dele e daí vamos poder conversar. Tanto sobre a nossa turma de penúltimo ano quanto do futuro, dele e do meu. Se ele quiser falar disso, é claro. Talvez tudo isso seja ilusão minha e talvez ele nem goste de mim. Não, não é possível. Deve gostar um pouco de mim, pelo menos um pouquinho.

Bom, já é tempo de pegar meus livros. E tratar de melhorar meu alemão.

Já são dez da noite. Cá estou de volta com a caneta. Fui à casa de Liússia Karpova, que me deu o resultado das provas. Vovka, Gricha, Micha Iliachev, Liova, Lenia, Yania, Emma, Tamara, Liússia, Beba, Zoia e Rosa passaram com menção "muito bom". Dimka, Micha Tsypkine e alguns outros, com menção "bom". O restante teve menção "passável": Kira, eu, Liússia, Lida Klementieva, Lida Soloviova, Yassia Barkan...[7]

Hoje eu realmente não fiz grandes coisas. Comecei a estudar como se deve somente no fim da tarde. Insisti no §4. Liússia e eu fomos passear na praça.[8] Tinha um monte de jovens. Um verdadeiro formigueiro. Vika não estava.

Sempre me falta alguma coisa. Sinto um vazio. Hoje, por exemplo, passeei com Liússia e fui à casa dela. No entanto, como sempre, tem algo que não bate. Não, Liússia não combina comigo. Mas não tenho mais ninguém. Sinto isso, sobretudo neste momento, durante esse período de recuperação na escola. Prefiro estudar a dois. Principalmente o alemão. Liússia prefere estudar sozinha. Mas, de maneira geral, Liússia e eu não temos nada a ver, e há muito tempo sei disso. Tenho bastante inveja nesse sentido dos rapazes da sala. Emma estuda com Tamara, Rosa com Beba, Liússia também, com nem sei quem. E as outras meninas se organizam do jeito delas. Já os rapazes da nossa turma mantêm o tempo todo a amizade entre eles. Vovka, por exemplo, estuda sozinho, é assim que ele prefere, mas basta se cansar de ficar sozinho e

7 As notas dos alunos na Rússia e na URSS sempre vão de 1 a 5, e as menções correspondem a essas notas. (N. d. T. F.)

8 A praça ainda existe em frente ao edifício da avenida Zagorodny, nº 26, onde morava Lena. (N. d. T. F.)

logo se vê cercado de amigos. Mas não é o caso somente de Vovka: todos são assim. Estou absolutamente só, não tenho melhor amiga nem uma boa colega.

Mamãe às vezes me pede um beijo, ela é carinhosa, mas estou sempre triste porque não paro de remoer pensamentos sombrios. Tenho vontade de cair no choro, de gritar como louca! Mas mantenho as aparências, mesmo que por dentro esteja totalmente incapaz de me controlar. Sinto o tempo todo uma espécie de falta . Quando mamãe não está em casa, quero que chegue, e quando está, fico doida para não vê-la, não ouvi-la. Fico cheia de todo mundo. De mamãe e de Aka também.

Quero ver caras novas, conhecer pessoas novas, tenho sede de novidade. Não importa qual. Mas não há nenhuma e não posso continuar assim. Tenho vontade de fugir para algum lugar longe, bem longe, para não ver mais ninguém e não ouvir quem quer que seja. Nenhum ser humano. E falo sério! Estou caminhando e de repente tenho vontade de ver minha melhor amiga, porque ela gosta de mim, e falar com ela da tristeza que me abate. De todas as dores, sem exceção. Com isso, me sentiria mais leve.

Mas não tenho ninguém, estou sozinha. Ninguém com quem falar. Me abrir com mamãe? Vai me beijar, fazer um carinho e dizer: "É assim mesmo". Imagina que não tenho amigas por ser a melhor e que elas não se comparam a mim: é tolice, não entende muito disso, pois é exatamente o contrário! Sou absolutamente banal, não me destaco em nada. Provavelmente tenho mais ideias na cabeça. Na verdade, não é uma vantagem, é um defeito. Estar o tempo todo pensando, analisando cada coisa que faço, desmontando tudo em detalhes; não é um defeito? Se pensasse só um pouquinho menos, se relaxasse um pouquinho mais, seria mais fácil viver neste mundo.

Bom, é hora de dormir.

28 de maio

Fiz a prova de alemão. Tudo se passou bem. Houve treze menções "muito bom" na classe. Vovka ganhou um "bom". Não sei como, pois suas respostas valiam no máximo um "passável". E olha que recebeu uma questão bem fácil. Amanhã temos álgebra. Em breve, muito breve, estarei livre. Tenho mil planos.

Este ano não iremos ao campo. Estamos sem dinheiro. Mas não faz mal, inclusive acho bom: há tempos não passo o verão na cidade. Com certeza vou trabalhar. E comprar roupas. Já tenho dezesseis anos, mas nada apresentável para vestir, nada "na moda". Além disso, todo dia, a partir de 7 de junho, vou revisar alemão para ser uma boa aluna de penúltimo ano e não ser qualificada de "fraca". Já me arrasto em química, na turma dos medíocres, e isso me envergonha. Vi tantas vezes [*palavra ilegível*] Anna Nikiforovna e seu Adka... Não, ano que vem preciso ser excelente em química. É neste penúltimo ano que se passa o exame de química. Tenho alguns meses para estudar e tirar um "muito bom" na prova. E para isso [...][9]

30 DE MAIO

O dia está lindo. Meu coração, no entanto, se lamenta. É aniversário de mamãe e nada acontece. Ela foi trabalhar e ganhar dinheiro. É bem verdade que não morremos de fome, mas isso não chega a me alegrar tanto. Nos últimos tempos, temos vivido com dinheiro que não é nosso. Mamãe não para de pedir emprestado. Tenho vergonha de ir ao apartamento,[10] estamos devendo para todo mundo. Nunca tínhamos vivido assim.

Ontem foi a prova de álgebra. Vovka ganhou um "bom" e eu, um "muito bom"; já Liússia, um "passável". Não sei dos outros. No dia 28 passei a tarde toda na casa de Vovka, nós — quer dizer, Vovka, Dima e eu — resolvemos problemas de matemática e procuramos exemplos em álgebra, mas sobretudo falamos de coisas divertidas. Minha relação com Vovka está melhor do que no inverno. Ele agora me cumprimenta como se eu fosse um dos seus amigos. Para mim, isso é bem legal. Na verdade, quanto mais estou com ele, isto é, quanto mais vou à sua casa, menos penso no quanto o amo. Mas basta não vê-lo por algum tempo que volto a amá-lo. Queria conseguir visitá-lo nesse

9 Texto interrompido.

10 As três mulheres viviam num único cômodo de um apartamento comunitário, em um edifício antigo, onde cada família ocupava uma peça. (N. d. T. F.)

verão, pelo menos um dia. Mas agora mudei de ideia, é supérfluo e inútil, mais vale não nos vermos o verão inteiro. No outono, quando voltarmos a nos encontrar, vou cumprimentá-lo como se fosse um velho amigo, e será uma maneira de me aproximar ainda mais. Antes de nos separarmos nas férias, é imprescindível pedir uma foto sua de tamanho grande, e no outono, assim que nos virmos, peço que tire outra: será interessante tanto para ele quanto para mim ver como mudou durante o verão. Quero também que Dimka me dê as fotos que prometeu, assim como Micha Iliachev, mas também Emma, Liússia Ivanova, Tamara Artemieva e Beba, para quem é mais delicado pedir.

Amanhã faço a prova de geometria. E depois serão só mais duas: anatomia e física. Não me preocupo com anatomia. Mas tenho muito medo com relação à física. Restam só dois dias para fazer esta última. É pouquíssimo. E o pior é que os alunos do nosso grupo têm que se apresentar às nove da manhã. A esta hora o professor está cheio de disposição e é mais exigente. O segundo grupo tem mais sorte. Ele está mais cansado e com sono. Nessas condições, fica menos complicado responder.

Vovka é um bom rapaz, juro que sim. Tomara que seja o chefe de turma no ano que vem! Mas não, estou sonhando! Ele com certeza não quer pensar nisso agora. Quer dizer, é problema dele.

Sei onde tenho a impressão de me sentir como um peixe dentro d'água: com a família de Vovka. Toda vez que vou à casa deles me sinto renovada a ponto de achar que o fluxo da vida se torna um riacho que chega à altura dos joelhos.

Terminada a avaliação de álgebra, todos os alunos se juntaram em torno de Vera Nikititchna. Vovka e os outros rapazes estavam perto da janela. Fui até o quadro-negro, me apoiei nele e chamei Vovka, que logo se virou e veio. Lenia estava com ele.

— Fez os exercícios de álgebra?

— Não, não tive a menor vontade.

— Se quiser, podemos fazer alguns.

— Ai, Lena! Eu realmente não estou nem um pouco a fim!

— Sabe, Vovka — disse a ele, fazendo risquinhos de giz no quadro —, esqueci completamente a solução de alguns problemas e corro o risco de ser reprovada amanhã por causa disso.

— Que história é essa? Os exercícios de amanhã vão ser mais fáceis.

— Pode ser, mas vou até a sua casa, está bem?

Ele concordou com a cabeça

— Lenia, vamos até a minha casa. Não sei grande coisa de como resolver equações. Vamos fazer umas duas ou três?

— Não, Vovka, agora não posso...

Os rapazes saíram juntos do colégio. Continuei com Vovka e também Yania. Perguntei:

— Vovka, por que deu respostas tão fracas em alemão?

Ele não reagiu, e Yania disse em seu lugar:

— Não foi tão mal assim. Conseguiu uma menção "bom".

— Não estou falando de nota, ele foi simplesmente medíocre.

— E você, respondeu bem?

— A questão não é essa. Nesse caso, não sei se percebe, não estou falando de mim, mas de Vovka.

— Não diria isso, Lenotchka, se o tivesse visto antes da prova. Parecia um Hamlet agonizando.

Acabo de dar uma volta na praça. No caminho, encontrei Guenia Nikolaiev e nos cumprimentamos. Trocamos umas palavras, e eu me comportei como uma estúpida, como é de costume. É sempre assim comigo. Poderia ter perguntado um monte de coisas. No entanto, como idiota que sou, disse duas ou três palavras e, logo em seguida: tchau. Enquanto ele me deu um enorme sorriso.

— E você, como vai, de maneira geral? Quais foram as suas notas? — ele perguntou.

Como uma tonta, soltei a resposta a toda velocidade. Nem dei a mão para me despedir e fui embora sem me virar nenhuma vez. E ele, provavelmente, deve ter dito: "Como é esquisita!". Realmente uma idiota; uma imbecil até! Encontro Guenia e sou incapaz de ter uma conversa de verdade. Ah, se o encontrar de novo, vou me desculpar pela confusão e perguntar como vai, como está se preparando para as férias de verão. Tenho mil coisas a perguntar. E, no final, peço uma foto sua.

31 DE MAIO

Hoje é o último dia do mês de maio. Amanhã já vamos estar em junho, quase no verão. Passei por geometria com menção "bom". Realmente tenho sorte, o tempo todo tiro questões fáceis. Faltam apenas anatomia e física.

Para dizer a verdade, revisei geometria por apenas três horas. Duas horas ontem e uma hora esta manhã. Mas não podia me sair mal em geometria. Lida Soloviova não conseguiu responder a primeira questão que tirou, nem a segunda, e se safou com a menção "passável". No lugar dela, pensando um pouco eu teria conseguido, mas ela é incapaz disso.

Agora não posso mais ir à casa de Vovka: não tenho mais pretexto. Seria chato. Poderia dizer algo do tipo: "Sabe, Vovka, pena que não sou menino, porque assim viria frequentemente te ver. Me sinto muito bem com a sua família. Quando vinha te visitar, até agora, dizia ser para estudar álgebra ou geometria. Mas sem motivo algum é meio esquisito". Tenho, porém, medo de que se zangue e diga: "Está inventando coisas, para mim não há diferenças notáveis entre rapazes e moças". Ou algo desse gênero.

Bom, chega; vou estudar anatomia.

2 DE JUNHO

Passei em anatomia com menção "muito bom". Como quase a turma toda.

Faz um tempo horrível hoje. Caiu granizo e depois flocos grandes de neve. Sopra um vento frio e penetrante. O sol aparece de vez em quando, mas logo desaparece de novo.

Falta apenas física. O tempo corre sem que a gente nem perceba. Logo já vai ser verão. Tenho muito o que fazer enquanto isso. Nem nos mínimos detalhes esse verão pode se parecer com o último. No ano passado, foi puro tempo perdido. Este verão não vai ser igual, palavra de honra de aluna soviética! E não é nem um pouco difícil. Basta não cair no desleixo. Fato é que quando um aluno passa seus exames, vive um momento de grande motivação moral: tem consciência de ter que rever e responder suas lições, mas, terminada a última prova, há um certo vazio, ele tem a impressão de estar tudo acabado e de que há apenas o vazio à frente. Acontece então de alguns relaxarem e... e então tudo parece ir de vento em popa. Passeios pela cidade, cinema, um só livro por mês, levantar às dez, dormir à meia-noite. E o verão inteiro se passa assim. Os dias correm nessa monotonia e a volta às aulas chega sub-repticiamente.

Desta vez, porém, minhas férias de verão vão ser totalmente diferentes, se eu não baixar a guarda e superar a preguiça. A preguiça. O que é a preguiça? A preguiça é um defeito indigno de um aluno soviético. Assim sendo, é necessário combatê-la.

Eis como serão meus dias.

Às 7h vou me levantar. Farei minha ginástica matinal ouvindo rádio.[11]

Primeiro tempo. Irei à Púchkin[12] com mamãe e ficarei estudando. Nas horas livres, passeio. Às 17h, vou embora. Às 19h estarei em casa, sem falta. Das 19h30 às 20h30 vou treinar meu alemão e depois tomar chá, ouvir rádio ou ler. Às 22h30 me lavo, faço ginástica e às 23h me deito, desligando o rádio no momento mais interessante.

Depois, quando mamãe tiver terminado o trabalho na Púchkin, ela e eu faremos novos planos e eu repartirei meu tempo da seguinte maneira: levantar às 7h. Ginástica com o rádio. Às 9h começo a estudar. Às 16h termino. Saio para passear. Na volta, tomo chá. Às 13h estudo inglês com Aka. Depois, leitura e rádio.

4 DE JUNHO

Amanhã, prova de física. Estou no primeiro grupo. Consequentemente, nada a esperar da manhã, comigo ainda acordando e expondo toda minha fraqueza espiritual. Tenho vergonha de confessar que não consigo manter o autocontrole. É a última prova, de fato. Um esforço ainda, o último, e estarei livre.

11 O rádio, suporte da propaganda política, ficava ligado permanentemente, e alto-falantes transmitiam na cidade os programas, as músicas, e à noite tocavam *A Internacional*. Durante o cerco, esses mesmos alto-falantes alertavam os habitantes sobre bombardeios, com o tique-taque de um metrônomo a ocupar os períodos vazios. Diversas vezes Lena faz menção no diário a essas diferentes funções do rádio e registra as mudanças na programação ao longo dos meses. (N. d. T. F.)

12 Nome moderno de Tsarskoie Sielo, onde se encontra o palácio de verão dos imperadores da Rússia, 25 quilômetros ao sul de Leningrado (São Petersburgo). Foi onde Púchkin fez o colegial, daí o novo nome, adotado em 1918. (N. d. T. F.)

Será possível que eu vá desistir agora? Estarei exausta. Não, nada disso. Vou agora mesmo começar a rever as aulas, mesmo que tenha de ir até 1h da manhã e depois fazer uma boa prova. Pois se amanhã eu não for bem, será realmente ridículo, vai significar que gastei minhas últimas forças à toa.

Isso mesmo, minha última prova. Ponha nisso suas últimas forças, Lena, e amanhã, isso mesmo, amanhã você vai estar livre! Livre, ouviu bem? Livre!

De jeito nenhum quero ser folgada. Amanhã farei uma boa prova de física!...

5 DE JUNHO

Pronto, estou livre. Tive um "bom" em física. Não foi à toa que queimei as pestanas a noite toda no livro. Agora, um merecido descanso me espera. Começam as férias. Bom dia, liberdade!

6 DE JUNHO

Acordei às 10h. Tiveram pena de mim e não me acordaram. Aka me trouxe chá na cama. Era tudo que eu queria, mas de repente tocaram duas vezes a campainha. Mamãe foi atender. Ouvi vozes: a de mamãe e a de um homem que não reconheci. Passou-me pela cabeça a ideia de estarem trazendo alguma coisa para ela, uma maquete de cenário de teatro ou sei lá o quê.[13] Depressa apaguei a luz e voltei a me enrolar na coberta.

— Espere um pouco — disse mamãe.

E em seguida entrou no quarto.

— Vovka veio buscar os livros da escola. Posso deixar entrar?

— Vovka? É claro que sim.

— Desculpe passar tão cedo, preciso recolher os livros da escola.

— Mamãe, dê a ele os livros, estão ali na prateleira. Tinha pensado, justamente, em passar na sua casa para entregá-los.

13 "Mamãe Lena", a tia de Lena, fazia maquetes de cenário para peças de teatro.

— Bem, eu fui mais rápido — disse ele, rindo baixinho.

Mamãe procurava na prateleira.

— Este aqui ela leu, Vovka — ela disse, mostrando o livro sobre Levine.[14]

— Não, não são desses que preciso, apenas os manuais da escola.

E só aí me lembrei. De fato, Vovka tinha sido nomeado responsável pelos manuais escolares.[15]

Mamãe os colocou todos juntos.

— Vovka, sente-se! — ela repetia a cada minuto.

— Não, não se incomode, vou ficar pouco. Meus amigos me esperam lá embaixo.

Mamãe perguntou para onde ele iria nas férias e ele respondeu que ainda não sabia.

— Vovka, venha conosco ao Volga. Você pode ganhar dinheiro.

— Onde é que se ganha tanto dinheiro assim?

— É mesmo, Vovka, venha conosco um desses dias. Podemos falar do ano que vem no colégio e outras coisas mais — convidei.

Ele pelo menos não deu logo uma dessas respostas do tipo: "Está bem, passo um dia".

— Vovka, venha nos ver, por favor — repeti com ele já indo embora.

Ele ficou calado.

— Como você está fazendo, Vovka? Passa pela casa de todo mundo para recolher os livros da escola?

— Exatamente.

— E por onde já passou?

14 Eugen Levine (1883-1919), nascido em São Petersburgo e fuzilado em 1919, foi um dos dirigentes da efêmera República dos Conselhos da Baviera.

15 Um decreto do Conselho de Ministros, de 26 de outubro de 1940, tornara pago o ensino nas últimas séries do colégio e nos cursos superiores. Em Leningrado, os custos de escolaridade para um aluno das três últimas séries era de duzentos rublos por ano. O governo justificava o decreto em nome da "crescente elevação do nível de vida dos trabalhadores" e do aumento das despesas do Estado em educação. A soma comprometia o orçamento de muitas famílias (sobretudo das que tinham vários filhos), que parcialmente compensavam esse gasto revendendo os livros escolares usados.

— Por lugar nenhum, comecei aqui.

— Por que logo eu? E Rosa? E Liússia?

Ele pediu então o telefone de Liússia e disse que passaria pela casa de Rosa.

Mais tarde, soube que tinha passado na casa de Rosa e telefonado a Liússia.

Às 13h, como Vovka havia dito, fui ao colégio para receber o dinheiro. Na sala onde deviam ser devolvidos, os livros estavam empilhados em montes que iam do chão ao teto. Os colegas estavam todos lá: Vovka, Yania, Micha Iliachev, Assia, Tamara, Rosa, Liússia Ivanova.

Deixamos todos juntos o colégio. Primeiro as meninas: Rosa e Tamara foram para o lado delas e eu saí ao mesmo tempo que os meninos. As colegas nem se despediram de mim, como se não nos conhecêssemos. Andei alguns passos e não pude deixar de olhar para trás. Os rapazes saíam e Vovka me cumprimentou ou, mais exatamente, deu um tchau. Não, é claro que não virá me ver. E também não vou procurá-lo. No dia 9 ainda vamos nos encontrar no conselho de classe e então pergunto por que não veio, e peço que venha. Talvez não deva fazer isso? Vamos ver.

7 DE JUNHO

Hoje comecei bem o dia, me levantando às 8h15. Fiz a ginástica da manhã ouvindo o rádio, me lavei, me penteei, arrumei a cama e desci para a praça. Ainda não tinha ninguém. Mal-humorado, o zelador acabava de varrer o jardim. A gente se sente muito bem ali. Os passarinhos cantam e voam de uma moita para outra.

Fiquei por um tempo na praça e voltei para casa. Ouvi no rádio um programa sobre os submarinistas. A vida dos nossos submarinistas soviéticos é bastante atribulada e eles passam por uma formação bem séria! Aprendem, por exemplo, a usar o submersível no escuro, às cegas. A vida de todos e do próprio submarino depende de cada aprendiz, individualmente. As tarefas são distribuídas de modo que até o cozinheiro-chefe se encarrega não só da cozinha, mas vai depressa ao seu posto no compartimento de tiro, caso haja um corre-corre na hora do combate. Diariamente os marinheiros se exercitam com os oficiais, de forma que, se os inimigos nos atacarem — e não vamos escapar disso, pois mais cedo ou mais tarde a guerra vai estourar —, temos absoluta certeza da vitória. Sabemos o que temos a defender, sabemos como nos defender, sabemos quem defender.

Um dia aconteceu o seguinte: aviadores e submarinistas de combate organizaram um encontro amistoso. Conversaram sobre as respectivas especialidades. Para os aviadores, mergulhar nas profundezas, no fundo do mar, é assustador! Nossa missão é voar no céu, disseram eles. E os submarinistas responderam: voar acima da terra e do mar, sim, é muito assustador, nossa missão é debaixo d'água — onde nos sentimos como peixes.

Ontem comprei dois livros de literatura para o segundo semestre. Quando vi a imensidão do programa, resolvi começar desde já minhas leituras. E foi com Turguêniev que fiz isso, pois tinha o livro em casa.

No momento, estou lendo *Rúdin*.

Alguns trechos:

"Nada é mais doloroso do que a consciência de que acabamos de fazer uma besteira."

"É também uma espécie de cálculo; assume-se a máscara da indiferença e da preguiça para que as pessoas possam pensar: quanto talento desperdiçado tem esse sujeito! Mas, se olharmos mais de perto, ele não tem talento algum."

"Negue tudo e facilmente vai passar por alguém de muito espírito."[16]

8 DE JUNHO

Hoje, do nada, resolvi telefonar a Tamara e fui à casa dela. No caminho, me perguntei sobre o que poderíamos falar. Mas tudo se passou da melhor forma. Tamara e eu temos muitos pontos em comum. Não tenho tempo para contar tudo em detalhe, já passa das 11h.

16 Trechos do romance *Rúdin*, de Turguêniev (1818-1883), capítulos VIII e IV. (N. d. T. F.)

Mas desde já digo que falei muito de Vovka e eis o que propus: "Vamos juntas à casa de Vovka amanhã". Nunca poderia propor a mesma coisa a nenhuma outra pessoa. Vovka não gosta muito das meninas da nossa turma e Tamara é uma exceção: ele tem ótimas relações com ela. Quando propus, imediatamente percebi que concordava, apesar de nem sequer ter me passado algo assim pela cabeça quando fui até lá.

Tamara começou dizendo que era estranho ir procurá-lo sem algum pretexto. Mas me esforcei para convencê-la de que Vovka é muito gentil, que em casa ele é totalmente diferente etc. E ela concordou.

Ambas achamos que não devemos aceitar essa injustiça de os rapazes e as moças da turma se manterem tão afastados, não se visitarem como verdadeiros colegas. E decidimos ir à casa de Vovka. Aliás, acabamos encontrando um pretexto. Tamara vai pedir emprestados não sei quais livros e eu vou levar dois. Realmente, estou curiosíssima para ver como tudo isso vai se passar. Talvez algo novo se abrirá para nós. Pode ser que teçamos, os três, laços de amizade e fiquemos mais próximos. Não sei. Mas me animei com isso. Novos entusiasmos, novas esperanças, novos sonhos surgiram. Talvez não fiquemos tão ligados, os três — como saber? —, mas isso vai nos ajudar a fortalecer a amizade com Tamara. E Tamara realmente representa para mim tudo que quero. Ela pode se tornar uma verdadeira amiga.

Sim, há muito de desconhecido pela frente.

9 DE JUNHO

Hoje aconteceram coisas que não posso deixar de comentar. Vou tentar descrevê-las sucintamente.

Depois do conselho de classe que aconteceu na sala dos professores, durante o qual recebemos nossos boletins escolares, decidimos voltar para casa. Os meninos saíram antes das meninas. Elas ficaram fazendo não sei o quê, mas preferi ir para casa logo, sozinha. No vestiário, encontrei os meninos já vestidos, e eles se foram depois de se despedir de mim e de Tamara, que também tinha resolvido ir embora. Nós nos vestimos e voltamos ao andar de cima para ver se as meninas tinham começado a dançar ou o que pensavam fazer. Encontramos todas na escada. Saímos e paramos na frente do colégio.

— Ai, amigas! Não tenho a menor vontade de ir para casa. Queria dançar — disse Emma.

Rapidamente todas — e éramos muitas: Tamara, Beba, Emma, Rosa, Zoia, Nadia, Dyssia — ficaram também loucas para dançar, e não no colégio, não entre nós, mas no apartamento de alguém do grupo, e com os rapazes. Começamos então a reclamar deles, a chamá-los de tudo que é nome, uns inúteis caras de pau que tinham escapulido e nos deixado ali a ver navios. Uma de nós os defendeu, lembrando que, se tivéssemos resolvido logo que queríamos dançar, eles teriam concordado sem objeção. Então outra propôs:

— Meninas, vamos dar uma boa lição neles!

E imediatamente elaboramos um plano: uma de nós telefonaria a Dimka, a Micha ou a Gricha, dizendo que tínhamos tido uma ideia genial e que eles precisavam voltar ao colégio em cinco minutos. Enquanto isso, nos esconderíamos no hall principal logo à entrada, para rir deles quando chegassem. Decidimos colocar logo em execução nosso complô.

Fomos ao correio para telefonar. Tinha muita gente lá. Nadia e Zoia foram fazer a ligação e ficamos esperando sob os andaimes de uma obra. Não demoraram a voltar. Gricha e Micha não estavam em casa. Dimka não quis conversa e desligou. Ou seja, nosso plano não foi muito longe.

Ficamos um bom tempo ainda por ali, pensando no que fazer. É o que acontece quando se precisa dos meninos da turma, como um explorador com sede no deserto! Examinávamos todos os rapazes que passavam na rua, procurando em vão por todos os lados. E ao ver que os da nossa turma não viriam, ficamos chateadas, agressivas e definitivamente despeitadas. Daí passamos a ter pena de nós mesmas, nos considerando as meninas mais infelizes do mundo, e quanto mais durava o desgosto, mais ardente era a vontade de vê-los.

Resolvemos então partir sem direção e andar até dar de cara com eles, pois de uma coisa tínhamos certeza: por algum lugar tinham que estar. Resumindo, estávamos dispostas a tudo para encontrar os meninos da turma naquele dia ainda. Já partíamos em busca, quando Nadia gritou:

— Vejam, eles estão ali!

Todas nos viramos na direção apontada e de fato vimos os rapazes que esperávamos há tanto tempo. Eles também nos viram, pararam, bateram palmas e depois simpaticamente atravessaram a rua. Começamos a conversar e imediatamente notei que as meninas, que tanto queriam vê-los pouco antes, mostraram-se frias e indiferentes. Tinham, com isso, a impressão de se comportar com dignidade. A conversa não durou muito. Logo nos separamos, indo cada grupo para o seu lado. Mal eles se afastaram um pouco, percebemos a besteira feita.

— Meninas, e agora? Por que deixamos que se fossem? E então, não era dançar que queríamos? E com eles?

— Então vamos.

— Para onde?

— Atrás deles.

— Vamos!

Demos meia-volta e partimos no encalço deles. Andávamos cada vez mais rápido e chegamos até a correr. Ríamos muito, sem poder nos controlar. A distância que nos separava ficou tão curta — uma dezena de passos — que não podiam deixar de nos ouvir. Deram uma olhada e aceleraram. Chegamos à altura do Correio e eles de repente guinaram para lá, entraram no prédio e, rindo, se esconderam lá dentro. Nós seguimos em frente, tomamos a rua Raziezjaia e continuamos. Chegamos à altura da casa de Micha e acabamos decidindo que devíamos voltar.

— Meninas, se os encontrarmos, finjam nem notar.

Demos meia-volta e retornamos por onde tínhamos vindo. Chegando à altura de onde mora Vera Prokofieva, vimos que os rapazes estavam do outro lado. Eles nos viram e acenaram — Micha Iliachev inclusive fez uma reverência. Andamos mais um pouco e paramos. Olhamos para eles: tinham ficado no mesmo lugar, conversando. Riam e olhavam para nós. Depois partiram na direção da casa de Kira Krutiakov. Somente aí recuperamos o bom senso. O que tínhamos feito? As meninas estavam mortas de vergonha e achamos que eles não nos deixariam mais em paz (mas os rapazes da nossa turma são tão bem-educados que no dia seguinte não fizeram a menor alusão a tudo isso, como se nada tivesse acontecido).

Foi quando estourou uma discussão dura entre mim e as meninas. Eu defendia os rapazes, enquanto elas só os criticavam. Pouco a pouco, comecei a ceder terreno. Elas ganharam a batalha. Cedi com relação a tudo, exceto num ponto. Não quis reconhecer que Vovka era o pior deles, até então eram considerados como um todo. No entanto, foi sobretudo nesse ponto que elas me atacaram, Rosa em particular. Ela pintou tal retrato de Vovka que eu não sabia mais o que dizer.

— É um menino que só gosta de si mesmo, que se acha não sei quem e considera todas as meninas nulas, exceto você! Olha todos os colegas de nariz empinado e se acha superior. É quem dá o tom a todos eles. Quem foi o primeiro a cortejá-la? Vovka! Quem foi o primeiro a perguntar de quem você gosta, com quem simpatiza? Vovka! E você, Lena, continua achando que é um cara legal. Tenho certeza de que quando Micha Iliachev fez pouco de você diante de todos os outros rapazes, Vovka teve a ver com isso.

— Acha mesmo que ele também fez pouco de mim? — perguntei.

— É claro que sim. Como você acha que pode ser diferente? — respondeu Rosa, segura de si.

Fiquei calada. Como poderia contradizê-la? Tem tanta convicção quando fala. Mas não posso entender algo assim, é ridículo, posso perfeitamente imaginar Vovka tanto em casa quanto no colégio e quando sai à noite... e sei que nunca é o mesmo.

Pois Vovka nem se dá conta do encanto que causa nos rapazes da nossa sala. Simplesmente não tem noção disso. Tem a impressão de que as coisas são como devem ser. Não, não, e mil vezes não! Rosa está errada. Ela não o conhece e ponto final. Ou então quer roubá-lo de mim. Aparentemente acha que ele gosta de mim e que a esqueceu. Tudo isso são histórias bobas.

22 DE JUNHO

Ao meio-dia, o país inteiro parou para ouvir o comunicado do camarada Molotov.[17]

Fomos informados de que hoje, às 4h da manhã, o exército alemão, sem ter declarado guerra, começou uma ofensiva sobre toda a nossa fronteira ocidental. Aviões alemães bombardearam Kiev, Jitomir, Odessa, Kaunas e outras cidades, causando duzentas mortes.

Às 5h, em nome do seu governo, o cônsul da Alemanha[18] anunciou que seu país estava em guerra: ou seja, a Alemanha nos declarou guerra. Assim, aconteceu o pior que podíamos esperar.

Venceremos, mas a vitória não será fácil, não como contra a Finlândia.[19] Será uma luta cruel e dura.

Mesmo que na guerra atual produtos químicos ainda não tenham sido usados, não há dúvida de que nos atacarão assim.

Já são 11h30 da noite e não houve ainda novo comunicado. Cantos e poemas marciais, declarações relacionadas com as operações militares e com a mobilização, são retransmitidas quase incessantemente no rádio. Enquanto isso, aviões voam e giram sobre a cidade. Mesmo sabendo que são nossos pilotos soviéticos que controlam o manche lá no alto, não me sinto à vontade.

Pois fazem o mesmo barulho que os bombardeiros inimigos farão. É terrível. Por que não publicam comunicado algum? Se tivéssemos conseguido

17 Viatcheslav Molotov, Comissário do Povo (ministro) do Exterior, foi quem oficialmente informou ao povo soviético a "agressão pérfida da Alemanha à União Soviética" e anunciou a declaração de guerra da URSS ao agressor. Seu discurso foi transmitido nove vezes no decorrer do dia pelo principal locutor da rádio, Iuri Levitan. O texto na íntegra foi posteriormente publicado no *Pravda*, o jornal oficial do Partido Comunista, mas somente no dia 24, ou seja, três dias depois da declaração e com alterações no texto original de Molotov, o que leva a crer que foi modificado por Stálin. Em seguida foi registrado por Molotov com as alterações do texto publicado.

18 Trata-se do embaixador Friedrich Werner von der Schulenburg (1875-1944), que, como indicado no discurso de Molotov, anunciou a declaração alemã de guerra contra a URSS em 22 de junho, às 5h30.

19 Alusão à guerra soviético-finlandesa (30 de novembro de 1939-13 de março de 1940), chamada "guerra de inverno", que permitiu aos soviéticos se apossarem do istmo da Carélia, uma das saídas de Leningrado para o lago Ladoga.

uma pequena vitória qualquer, não deixariam de contar! Provavelmente não houve vitória alguma. E lá longe, nas linhas de frente, travam-se combates.

Os que vêm da rua contam que homens mobilizados[20] desfilam cantando. Esposas, filhos e namoradas os acompanham.

A vitória será nossa, camaradas!

Às 2h da manhã, o grito lúgubre da sirene me acordou. Mamãe e eu nos vestimos às pressas e fomos à cozinha: tudo estava calmo, não se ouviam aviões. Depois pudemos distinguir estampidos abafados ao longe. Abraçamo-nos e pensamos: "São bombas!". Mas nada de aviões. Enquanto isso, os estampidos que pareciam um pouco mais perto pararam de se aproximar. Eram nossos canhões antiaéreos. Prestamos atenção: os canhões disparavam, disparavam furiosamente. Lá fora, a sirene tocou e os canhões da defesa antiaérea não pararam, enquanto as nuvens passeavam, indiferentes, num céu pálido, entre estrelas que brilhavam aqui e acolá. Tudo muito assustador. Meia hora depois soou o fim do alerta. Mamãe e eu voltamos a nos deitar, sem trocar de roupa, e dormimos.

23 DE JUNHO

O tão esperado comunicado foi ao ar pela manhã.

Em 22 de junho de 1941, às 4h da manhã, as tropas de Hitler atravessaram a fronteira e penetraram em profundidade em nosso território. Importantes esquadrilhas de bombardeiros alemães atacaram cidades e vilarejos pacíficos do nosso país, mas já às 6h da manhã os alemães tiveram que enfrentar unidades do Exército Vermelho. Durante o dia inteiro houve combates ferozes e sangrentos, que provocaram o recuo das forças alemãs em todas as frentes, ocasionando grandes perdas. Em apenas poucos pontos, os hitleristas avançaram e tomaram pequenas cidades e vilarejos a trinta ou quarenta quilômetros da fronteira.

20 Lena Mukhina comete um erro. Em 22 de junho, foram voluntários que se apresentaram nos centros de recrutamento. A mobilização geral ocorreu em 23 de junho, para homens nascidos entre 1905 e 1918.

Bombardeiros alemães fizeram *raids* aéreos sobre cidades e povoados da nossa pátria, mas por todo lugar nossos caças e a artilharia da defesa antiaérea os neutralizaram. Sessenta e cinco bombardeiros alemães foram abatidos em toda a frente.

O comando inglês e o general Churchill declararam que fariam todo o possível para ajudar os russos, e que eles próprios terão a ajuda dos Estados Unidos. Hitler está muito enganado: acha que antes do início do inverno abaterá a União Soviética e que fará em seguida o mesmo com a Europa Ocidental, de uma vez por todas. Acredita que seus inimigos do hemisfério ocidental se enfraqueceram e não impedirão a realização dos seus planos futuros. Está redondamente enganado: afastaremos o inimigo noite e dia com forças redobradas. Daremos nossa ajuda à Rússia. Faremos tudo para salvar a humanidade da tirania. Desde cedo, pela manhã, o trabalho teve início no pátio do edifício e no sótão. No pátio, construímos às pressas um abrigo ocupando toda a área do subsolo, para a proteção contra o gás. No sótão, foram derrubadas todas as divisórias e compartimentos. De fato, eram de madeira, e se uma bomba provocasse um incêndio no local, teria um combustível perfeito.

Ivan Ivanovitch acaba de chegar. A noite inteira, com setenta homens às suas ordens, ele abriu uma trincheira no parque Udelnoie.[21] Não viu os aviões inimigos, que voavam alto demais para escapar dos tiros da defesa antiaérea. Mas ouviu seus motores; ouviu e viu os tiros da defesa antiaérea. Nada sabe a respeito das bombas. O zelador do prédio disse, ao que parece, que outra esquadrilha aérea passou por nossas defesas e despejou bombas sobre a fábrica Bolchevik.[22] Não sei se é verdade, mas não creio que fosse espalhar notícias falsas, está melhor informado do que nós.

Na verdade, como todos os moradores do prédio, não estamos preparados em caso de ataque: não sabemos onde ficam o pronto-socorro, o centro

21 Subúrbio a noroeste de Leningrado, na época.

22 Os primeiros bombardeios cerrados sobre Leningrado começaram em 6 de setembro de 1941.

de descontaminação, o abrigo antiaéreo e o Estado-Maior da defesa aérea.[23] O que se deve fazer em caso de bomba explosiva ou bomba incendiária? Sei que devemos cobri-las com areia, mas não temos areia no apartamento. Acho (como foi mostrado no cinema) que se deve fabricar sacos de papel com cola, enchê-los de areia e deixá-los no corredor à porta de cada cômodo.

Mamãe e eu fomos ao Campo de Marte. Na área central da praça foram instaladas seis baterias antiaéreas e, ao lado, pesados caixotes contendo obuses. Não deixam que nos aproximemos dos canhões.

E foi somente hoje que a cidade começou a se transformar.

24 DE JUNHO

A última noite foi calma.

À tarde, fui caminhar pelas ruas. Perto da ponte Tchernychov,[24] ocupando todo o diâmetro do gramado circular, no centro da praça, está parado um aeróstato metalizado. Parece um peixe caído de lado.[25] Está preso por cabos. Ao lado, foram empilhados bujões de gás. No jardim da praça Ostrovski e no jardim do Palácio dos Pioneiros estão sendo escavadas profundas trincheiras, com a altura de um homem e com um metro de largura. Há muitos intelectuais entre os que executam esses trabalhos.

Em quase todas as avenidas amontoa-se material de construção: fabricam-se abrigos contra os gazes. Areia foi transportada para muitas avenidas.

23 Vários Estados-Maiores de defesa antiaérea estavam espalhados pela cidade.

24 Atual ponte Lomonosov.

25 Durante o cerco de Leningrado, uma esquadrilha de barragem aérea composta de aeróstatos defendia a cidade, com alguns encarregados de observar do alto as linhas inimigas. A partir de 22 de junho, 328 aeróstatos foram estrategicamente espalhados pela cidade. Decolavam isolados ou em dupla, seguros por um cabo ligado a um guincho, e minas eram fixadas nesses cabos. Os aeróstatos isolados ficavam a uma altitude de 2 mil a 2.500 metros. Em dupla, o mais alto chegava a uma altitude de 4 mil a 4.500 metros.

Recebi um aviso do colégio dizendo que eu deveria me apresentar às 5h, sem falta.

Às 5h, então, eu estava na sala azul. Éramos algo entre sessenta e 69 alunos. Meninas, na maioria. O diretor rapidamente nos informou que nossas forças seriam necessárias. Da nossa turma estavam presentes Micha Iliachev, Yania, Vova Kliatchko, Tamara, Bella Katzman, Galia Virok, Lida Soloviova e Zoia Belkina.

Todos os presentes foram imediatamente divididos em brigadas: duas de rapazes e cinco de moças. Todas da minha turma ficaram na mesma brigada. Nossa chefe de brigada é Maia Tchebotariova. Cumpriremos as tarefas que nos forem confiadas pelo Estado-Maior.

Vou me deitar. Quem sabe como vai ser a noite?

25 DE JUNHO

A noite foi calma. Ao longo do dia, tivemos dois alertas aéreos, durante os quais permaneci no abrigo do colégio com as outras meninas. Pela manhã, Maia tinha me telefonado avisando que era preciso colar tiras de papel nas janelas do colégio. Foi o que fizemos. Éramos umas vinte garotas. Da nossa turma, Maia, Tamara, Lida Soloviova e Nina Alexandrovna. Depois do sinal de fim do segundo alerta, fui para casa com o pretexto de comer alguma coisa e não voltei mais. Faltavam pouquíssimas janelas a colar: apenas duas ou três salas, não mais do que isso. Achei que o grupo podia continuar sem mim e arranjei outra tarefa, mais urgente. Com as mulheres do nosso edifício, transportei tábuas do sótão para o subsolo. Trabalhamos quarenta minutos sem parar, nem para tomar fôlego. Formamos uma corrente, para maior velocidade. Depois fui descansar e às 6h voltei ao trabalho. É bem difícil. Um trabalho para homens em boa forma física. Mesmo assim, nós, mulheres, conseguimos dar conta, nos juntando para erguer as tábuas mais pesadas.

Às 20h, no escritório da administração do prédio,[26] houve uma assembleia de moradores. Após um discurso do propagandista do comitê de distrito, examinamos todas as questões importantes. Mamãe se inscreveu no esquadrão sanitário[27] do edifício. São ao todo seis pessoas.

O dia também será agitado amanhã. Por agora, porém, precisamos averiguar a segurança do apartamento e dormir.

Como será a noite?

26 DE JUNHO

Desde cedo fui convocada a me apresentar no colégio. Lá, nos dividiram em equipes. Optei pela equipe de combate a incêndios. Em seguida transportamos areia para o sótão. Depois fui para casa, já sem força alguma. Ontem provavelmente dei um mau jeito nas costas.

Diariamente, às seis da manhã, transmite-se um novo boletim do Bureau de Informação.[28] Duros combates acontecem o tempo todo na frente de batalha. A vantagem está do nosso lado. Os soldados alemães vão ao combate bêbados. A artilharia nazista está postada por trás das tropas romenas. Apesar de tudo, os soldados do inimigo se rendem assim que têm a oportunidade. A situação econômica da Alemanha piora a cada dia. Para abastecer o Exército e os operários da indústria na própria Alemanha, os nazistas exaurem as últimas reservas alimentícias dos países ocupados. Na Holanda, Bélgica, Iugoslávia, Bulgária, França, Romênia, Noruega, Dinamarca etc., o descontentamento aumenta e se espalha. Cresce o ódio contra esses monstros sanguinários.

26 Em russo, ZHAKT (*zhilishchno-arendnoe kooperativnoe tovarishchestvo*), isto é, "Cooperativa de locação de alojamentos". A denominação ZHAKT havia, na verdade, sido suprimida em 1937. Trata-se do escritório que cuida da administração de um edifício de apartamentos coletivos, em que cada família ocupa um cômodo, por vezes dois, de um grande apartamento.

27 Reunião de voluntários que moram no edifício, para intervenção em caso de urgência médica.

28 Em russo, *Informbjuro*, criado em 24 de junho de 1941 sob os auspícios do Conselho de Ministros. Até 1943 esse escritório ficava em Sverdlovsk.

E apesar do tremendo terror que reina, apesar de se arriscarem à prisão, ao pelotão de execução e ao campo de concentração por qualquer palavra ou sorriso suspeito, as nações sujeitadas exprimem, cada vez mais abertamente, o seu ódio. À retaguarda do Exército alemão se encontra um adversário mais perigoso do que à linha de frente: as massas populares famintas, levadas ao extremo pelo regime nazista. Os nazistas têm perfeita consciência disso. Agredir a União Soviética é uma tentativa desesperada de quem se afoga e tenta se agarrar a qualquer coisa, tentativa desesperada de quem se asfixia sem ar, querendo aspirar um pouco desse gás necessário à vida.

Ao agredir a União Soviética, os nazistas, iludidos pela ideia de terem um exército imbatível, quiseram tentar restabelecer a economia do país depois de invadir a Ucrânia, a Bielorrússia e outras regiões da nossa pátria. Mas cometeram um erro e, mesmo com um exército mais bem equipado do que o nosso, mesmo nessas condições seremos vitoriosos, pois não há unidade no Exército nazista. Os soldados são levados à força ao combate, estão cansados, preocupados com os seus familiares, não querem lutar contra a União Soviética. E não só os simples soldados, mas também os aviadores, as equipes dos tanques e outros homens das tropas nazistas tentam se entregar como prisioneiros. As forças desses homens, tanto físicas quanto morais, estão esgotadas.

Nos combates aéreos, quando dois aviões se encontram frente a frente, ambos de construção moderna, ambos com características idênticas de voo, é sempre aquele pilotado por um dos nossos aviadores que vence o combate. E isso se deve apenas ao fato de os nervos abalados do aviador inimigo fraquejarem antes: basta um segundo de hesitação para que o avião pilotado por um aviador com nervos mais firmes domine o espaço. E quase sempre este piloto é um aviador soviético, pois defende a pátria, seus familiares, seus amigos. E tem certeza da vitória, pois conta com seus camaradas que — ele sabe — se lançarão ao combate como se fossem um só homem, para ajudá-lo num momento difícil. Enquanto o aviador inimigo não está seguro de se sair bem no combate, não está seguro quanto a vencer, não se sente seguro com relação a seus "camaradas", pois sabe que, diante do perigo, cada um salvará a própria pele, o próprio avião e a própria vida. Não está seguro quanto à vitória, pois voa para agredir, sem sequer saber com qual finalidade.

Somente os pilotos nazistas convictos travam combates mais convincentes e nos causam perdas. Mas nem mesmo estes poderão encarar por muito tempo homens com autocontrole, que mantêm sangue-frio e entre os quais reinam o heroísmo e a união, capazes de sacrificar a vida a qualquer momento, e contando, além de tudo, com uma formação de primeira categoria. Nossos pilotos são homens com músculos e nervos preparados por treinamento contínuo, que sabem levar em consideração a situação e calcular o risco da forma mais adequada. Homens de comprovado bom senso e segurança.

O inimigo será vencido por nosso slogan soviético: "Um por todos, todos por um!".

28 DE JUNHO

Às 4h da manhã o sinal de alerta aéreo soou. Descemos para o subsolo. A maior parte dos moradores, porém, permaneceu em casa. Às 5h ouviu-se o sinal de fim do alerta. Saímos à rua e eram impressionantes os raios vivos e oblíquos do sol, com um fluxo de luz que vinha de trás do campanário da igreja Nossa Senhora de Vladimir. Os inúmeros aeróstatos da barreira aérea cintilavam brilhantes ao sol. Era tão bonito que nem tivemos vontade de voltar para casa. Passou um bonde de transporte de mercadoria carregado de latões de leite e caixas cheias de garrafas de leite. Isso nos fez muito bem e nos encheu de alegria. É uma imagem tão serena!

1º DE JULHO

Há três dias as crianças são evacuadas.[29] Toda manhã crianças de um a três anos — também algumas mais velhas — são transportadas de ônibus até as estações, a partir dos escritórios de administração dos prédios, a partir das creches e das organizações para a juventude. Um ônibus as leva à estação de Vitebsk, outros,

29 Os dez primeiros comboios de trem, evacuando 15.192 crianças, partiram de Leningrado em 29 de junho de 1941.

à estação de Outubro.[30] É bem difícil para todos. Um monitor e uma babá se encarregam de cem crianças. Greta, Ira e Jenia se vão hoje. Réveka Grigorievna teve sorte: parte como monitora. Há dois dias não sofremos ataque aéreo. Cenas de combates são descritas no rádio, fala-se de vigilância, de luta contra a tagarelice desnecessária, e com frequência repetem que a cidade de Leningrado se encontra numa posição estratégica. Ensinam como devemos nos comportar em caso de ataque aéreo, como neutralizar bombas e folhas incendiárias.[31]

Concluem-se a construção de abrigos contra bombardeios e a abertura de trincheiras e trincheiras-abrigo na cidade inteira. Foram publicados decretos referentes ao serviço obrigatório de trabalho e à ordem dada à população de entrega de todos os emissores-receptores, para que o inimigo não possa se servir disso.[32] E temos muitos inimigos a nossa retaguarda. O procedimento favorito de desembarque do inimigo são as tropas de paraquedistas. São lançadas em quantidade, mas graças à vigilância dos cidadãos soviéticos, dos kolkhozianos[33] e dos trabalhadores, a maior parte é neutralizada logo à aterrissagem. Outras são capturadas por nossas seções especiais de intercepção do NKVD, em colaboração com os trabalhadores. Muitas, porém, não foram ainda localizadas. São soldados que andam por nossas cidades em uniforme de funcionários da nossa polícia ou em roupas civis. Os paraquedistas sabotadores têm como missão coletar informações, explodir pontos estratégicos essenciais, queimar os kolkhozes, espalhar boatos, engendrar o pânico, recrutar novos agentes, sabotar redes de transmissão radiofônica, telegráfica e telefônica.[34]

30 Estação de Moscou, atualmente.

31 Era como se chamavam, nos grupos de defesa antiaérea, as bombas compostas por placas de metal cobertas de fósforo e munidas de carga explosiva. Em contato com o oxigênio, o fósforo se inflamava.

32 O primeiro decreto para o serviço de trabalho obrigatório data de 27 de junho de 1941. Em 26 de junho de 1941, um decreto obrigava a população a entregar todos os aparelhos emissores-receptores ao Ministério das Telecomunicações. Em 22 de agosto, um decreto semelhante foi publicado a respeito dos binóculos. Qualquer recusa era passível de prisão.

33 Membros de cooperativas agrícolas soviéticas. (N. T.)

34 A "espionite" chegou durante a guerra a níveis incríveis. Em suas memórias, o acadêmico Dmitri Likhatchev escreveu: "Procuravam-se espiões por todo lugar e bastava que alguém fosse

Entre eles há também mulheres. Todo tipo de boato absurdo circula na cidade sobre esses espiões, como o que dizia que dois aviões do inimigo aterrissaram na avenida Nevski há poucos dias...

Mas não podemos fechar completamente os olhos nesse sentido. Entre os indivíduos presos pela polícia, há alguns que não são "dos nossos".

Combates renhidos continuam a acontecer no front. Cada combatente é um herói da pátria. O inimigo é pérfido e ardiloso. Por exemplo, metralhadores alemães tentaram se aproximar furtivamente de uma casa para tomar uma vaca, uma simples vaca viva. Num outro local, o inimigo se escondeu, formando um grupo de soldados vestidos de mulher. Nossos combatentes respondem a operações assim com coragem imbatível e heroísmo. O inimigo não gosta de lutar de forma aberta, prefere artimanhas e organiza pérfidas ciladas.

Três Junkers Ju 88[35] já passaram para o nosso lado. Muitos soldados alemães se juntaram a nós. E outros farão o mesmo.

2 DE JULHO

Travam-se combates duros em todas as frentes. Graças à coragem destemida, nossos defensores impedem ou enfraquecem em muitos pontos o avanço das forças adversárias, que estão em número superior. O inimigo está armado até os dentes e perfeitamente treinado e equipado. O comando nazista não recua diante de sacrifício algum para chegar às suas metas. Os nazistas têm planos e táticas próprios. É ainda um inimigo muito perigoso. Entretanto, seja como for, venceremos.

Greta, Ira e Jenia acabam de partir. Ira e Jenia estão muito entusiasmadas, achando que algo extraordinário vai acontecer.

Em Lvov, nossas tropas retrocederam.

---

ao banho público com uma pasta para que o interpelassem e o fizessem passar por um controle. [...] Muitos boatos circulavam sobre espiões. Falavam de sinais que eram enviados aos pilotos alemães dos telhados dos edifícios. Balizas automáticas dispararam durante ataques aéreos, e boatos diziam que essas balizas se encontravam nas chaminés dos prédios (que podiam ser vistas do céu), no Campo de Marte etc. Pode ser que, em certos casos, houvesse alguma verdade: os alemães, de fato, sabiam de tudo que se passava na cidade".

35 Bombardeiro alemão de médio porte. (N. T.)

5 DE JULHO

Os alemães se aproximam de Smolensk, apesar das pesadas perdas que sofreram. Em Moscou e Leningrado foi criada uma milícia popular.[36] Stálin acaba de falar no rádio.[37] Destacamentos de voluntários desfilam nas ruas.

Ontem fui à casa de Vovka. Que bom rapaz, jovem, cheio de saúde e alegria de viver! Ele sonha em atravessar o istmo da Carélia. Não para de fazer graça. Como gosto dele!

Hoje, por três horas (do meio-dia às 15h) descarreguei uma barcaça cheia de tijolos. Faz parte do serviço de trabalho obrigatório.[38] Não chega a ser difícil. Mas é constrangedor tanto esforço não remunerado.

Preciso logo encontrar um trabalho em algum lugar. Já é tempo. Tenho que ajudar mamãe.

No exterior, o ódio pelos nazistas e a simpatia que se manifesta por nós, assim como à nossa grande pátria, se intensificam.

Ai, Vovka! Eu daria tudo que tenho para poder vê-lo todos os dias, o tempo todo. As linhas que escrevo não podem expressar meu sentimento por você.

É impossível explicitar por escrito. Mas tenho tanta vontade de colocar para fora.

Somente meu coração poderia exprimi-lo!!!!

36 Um decreto de 27 de junho de 1941 previa a criação de um exército de 100 mil homens, composto por voluntários. Essa medida foi aplicada à cidade de Leningrado a partir de 30 de junho.

37 Trata-se do discurso de Stálin, de 3 de julho de 1941, em que ele tenta explicar os motivos das derrotas do Exército Vermelho diante da agressão alemã. Basicamente diz que a invasão de parte do território soviético se deu "principalmente pelo fato de a guerra nazista da Alemanha contra a URSS ter começado sob condições favoráveis ao Exército alemão e desfavoráveis ao Exército soviético. Fato é que as tropas da Alemanha, o país que deu início à guerra, foram totalmente mobilizadas". Lena Mukhina não evoca os argumentos de Stálin. É pouco provável, no entanto, que não tenha tido conhecimento.

38 Um decreto permitia às autoridades militares apelar à população visando trabalhos de construção de obras defensivas e de manutenção das vias, dos meios de comunicação, das centrais elétricas e dos pontos estratégicos para o combate a incêndios, epidemias e catástrofes naturais. Indivíduos com menos de dezoito anos e mais de 45 (quarenta anos para as mulheres) estavam dispensados. Qualquer recusa era passível de penas previstas no código militar.

11 DE JULHO DE 1941

Nos últimos dias, tivemos onze alertas aéreos.

Quatro no dia 7.

Três no dia 8.

Três no dia 10.

E um até agora, dia 11.

A cidade se transforma em zona militar. Veículos cheios de combatentes e munições, assim como caminhões-tanque de combustível, cozinhas de campanha, e pela manhã tropas, tanques e outros veículos blindados seguem na direção da avenida Nevski e no sentido contrário. Todos cobertos de pintura de camuflagem verde, de forma que, em alguns, os combatentes parecem estar em meio a uma floresta de verdade.

No dia 9, por quatro horas abri uma trincheira ao longo do canal Obvodny.[39]

17 DE JULHO

Dia 12 de julho, me disseram que eu devia ir ao escritório da administração do prédio. Mamãe foi se informar para saber do que se tratava. De fato, desde o último decreto, os alunos não dependem das administrações dos prédios. Pouco depois ela voltou, bastante preocupada.

— Bem, Lena, prepare suas coisas. Você vai partir com um grupo para não sei onde, por três dias. Deve levar o quanto puder de pão, açúcar e outros mantimentos.

Fui ao escritório da administração ao meio-dia. Tinha minha pasta da escola numa mão e um embrulho com travesseiro e cobertor na outra. Além de mim, o gerente enviou mais cinco pessoas: duas meninas — Alia e Zoia, que acabam de fazer dezesseis anos —, e três rapazes — Iura Bekker, Petia e Ahmed.

39 O maior canal de Leningrado.

Fomos todos à Casa de Cultura da indústria de panificação,[40] na rua Pravda, e de lá seguimos para a estação de Vitebsk, onde pegamos o trem. Era um comboio com vagões das linhas do subúrbio. Sentei-me ao lado de uma janela aberta. Viajamos por cinco horas e chegamos à estação de Tarkovitchi.[41] Eram 10h da noite. O sol tinha se posto por trás da floresta. Disseram para nós: organizem-se em brigadas e por enquanto fiquem aqui, entre os arbustos. Não acendam fogo, pode haver um ataque aéreo a qualquer momento. Não foi preciso insistir, nos espalhamos entre os arbustos e comemos um pouco. Nós nos reagrupamos — ou seja, todos do nosso prédio — com o pessoal de outro edifício e nos juntamos aos trabalhadores da fábrica de cigarros Glavtabak.[42] Em plena noite prosseguimos nosso caminho. Eu tinha dificuldade para andar, atrapalhada com uma pá e com as duas mãos ocupadas. E só a pá já ocuparia totalmente uma das mãos. Seguimos num passo rápido (pelo menos assim éramos menos atacados pelos mosquitos).

Depois de passar por um grande povoado de operários, atravessamos com dificuldade um barranco e nos vimos diante de uma linha de estrada de ferro. Atravessamos os trilhos e penetramos na floresta. A estrada serpenteava, às vezes subindo, às vezes descendo, e não víamos o fim daquele tormento. Foi quando começou um caminho em subida suave mas extenuante, que nos levou ao topo de uma colina. O cansaço nos fazia tropeçar, nossos pés atolavam na areia solta das ribanceiras, caminhávamos em pequenos grupos ou sozinhos, tentando não fazer barulho. Reinava o silêncio ao redor. Estávamos com os nervos à flor da pele. Todos tinham consciência da possibilidade de um *raid* aéreo, mas o que aconteceria se houvesse inimigos escondidos na floresta? Uma metralhadora atiraria em nós e o silêncio da noite se quebraria com nossos gritos e gemidos. E quem viria nos socorrer neste canto perdido?

Mais uma curva na estrada e descobrimos o seguinte panorama: estávamos na crista de uma colina com uma encosta que descia de forma suave

40 Trata-se da Casa de Cultura dos Trabalhadores da Indústria Alimentícia.

41 Estação de uma cidade situada ao sul de São Petersburgo, a 35,6 quilômetros.

42 Empresa fabricante de cigarros.

até um rio. A superfície larga e lisa da água cintilava sob a tranquila claridade da lua. Bruscamente ouvimos um barulho de motor, e a silhueta negra de um avião surgiu na escuridão. Olhamos uns para os outros. Todos tínhamos a mesma pergunta na ponta da língua: é um dos nossos ou não? O avião voava baixo, pouco acima do rio. Começamos a ficar com medo. Ele voou quase por cima das nossas cabeças. Era um bimotor, aparentemente um bombardeiro leve. O avião começou a se afastar. De repente, luzes brancas e amarelas passaram a piscar sobre suas asas e cauda. Ficamos um bom tempo ali parados, de olhos fixos naquelas luzes faiscantes.

O trovoar do motor se afastou e continuamos nosso caminho — que às vezes descia, depois subia, ia à esquerda, à direita —, e seguíamos arrastando nossos pés. Eu não tinha mais forças para continuar. Passei minha pá para alguém. Começávamos a temer que estivessem apenas nos extenuando para depois nos abandonar, quando vimos, distante, o contorno de diversas isbás. Será possível que em pouco tempo fôssemos estar no calor, tomando um chá quente antes de dormir? Vãs esperanças. Chegando à rua principal do vilarejo, percebemos o que nos esperava: alinhadas ao longo de paliçadas que nem cadáveres, por todo lugar pessoas estavam deitadas no chão. Disseram não haver lugar para nós e que devíamos seguir para fora do vilarejo, se quiséssemos nos deitar. Começamos a travessia. Por mais que andássemos, não avistávamos o fim do vilarejo. A rua fez uma curva e de novo vimos uma continuidade infindável de isbás, sempre com pessoas deitadas no chão, uma ao lado da outra. Disseram-nos que 8 mil habitantes de Leningrado já se encontravam ali. Finalmente chegamos à última isbá, uma granja, na extremidade do vilarejo. Espalhamo-nos afastados da estrada e abrimos nossas trouxas para dormir na relva — úmida, mas não tinha jeito. De repente, vi algo esbranquiçado bem perto de mim. Era na verdade um velho telhado de palha, caído no chão. Deitei-me por cima, pois, de qualquer maneira, estava mais seco do que a relva. Enrolada no meu cobertor até a cabeça, me espreguicei bem e dormi. Dormi como uma pedra. Acordei com o sol começando a despontar. A relva cintilava com os primeiros raios, os passarinhos cantavam alegres. Pouco depois, descobrimos que estaríamos livres até as 6h da tarde.

Eu me encontrava num povoado grande, junto à margem alta do Oredege. Que lugar bonito! Tinha uma praiazinha de areia. Tomamos banho e nos bronzeamos ao sol. Soubemos que não haveria distribuição de alimentos num primeiro momento, mas que logo os receberíamos.

Às 6h nosso chefe nos reuniu e fomos ao trabalho.

Durou das 6h da tarde às 6h da manhã. Cinquenta minutos de trabalho e dez de repouso, com uma pausa para comer, entre meia-noite e 1h.

Uma vez, durante uma pausa (às 9h da noite), ouvi um rapaz que conheço [...][43]

25 DE AGOSTO

Cá estou de volta à casa. Acabo de chegar.

Nelia Klenotchevskaia. Rua Krasnoarmeiskaia. Tel.: 2-16-42.

Kira Zamychliaeva. Rua Podolskaia, 23, ap. 20.

Vitia Rochman. Rua Krasnoarmeiskaia. Tel.: 2-34-63.

Fizemos um aterro perto de Dudergof,[44] os alunos do nosso colégio e de outros.

Nós — Natalia Alexéievna, Valia Korobkova, Liova Libman, Iura Tserekovski, eu e outras — chegamos a Dudergof ao meio-dia, pelo trem de subúrbio. No caminho, encontramos Tamara e mamãe. Nosso destino final era uma escola. Uma hora depois, já trabalhávamos no canteiro de obras da estrada. Foi assim que começou minha vida no vilarejo de Lili-Demiagi. É um pequeno vilarejo finlandês situado no alto de uma colina. Nos arredores há apenas finlandeses. Morei nesse lugar durante exatos dezoito dias. De início, tudo estava calmo. A gente se levantava às 7h da manhã e às 8h já estávamos no canteiro de obras. Eram cinquenta minutos de trabalho e dez de descanso. Durante essa pausa íamos até um imenso monte de feno para deitar e

43 Texto interrompido.

44 Antiga localidade a sudeste de Leningrado. Atualmente Mojaiski.

ficávamos à sombra. Ao meio-dia, quem estivesse de plantão trazia o almoço. Depois seguia o trabalho até as 6h da tarde. Às 7h15 já estávamos de volta à escola que nos hospedava e que se avistava de longe. Um prédio de um só andar, em madeira, bem no alto da colina. Logo à frente se estende um vale cercado de pequenas colinas com encostas suaves. O vale é atravessado, no centro, por uma estrada vicinal. Do canteiro até nosso alojamento são, no máximo, quinhentos metros. O prédio da escola compreende duas salas de aula, um corredor e um hall de entrada. No início, as coisas se organizaram da seguinte maneira: uma sala para as meninas e outra para os meninos. Nos primeiros dias, eram as moças do colégio nº 15 que ficaram na nossa sala e, na sala ao lado, meninos que eu não conhecia. Das meninas do colégio nº 15, gostei de duas em particular: Zoia e Valia. Zoia já fez dezesseis anos, mas parece ter treze ou catorze. O rosto é bem infantil, de ar cândido. É pequena, bem apessoada, com duas trancinhas castanho-claras. Tem um rosto bem delicado, ovalado, testa larga, olhinhos acinzentados, sobrancelhas finas, nariz pequeno e bonito, mas boca feia e meio grande demais. A boca, justamente, confere ao conjunto a expressão de pura inocência, vagamente triste.

Valia é alta, bem-apessoada, esbelta, cabelos castanho-escuros cortados curto, olhos amendoados alegres e maliciosos. O rosto é amplo, com maçãs salientes, olhos ligeiramente puxados. Não é de forma alguma bonita, mas tem uma expressão cativante e promissora.

Certa noite, estávamos todas juntas e elas nos falaram de suas aventuras amorosas. Zoia de forma alguma é a pessoinha cândida que parece ser à primeira vista. Pelo contrário, é até bem "atirada". Contou que muitos garotos já gostaram dela, e ela se divertia gostando deles também, tendo sido beijada três vezes: na testa, na nuca e na bochecha.

— Vejam, no ano passado eu estava num sanatório na Crimeia — contou Zoia — e um sujeito chamado Serioja ficou interessado por mim. Ficou tão apaixonado que chegava a ser chato. Também me apaixonei por ele. Um dia, fiquei doente e me transferiram para um quarto isolado. Serioja não me largava. Eu tinha febre alta. Estava deitada semiconsciente, abria os olhos e lá estava ele, sentado na cadeira ao lado, vestindo um roupão branco, todo triste. E me olhava com tanto carinho...

Zoia fechou os olhos por um momento e depois se agitou parecendo se irritar.

— Mas sabem, meninas, em outras horas, por exemplo, era realmente desagradável, pois tinha vontade de ir a algum lugar e era simplesmente chato... — contou com um sorriso constrangido. — E um dia, me disseram que estava curada. Nesse sanatório as meninas não se alojavam no mesmo prédio que os meninos. Um dia, estava em meu quarto e vieram me dizer: "Zoia, Serioja está chamando". Corri até a varanda e foi onde ele me encontrou. "Vim me despedir, Zoia. Tenho que ir embora. Provavelmente nunca mais nos veremos. Adeus!" Ficou por um momento sem falar e depois pegou minha cabeça entre as mãos, me puxou impetuosamente e me beijou a testa. É verdade, meninas, ele me puxou e foi tão carinhoso, me beijou com tanto carinho... Em seguida se virou de repente e se afastou correndo. Nunca mais o vi...

Alguns dias depois, essas amigas se foram. Depois disso, Vovka, Micha, Yania e Kira Krutiakov vieram por três dias. Mas mal pude vê-los. Não tive a menor chance de falar com Vovka. Fiquei intimidada, não conseguia me decidir a procurá-lo, mas eles também não. De forma que Vovka e eu ficamos como dois estranhos. Antes que se fosse, passei por ele no corredor: pedi que viesse nos ver na nossa sala de aula para que eu contasse em detalhe como vivo aqui e para que levasse um cartão-postal meu para mamãe. Era de novo o bom amigo, o menino correto que estava ali à minha frente. Trocamos um caloroso aperto de mão, ele me desejou tudo de bom e se foi. Eu, por minha vez, voltei ao canteiro de obras e à noite, quando entrei no nosso quarto, nada reconheci: estava cheio de uns caras grandes e todos, além de tudo, fumando. Estava uma algazarra horrível.

Foi como travei conhecimento com os alunos do colégio nº 15. Eram dezesseis: um professor, treze rapazes e duas moças. Uma delas, Lenia Klenotchevskaia, era uma velha conhecida minha. Estudou no nosso colégio, depois se mudou e agora está no nº 15. A outra, Kira Zamychliaeva, é amiga dela. Na mesma noite, apesar da escuridão, fiquei de olhos e ouvidos atentos, prestando atenção num rapaz que nitidamente se distinguia dos outros.

Seus colegas pareciam todos ter dezessete ou dezoito anos, tinham voz grossa, mas ele — chama-se Andrei — era menor que os outros, com modos provocadores e voz fina de menino. Andrei me fazia pensar em alguém com não mais do que quinze anos. Até pensei que a lei sobre a mobilização de garotos de quinze anos para trabalhos especiais tivesse entrado em vigor.[45]

Um após o outro, todos acenderam cigarros. Andrei permanecia sentado no seu canto e trocava às vezes algumas palavras com o rapaz ao lado. Pensei: o bom é que pelo menos ele não fuma. Mas nesse exato momento ele se levantou, tirou do bolso do casaco um objeto achatado e levou aos lábios um cigarro russo, riscando com destreza um fósforo na sola do sapato. Pela primeira vez vi o seu rosto, que muito me agradou.

— Andrei, passe os fósforos!

Ele jogou a caixa, atravessou o quarto balançando de leve os ombros e se dirigiu à porta.

— Ah!

— Droga! Quase me queimou!

— Como se chama, belezoca?

— Você vai saber mais tarde. Como vê, estou carregando água fervendo.

Foi como Valia Korobkova conheceu Andrei. Depois do chá, todos os rapazes saíram. Nós, moças, já nos preparávamos para dormir quando dois deles voltaram ao quarto: Andrei e Zoria. Eles acenderam um cigarro.

— Rapazes, por favor, não fumem no nosso quarto. Já estamos sem ar aqui — pediu Valia.

— Posso saber por que está berrando assim? — perguntou Zoria.

— Não estou berrando, estou falando. Não seja mal-educado — respondeu Valia.

Um deles avançou uns passos na direção de Valia, parou bem perto e acendeu um fósforo debaixo do seu nariz, para iluminar o rosto.

Valia soprou e apagou a chama.

— Ah, é você — reconheceu Andrei.

45 Alusão a um decreto do soviete (Conselho Municipal) de Leningrado, de 9 de agosto de 1941, relativo à mobilização de homens entre quinze e 55 anos e de mulheres de dezesseis a cinquenta anos, para o serviço de trabalho obrigatório.

Em seguida acendeu outro fósforo bem junto do meu rosto.

— Saiam, as meninas estão dormindo! — interferi.

— Andrei, seu burro! Por que está acendendo fósforos? Pare com isso!

— Estamos conhecendo essas senhoritas — respondeu Zoria.

— Que bela maneira de se apresentar. Senhoritas, perdoem. É um atrevido.

— Sacha, mantenha os bons modos — respondeu Andrei. — Agora tudo se esclareceu. Não sabíamos quais moças tínhamos pela frente. E se, por exemplo, nos cortassem a garganta durante nosso sono!

Alguém entrou bruscamente no quarto.

— E eu posso garantir, porra, que tomamos de volta esta cidade.

— Não podemos ir aos chuveiros, as senhoras estão lá! — ouviu-se a voz de Andrei. — Shhh! Pessoal, nada de palavrão, temos mocinhas aqui.

— Com certeza já estão dormindo, estão exaustas.

— Senhoritas, não estão dormindo?

Ficamos caladas. Um fósforo foi riscado, o quarto se iluminou.

— Estão dormindo.

Era essa a nossa vida. Bem alegre. Barulhenta. Tumultuada.

No dia seguinte, Andrei e Valia ficaram: fariam a guarda da escola. Quando voltamos, a água fervia, os quartos estavam arrumados, a louça, lavada. Foram muito cumprimentados por todos.

Andrei disse:

— Valia, que ficou aqui comigo, não é uma menina, é uma menina de ouro.

— Casar-se com alguém assim é de dar água na boca.

— Vamos casá-los, vamos casá-los! — todo mundo gritou.

— É verdade, amigos, por que negar? O noivo está de acordo.

— Mas já obteve o "sim" da noiva?

— O que estão pensando, rapazes? Ela está tão contente que nem sabe o que dizer.

Valia empurrava como podia os rapazes, que se entusiasmavam.

— Todo mundo fora daqui! O que deu em vocês? Perderam o juízo?

— Para trás, todo mundo! — exclamou Andrei com voz de comando. — Realmente não sabem como se dirigir a uma dama. É necessária a abordagem certa.

Valia tentava controlar o riso, como todos nós.

— Valia é inteligente, o que estão pensando? — disse Andrei, se dirigindo a ela e pegando-lhe a mão. — Agora é minha mulher para sempre. Combinado? Combinado?

— Combinado! Combinado! Combinado! Mas me deixem em paz. Já estão realmente me irritando.

— Ela aceitou! Aceitou! — gritaram todos. — Parabéns, Andriucha, ótima aquisição.

Andrei riu.

— Obrigado, obrigado. Podem encher a pança!

Os meninos deixaram o nosso quarto. Valia se jogou na sua coberta. Estava vermelha, rindo, feliz, e olhou para nós.

— São completamente doidos. Realmente me deixam louca.

Virou-se de costas e ficou deitada, com a cara enfiada no travesseiro.

Andrei apareceu na soleira da porta.

— Valia, vem rápido. Sem você nada funciona.

Ela nem se mexeu.

Andrei se aproximou. Valia cobriu o rosto com as mãos. Ele a olhou e se agachou ao seu lado.

Estava bem perto dela. Ouvi cochicharem.

— Valia, o que houve? Ficou zangada? Era só brincadeira. Ficou sem graça? Hein? Valia? Responde! Nos desculpe, foi uma brincadeira grosseira. Você nos desculpa? Não faremos isso de novo.

— Andrei, me deixe em paz!

Ele imediatamente ficou de pé.

— Mas que coisa! Não se pode fazer uma brincadeira! A mocinha é cheia de não me toques; não aceita o menor gracejo.

Andrei se dirigiu à porta.

— Valia, pela última vez: pode vir nos ajudar?

Ela bruscamente ergueu a cabeça.

— O que preciso fazer?

Andrei respondeu, parecendo preocupado.

— É que, sabe? A gente queria fazer um café.

— Só isso? Por quê, não sabem fazer?

— Não, ninguém sabe... — respondeu Andrei.

— Bando de incompetentes!

Ela prontamente se levantou.

— Até que enfim! Achei que estava fazendo tipo e não aguento meninas que fazem tipo... — e acrescentou com uma risada de deboche. — Ainda mais sendo minha mulher!

— Bom, tudo bem! Mas pode ir com calma com isso de ser sua mulher.

E correu para fora do quarto.

Andrei pegou uma tigela que tinha ficado no parapeito da janela.

— Vamos nos casar, que alegria! — cantarolou, indo embora.

Passei quase todo o tempo livre que tinha com Tamara. Às vezes passeávamos até o alto da colina em frente à escola e cantávamos todas as músicas que nos passavam pela cabeça. Ou então refletíamos sobre o que é o amor e sobre a maneira de explicar a palavra "ingenuidade" com outras palavras.

Um dia, depois do trabalho, eu estava sozinha, deitada na encosta da colina, pensando em todo tipo de coisa e em diversas pessoas. Era fim de tarde, mais ou menos 7h. Um dia bonito, quente, e o sol me aquecia suavemente. A imaginação fazia desfilar o rosto de pessoas que eu tinha conhecido. De repente, as seguintes palavras ressoaram claramente em meus pensamentos: "Vamos nos casar, que alegria!". Imaginei Andrei de pé à minha frente. A expressão do rosto era afoita, quase insolente. Estava bem-arrumado, bonito, com uma mecha de cabelos cacheados caindo na testa ampla. Deus do céu, por que Vovka não era como ele? E imediatamente Vovka se impôs em minha mente. Via-o grande, charmoso e tão gentil. Por que não me ama como eu gostaria que me amasse, como Serioja ama Zoia? O que ela tem que eu não tenho?

Vejo-me no teatro. Estamos sentados um ao lado do outro. Assistimos a *O copo d'água*.[46] Lanço olhares disfarçados para ele. Está ali, bem ao lado, tão perto e tão longe. Tenho tanta vontade de encostar a mão nele. Mas ele

46 Espetáculo montado a partir da peça de Eugène Scribe, *O copo d'água ou os efeitos e as causas* (1909).

não está absolutamente nada preocupado comigo, e sim totalmente ligado no espetáculo que se apresenta no palco.

Vejo-o agora com um gorro surrado e os cabelos em desalinho. Está deitado de barriga no chão, cabeça apoiada nas mãos, olhar perdido no vazio, pensativo. E o trem não para de correr. Grandes vagões de carga que fazem barulho. Estamos voltando para Leningrado. Estou bem, deitada de lado na segunda banqueta de tábuas. Vovka estendeu-se ao lado de Micha Iliachev, que dorme e está mais perto de onde estou.

Vejo-o se virar para mim. A expressão pensativa começou a se desfazer num sorriso. Sorriso de felicidade infantil. Não me disse nada, apenas olhou para mim com um largo sorriso amigo. Só bons camaradas podem sorrir dessa maneira quando querem demonstrar o que sente a sua alma no momento. Vejo seus olhos ardentes exprimirem felicidade e também sorrio com felicidade. Raramente Vovka está com essa disposição. Trocamos um longo olhar e nos entendemos sem ter que pronunciar nenhuma palavra.

Vejo-o na esquina de uma rua com os amigos. Está todo de branco, sem se mexer, com um picolé. Parece tão calmo, tão indiferente com relação a tudo em volta, como se força alguma no mundo pudesse incomodar.

Vejo-o na antiga sala do diretor do colégio. Estou de pé junto do aquecedor, ele está sentado no sofá, ao lado de mamãe. Olhamo-nos e de novo ele sorri, o sorriso que conheço tão bem e não entendo o que quer dizer. Ou está de novo feliz, apenas contente de ver uma "velha amiga", ou sei lá mais o quê...

O ronco dos aviões interrompe minhas reflexões. Volto à realidade. Os alunos do colégio nº 15 descem da outra colina na maior algazarra. Cantam não sei o quê, mas entendo o refrão "bata com o pé, bata com o pé!". Dirigem-se para a base da colina em que estou sentada. Já dá para entender a letra do que estão cantando. É bem grosseira e cheia de obscenidade. Se não os conhecesse, poderia pensar que são bandidos da antiga Ligovka[47] reunidos. Depois começaram outra. Um pouco melhor. Até gostei e guardei a letra:

47 Bairro em torno da rua Ligovskaia (avenida Ligovski desde 1956), que tinha má reputação

Navega, barquinha dos ladrões! Ai, ai!
Para onde te leva a correnteza?
Essa é a vida dos ladrões! Ai, ai!
Com ela ninguém desaparece.

Nunca Aurka seria lavadeira! Ai, ai!
Trabalhar na cozinha não é para uma ladra.
Sujar as mãos num carrinho! Ai, ai!
Trabalho assim não é para um ladrão.

Não sob um teto, mas numa barca! Ai, ai!
Vive-se com a correnteza que nos carrega.
Dinheiro, mulheres e vodca! Ai, ai!
E com isso por todo lugar nos respeitam.

Nunca uma ladra será lavadeira! Ai, ai!
Para nós, não há outro caminho!
Sujar as mãos num carrinho! Ai, ai!
Trabalhar é como fumar um cigarro.[48]

Estão todos lá: Sacha, Zorka, Andrei, Jenka, Nader, Igor, Levka.

Aliás, um pouco sobre Nader. Nader não é apelido e sim seu verdadeiro nome. Chama-se Nader e o sobrenome é Avshar. É de origem persa. Dá a impressão de ter dezoito ou até dezenove anos, mas acaba de fazer dezesseis. É alto, musculoso, e de boa aparência. O rosto é bronzeado e magro, tem um nariz grande, bem oriental, com ligeira saliência, olhos negros orientais, cabelos castanhos cacheados. Usa quase sempre a mesma boina, que lhe cai muito bem, melhor do que em qualquer outro. De maneira geral, é um belo rapaz.

---

antes e depois da revolução de 1917. A palavra "Ligovka" passou a designar bairros frequentados por marginais, de maneira geral.

48 Uma das versões de uma canção de ladrões dos anos 1930.

Parece um espanhol. Soube depois, por confidência de Nelly – da turma dele no colégio –, que ele é excepcionalmente gentil e honesto. E às vezes grosseiro com os colegas. Mas isso raramente acontece.

Houve gritos, os meninos abriram espaço e começaram uma luta. Zorka se atracou com Jenka. Algumas palavras sobre Zorka. É um judeu alto e boa-pinta, bem bonito. Extremamente insolente. Não tem o menor pudor nem o menor escrúpulo com as meninas. Quando há discussão, tudo que tem vontade de dizer ele diz como se fossem tiros de canhão.

Não gosto do seu olhar arrogante, fugidio e exaltado. Nem de sua boca grande. Esse mesmo Zorka trouxe um toca-discos da cidade e certa noite colocou para tocar disco atrás de disco. Ele gosta de jazz e é louco por cantoras como Klavdia Chuljenko e Edith Utiossov.[49] Adora se mostrar diante das meninas, mas todas o evitam por causa de sua arrogância.

Lutaram bastante. Nenhum dos dois desistia, rolando no chão por longo tempo, lado a lado. Jenka afinal foi o vencedor.

Algumas palavras a seu respeito. É um tipo banal. Nada de especial. Tem um rosto bem agradável. Nariz arrebitado. É alegre, agitado. Também gosta de se mostrar quando tem moças por perto. Dança muito bem e, depois da dança, cumprimenta e faz anéis de fumaça. Usa uma boina azul.

Todos se puseram a gritar, aos berros. Então Jenka estendeu a mão a Zorka e o ajudou a se pôr de pé. Nesse meio-tempo, Andrei arranjou não sei onde um pneu velho e rolou-o até lá. Os meninos resolveram jogar futebol. Andrei ficou no gol. O outro goleiro era Zorka. Andrei estava mancando e se afastou um pouco. Abaixou as calças e vi que estava com a perna enfaixada.

Plantou-se junto do pneu e gritou bem alto: "Ei, pessoal! O que estão fazendo? O goleiro aqui está preocupado!". Começou a se fazer de goleiro

49 Klavdia Chuljenko (1906-1984), cantora e atriz. Em janeiro de 1940 ela criou uma orquestra de jazz e fez mais de quinhentos concertos para os soldados. Edith Utiossov (1915-1982) cantou principalmente jazz, com a orquestra do seu pai, Leonide Utiossov. (N. d. T. F.)

aflito e representava realmente bem o papel. Com as pernas afastadas e o corpo inteiro contraído, pulava de um lado para o outro, de cabeça caída para a frente.

Começou a partida. Zorka revelou-se péssimo goleiro, não defendeu uma única bola. Andrei, pelo contrário, foi ótimo. Não deixou passar nenhuma. Pequeno, ágil, mergulhava nas pernas dos jogadores, roubava a bola, se esquivando muito bem toda vez que queriam derrubá-lo. Mas também não economizava palavrões. Sua voz estridente lançava grosserias com mais frequência que os outros. Cansei de ficar assistindo e fui embora.

Nessa noite fui buscar leite. Voltando com a garrafa, vi dois alunos se aproximarem pela direção oposta, conversando. Afastei-me para deixá-los passar e olhei mais atentamente para ver de quem se tratava. Era Andrei, que andava de braço dado com Valia Korobkova. Estava elegantemente vestido, de calças compridas e um bonito pulôver de lã. Valia estava com um chapeuzinho branco novo em folha, e Andrei, com uma capa de chuva jogada por cima dos ombros. Têm a mesma altura e, enquanto caminhavam, Andrei contava alguma coisa, sem a menor pressa. Parecia tão calmo, tão meigo! Praticamente impossível acreditar que era o mesmo Andrei que pouco antes chutava a bola e xingava aos berros. A agulha fina e afiada da inveja me picou: virei-me outra vez para os dois vultos que se afastavam e me arrastei até a escola. Quando cheguei, já estava bem escuro. E nem eram 10h. Valia e Andrei voltaram depois das 11h, com quase todo mundo já dormindo. Tudo aquilo, de início, me pareceu estranho. Depois, nos dias seguintes, me habituei. Pois Andrei e Valia saíam em passeio todas as noites. Voltavam às vezes bem tarde. Parei de sentir inveja. Ambos têm dezoito anos e eu apenas dezesseis. Meu tempo virá e também vou me divertir.

Mas Zoia, com somente dezesseis anos, já faz loucuras e troca beijos.

É aí que está o interesse, na minha idade, em dedicar tempo a essas diversões, como Galia: deixa com inveja as meninas de sua idade.

Mas para que falar disso?

Quando não tínhamos ainda o toca-discos, os meninos organizaram concertos em que tocavam jazz à maneira deles. Cantavam bastante bem, com harmonia, todos com voz de baixo, enquanto Andrei se distinguia com seu tom agudo e suave. Imitavam os instrumentos, urravam, estalavam a língua, arremedavam o canto do galo, era realmente bom. As canções preferidas eram "Taniucha" e "Tem uma montanha no Cáucaso".[50] Transcrevo:

Karapet se apaixonou pela bela Tamara.
Mas não é o namorado que ela quer.
(Nesse momento, Andrei faz voz de menina para o papel de Tamara)
Ah, saia para lá, velho Karapet!
Tenho um marido moço, Ahmed.
Assim que ouvir o que está dizendo
Vai arrancar a sua cabeça fora.
(Todos)
No Cáucaso tem uma montanha. Altíssima!
A seus pés correm as águas turvas do Kura.
Se a gente subir ao topo e se jogar lá de cima,
Tem boas chances de perder a vida.
Karapet chega à noite à casa de Ahmed.
(Um dos rapazes, em solo)
— Ah, Ahmed, quer um bocado de dinheiro?
Posso dar em troca de Tamara, é claro.
Vamos nos casar e ir a Tiflis.
(Todos)
Ahmed diz:
(Um dos rapazes, em solo)
— Por que não?
Há tantas mulheres e tão pouco dinheiro.
Pegue minha mulher, vamos beber vinho.
Perco uma, encontrarei cinco.

50 "Taniucha", canção de Mark Marianovski (1889-1944), mais conhecida como "Tatiana", tornou-se célebre com o cantor Piotr Lechtchenko. "Tem uma montanha no Cáucaso", canção de Oskar Strok (1893-1975), também conhecida na voz de Lechtchenko.

(Todos)
No Cáucaso tem uma montanha...
[...]
Nós, caucasianos,
Gostamos de vinho e de carinhos.
Se os carinhos nos enganam, ai, ai, ai!
Vou ter uma ideia ruim
E vou afiar meus punhais.
E depois degolá-la
Para que não fuja.

Nada sei[51]
Nem quero saber.
Sei apenas
Que te amo.
Minha querida, confesse,
Consegue compreender
Como é terrível sofrer por amor?
(Em tom mais inspirado)
O dia inteiro sofro,
À noite não durmo.
Nada sei
Nem quero saber.
Mas teu sorriso,
Não posso esquecer.
E agora não sei
O que devo fazer.

Menina, por favor, entenda!
Menina, não me faça sofrer!

51 Foxtrote famoso gravado por Evgueni Bodo pouco antes da guerra.

Menina, sem você fico triste.
É minha querida, minha alegria.

Não vou lhe causar desgosto.
Que tudo fique em segredo,
E não parei de desejar
E de pensar num encontro casual.

Moro num apartamento equipado,[52]
Temos um piano e um saxofone,
Quatro alto-falantes
E um toca-discos atrás de cada porta.

Também tenho toca-discos,
Mas não o faço funcionar,
Pois isso acabou comigo.
A música me enlouquece.

E o que me tornei?
Toda minha família se espanta.
Assim que ouço música,
Começo logo a cantar.

Em que monstro me transformei!
Que gênio difícil o meu.
Mal me apaixono por uma jovem,
E ela já está com outro.
Um pesadelo!

52 Texto parecido com uma canção intitulada "Jazz supporter", interpretada por Leonide Utiossov.

Mal acabava a tarde e todos nós, os mais jovens, nos reuníamos na frente do colégio. O ambiente era alegre e barulhento. O toca-discos de Zoria funcionava. Não era, porém, o que eu queria, e me afastei de toda aquela bagunça. Desci a colina por uma trilha. Ouvia de longe o jazz, os gritos e os risos, que se distanciavam.

Lá, ao pé da colina, não há mais barulho. Espio em volta: que início de noite maravilhoso, com grandes estrelas me olhando lá de cima. Como o vento está espantosamente ameno e calmo! A brisa ligeira e morna me agita os cabelos. Meu coração pouco a pouco vai se enchendo de tristeza. Tenho pena de mim mesma. Sento-me na palha que guardou calor e penso, e penso. Tristes lembranças me atravessam a mente. Estou aqui, sozinha, e ninguém se importa com isso. Todo mundo tem suas próprias preocupações, suas tristezas e alegrias. A essa hora, Andrei passeia com Valia por algum lugar. Valia está contente. Por que não tenho felicidade? Por quê? Tamara provavelmente dorme, se sente feliz. E com certeza não pensa em bobagens assim. Mas pode ser que também pense, vai saber!

E por que não há ninguém ao meu lado? Numa noite como esta, além de tudo. É de dar pena, realmente. Nada acontece numa noite assim. Não quero estar sozinha, mas também não quero algazarra. Gostaria de estar com quem amo e que me ama. Mas ninguém me ama. Eu, no entanto, amo. Mas o que ganho com isso? Apenas sofrimentos inúteis. Na verdade, ele não me ama e nem sabe que o amo. Por que demonstrar, sabendo que não haverá resposta para isso? Sim, é constrangedor tamanho vazio nos meus dezesseis anos. Bom, é claro, mais tarde alguém vai me amar. Mas e daí? Ele não vai me deixar, mas eu quero isso agora, exatamente, agora mesmo. Nos meus dezesseis 16 anos. Quero sentir que alguém me ama.

Como é triste estar sozinha em uma noite tão maravilhosa. Vovka deve estar dormindo em Leningrado. Na verdade, não, deve estar de guarda no sótão. Mas o que posso conseguir com ele? Malditos sejam esses meninos sem coração!

Lentamente volto à escola. Parei junto ao toca-discos. Está tocando um tango. Andrei junta os discos. O tango acaba. Andrei se prepara para desligar o aparelho. Algumas meninas correm até ele.

— Andrei, mais música!

— Chega, meninas. Basta por hoje. O exagero é inimigo da perfeição.

— Só o outro lado, Andreucha!

Ele pega um disco.

— Qual é, Andrei?

— Dancem, meninas! É a última valsa!

Uma valsa sai do toca-discos. Andrei convida uma das moças em volta. Ele abraçou-a com destreza pela cintura e conduziu-a com suavidade, embalando-a de um lado para o outro, e depois começou a girar, a girar rapidamente, com arte e beleza... O disco chegou ao fim. Andrei agradeceu à sua dama e foi até o aparelho para desligar e guardar o disco na capa.

— A última, Andrei, o que te custa?

Ele tirou a manivela do aparelho.

— Nada disso, meninas. Hoje serei implacável.

— Mas não são nem 11h!

— Não importa, moças, já é hora de dormir, para todo mundo. Crianças não devem farrear tão tarde.

29 DE AGOSTO

Hoje mamãe Lena me revelou uma terrível verdade. Resolveu contar que minha mãe morreu. Não consigo ainda acreditar, nem realmente conceber. Mas desde já sinto o vazio da solidão se abater sobre mim. Palavras não podem exprimir o quanto nos amávamos. Somente mãe e filha podem se amar a esse ponto.

Você é minha estrelinha luminosa!
Você é minha florzinha do campo!
Você é assim tão bela,
Meu passarinho querido.
Não tenho palavras para comparar,
Minha Lenússia adorada.
Não existe filha no mundo
Melhor do que minha Lenússia.[53]

53 Pode-se supor que o poema seja da mãe de Lena, Maria Nikolaievna Mukhina, para a filha. (N. d. T. F.)

Minha mão treme. Meu coração se comprime no peito. Ela morreu no dia 1º de julho.

Em 1º de julho de 1941, durante esta sangrenta guerra com os alemães, aos 44 anos você se foi desta vida e eu nem mesmo sei em que circunstâncias.

Minha mãe, minha inestimável mamãe querida! Não está mais aqui. Como vou poder viver? Meu coração está dilacerado. É o primeiro golpe que me aplica o destino. Sinto-me totalmente insegura. Com medo. Vou agora mesmo à casa de Tamara.

Minha vontade é sair correndo para ver Vovka. Não quero ficar em casa. Tudo me causa repulsa.

Os alemães ocuparam Dnipropetrovsk. Dizem que se aproximam de Gatchina. Erguem-se na cidade postos permanentes de tiro. Leningrado se transforma em uma fortaleza.

Como gostaria de ter um namorado para nos prometermos, nesses tempos inseguros, unir nossas vidas para sempre, dentro de alguns anos, se sairmos vivos disso tudo.

Quanta adversidade! Como estou sofrendo! Agora, sem ter mais mamãe, tenho tanta necessidade de ser amada.

Estou de causar pena. Sinto-me completamente abalada. É o primeiro golpe do destino. Tenho só dezesseis anos e já sofri esse primeiro choque. O que me espera ainda? Não sei.

Milhares de homens morrem na frente de batalha, entre os quais meninos de dezesseis anos, da minha idade.

Hoje, por causa do novo decreto de Voroshilov, estou livre dos trabalhos especiais.[54] Porque tenho dezesseis anos e, pela nova lei, ficam obrigadas ape-

54 Alusão a uma resolução do Conselho de Defesa de Leningrado, de 29 de agosto de 1941, sobre o recrutamento dos habitantes para a execução de trabalhos visando o reforço de defesa da cidade.

nas as moças a partir dos dezoito anos e os rapazes a partir dos dezesseis. Hoje Tamara veio me ver e passei um bom momento com ela. Contou muitas coisas interessantes. Depois, li em voz alta a novela *O cão fantasma,* de Turguêniev.

Agora, estou perdida nas lembranças do passado.

Um dia, já de noite, alguém entrou de supetão em nosso quarto e gritou:

— Vejam, crianças, aviões pegando fogo!

É claro, corremos todos para fora. Olhamos e vimos num campo as chamas de três incêndios gigantescos e uma densa fumaça negra que se erguia. Eram, de fato, três aviões pegando fogo. Soubemos depois que um deles era um caça nosso, e os outros dois, bombardeiros alemães. A noite inteira esses três extraordinários incêndios continuaram a arder. E pela manhã os destroços ainda fumegavam. Foi como teve fim a nossa vida tranquila. Mais três ou quatro dias e já tínhamos nos habituado a tudo: a combates aéreos acima das nossas cabeças, com aviões girando furiosamente, rajadas de metralhadora estalando nos mais diversos tons. Sobre nossas cabeças assobiam obuses de canhões antiaéreos e vemos as explosões no céu: distingue-se primeiro o brilho de uma chama, depois uma nuvenzinha branca que se parece muito com um paraquedas aberto. Em seguida essa nuvem pouco a pouco se dispersa. Os canhões antiaéreos atiram em diferentes tonalidades: uns trovejam, outros rugem, os demais estrondeiam. Às vezes se encadeia tal concerto da defesa antiaérea que acabamos completamente aterrorizados. Ouvem-se os trovões e as explosões ensurdecedores em qualquer lugar, e este tumulto se combina com outros barulhos, assobios agudos e penetrantes — são as balas que passam zunindo. Bum, bum — psssit! Trã, bum — psssit! Bang, bum, bang — psssit!

E a tudo isso vem se misturar o zumbido quase imperceptível, mas persistente e funesto, dos aviões inimigos. Nós mal os vemos, esses tais aviões inimigos. Em geral são pontinhos brancos quando o céu está bem azul ou pontinhos escuros sobre um fundo de nuvens. Lá estão, os inimigos, nove deles. Os canhões antiaéreos impõem medo, mas os aviões continuam a voar, voam com perseverança, com obstinação, ali onde a minha cidade de Leningrado se dilui numa bruma azul. Será possível que os canhões antiaéreos não os alcancem? Nada disso. Os nove se dispersam, formando pequenos grupos.

Desviam-se da trajetória dos obuses, ganham maior altitude, se escondem por trás das nuvens e se afastam em direção ao sol. De repente, um deles se atrasa com relação ao grupo e pode-se perfeitamente ouvir que o seu motor falha e ele vai perdendo altitude. É cercado pelo brilho de explosões, imediatamente seguidas por nuvenzinhas brancas. De repente, uma nuvem cinzenta surge por detrás dele, seguindo-o de perto.

— Foi atingido, olhe, foi atingido! — gritam ao meu lado.

— Onde?

— Ali, veja a nuvem cinzenta atrás dele!

— Estou vendo. Está pegando fogo?

— É claro!

E de novo o meu olhar se fixa no avião atingido. Ele desce. Bem lentamente, perdendo altitude. A nuvem cinzenta aumenta de volume. Vai desaparecer devagarzinho por trás de uma colina — mas o que está acontecendo? Ele se vira e desaba quase de uma só vez.

— Suas contas foram acertadas! — conclui alguém.

Vou agora escrever coisas do meu passado distante. Quando fui mandada à estação de Tarkovitchi pela administração do prédio, trabalhei lá por três dias. Das 6h da tarde às 6h da manhã. Como era exaustivo! No final, eu estava completamente acabada. Mal tinha forças para me arrastar até a casa onde nos alojávamos. Já quase não nos aguentávamos sobre as pernas, e a cabeça rodava. O dia seguinte inteiro, até as seis da tarde, ficamos deitados em tábuas duras, totalmente exaustos. Estávamos tão cansados que não conseguíamos nos recuperar para voltar a trabalhar no dia seguinte. Onde encontrar forças? Quase nem nos davam de comer. No primeiro dia, literalmente não nos deram nada. Depois, cada um teve direito a cem gramas de pão e, por volta das 3h, a três tigelas de sêmola. E que sêmola... Por mais faminta que estivesse, foi difícil engolir e tive que me esforçar para não vomitar.

Nesse dia, uma barcaça chegou com provisões. E às 5h distribuíram para cada um cinquenta gramas de salame e cem gramas de queijo com pão. Na barcaça, vendiam-se também uns *pirojki* de carne, ervilhas em conserva com carne e muita limonada em garrafa. Só que era preciso dinheiro para tudo isso.

Teve início para mim o quarto dia de terraplanagem. Assim que voltamos do trabalho, me deitei nas tábuas, me enrolei num cobertor e pouco depois eu dormia profundamente. Em seguida meio que acordei e ouvi pessoas falando em voz baixa.

— O chefe de brigada mandou que se fizesse a lista das que têm dezesseis anos. Acho que vão mandá-las para casa.

— É justo. As pobrezinhas estão extenuadas — disse uma mulher.

Ouvindo isso, acordei completamente e me apoiei nos braços. Zoia estava fazendo a listagem da qual meu nome já constava. Primeiro tive medo de não ter sido incluída, por estar dormindo. Nem conseguia acreditar no que ouvia. Fiquei apavorada de que recuassem e desistissem de nos mandar para casa. Todos nos invejavam.

— Meninas, como vocês têm sorte de poder ir embora! — todo mundo dizia.

Uma colega de dezessete anos estava particularmente chateada:

— Deus do céu, por que não tenho dezesseis anos?

— Meus amigos — disse uma mulher —, quando voltaremos a nos ver em Leningrado? Talvez a gente nunca mais se veja.

Continuei deitada, pensando. Será que o destino finalmente teve pena de mim? Será que eu escaparia daquele inferno?

O chefe de brigada chegou. Jamais vou esquecê-lo: era um homem notável. Ele então se apresentou e disse (eram mais ou menos 6h):

— Meninas, juntem suas coisas e se encaminhem ao Estado-Maior com esta lista. Encontro-as lá daqui a pouco. Quanto a nós — dirigindo-se aos outros —, ao trabalho, camaradas!

— E quando vamos embora?

— Não sei dizer, não tenho informações, camaradas. Mas sei que quanto mais rápido trabalharmos, mais rápido vamos embora.

Juntamos nossas coisas às pressas e me despedi de todo mundo. É difícil dizer a que ponto tinham inveja de nós.

Chegamos ao Estado-Maior. Muita gente já se encontrava lá. Fato é que muitos estavam doentes. Agrupamo-nos em um canto. Pouco tempo depois, ciganas vieram nos encher a paciência. Depois todas se foram, mas uma delas voltou, uma moça da nossa idade, propondo-se a ler nossa mão. Todo mundo recusou. Mas ela insistiu tanto que acabamos aceitando. Pagaríamos com açúcar. Confesso que fiquei tentada.

— Para você, vou dizer o que está escrito, simpática mocinha. Em pouco tempo encontrará o seu príncipe. Um encontro inesperado e imprevisto. Terá no coração uma alegria imensa, graças a ele.

Ela falava rápido, em um tom cantado, olhando às vezes para mim ou então para um espelho.

— O futuro lhe reserva muita felicidade. Seguindo esse caminho, terá enorme alegria, graças ao seu belo e bondoso príncipe.

— E como sabe disso? — perguntei. — Como sabe que é um príncipe bonito e não um príncipe feio?

— Porque, boa e gentil mocinha, está escrito aqui, no meu espelho.

— Ai, você não para de mentir — exclamou alguém. — Esse seu espelho é um espelho absolutamente banal.

— Se fosse banal, eu não diria a mesma coisa — ela respondeu, com os olhos faiscando de raiva, para depois continuar em um tom mais meloso.

— Bom, diga-me, por favor, não sendo banal esse seu espelho, como se chama o meu príncipe? — perguntei.

Ela me olhou, parecendo constrangida e zangada, enquanto todas as colegas ao redor se entusiasmavam:

— É, isso é o que interessa!

— Vovka — ela disse baixinho, antes de voltar a salmodiar, inesperadamente exaltada: — Na sua vida, senhorinha, graças ao seu marido bem-amado, vai conhecer a felicidade grande. E viverá em segurança. Sem dias ruins.

Foi como a cigana previu o meu futuro. De fato, uma hora e meia depois realmente encontrei Vovka de maneira inesperada. E foi unicamente graças a ele que o trajeto até Leningrado foi um momento de felicidade para mim.

Há acasos assim, curiosos, na vida!

2 DE SETEMBRO

"O inimigo está às portas de Leningrado. Nas proximidades imediatas de Leningrado lutam os intrépidos soldados do Exército Vermelho!..."

Eis o que disse o locutor da rádio.

Estava dormindo, mas me disseram que na noite anterior ouviam-se com mais nitidez os tiros de artilharia.

A partir de hoje, a norma de racionamento com cartões se agravou. Recebemos apenas um quilo de pão por dia.[55]

Acabo de voltar da rua. Passei pelas lojas. Por todo lugar é só desolação e vazio. Na Roskond,[56] onde em geral tudo é caro mas abundante, as prateleiras estão vazias: sem o menor sinal de um doce ou uma torta. As vitrines das lojas estão todas cobertas por tábuas. Dois caminhões passaram. O primeiro puxava um reboque em que se via a carcaça de um caça sem hélice, com a empenagem quebrada e coberto por uma lona. O outro caminhão transportava justamente as asas com a estrela vermelha. Senti enorme tristeza.

Vejo agora com meus próprios olhos o que ouvia no rádio, lia em livros e diziam as pessoas ao redor. Mas devo também dizer que os tiros de canhão não sacodem o prédio e não há rachaduras nas paredes.

4 DE SETEMBRO

Há muito tempo não tínhamos alertas aéreos, mas ontem, às 7h15, a sirene gritou. O alerta durou exatamente uma hora. De madrugada, a 1h30, houve um segundo.

O da manhã de hoje durou uma hora e meia.

Agora acabou, mas não cessaram os tiros nas proximidades. Estão cada vez mais perto. Os estampidos fazem vibrar os vidros. Felizmente ontem eu os havia firmado com gaze. O que nos aguarda?

55 A partir de 2 de setembro de 1941, a norma de racionamento de pão em Leningrado é a seguinte: seiscentos gramas para os operários, engenheiros e técnicos; quatrocentos gramas para os empregados; trezentos gramas para pessoas dependentes e crianças. Ou seja, o quilo a que se refere Lena é para três pessoas.

56 Rede de lojas de doces. Havia uma ao lado da casa de Lena Mukhina, na avenida Zagorodny. Conservou-se a descrição: "Seda azul sob as insígnias e medalhões, com paredes e balcões lavrados, um luxo inaudito". É atualmente um restaurante italiano.

5 DE SETEMBRO

Hoje, às 8h da noite, logo depois do alerta aéreo que durou 45 minutos, fui à casa de Tamara e fiquei até às 9h30. Conversamos pouco, pois ficamos escutando música. Estávamos ambas ali, quando ouvimos vozes inquietas no corredor. Olga Antonovna saiu para ver o que estava acontecendo. Voltou pouco depois.

— Caiu um obus na esquina das ruas Predtetchenskaia e Glazovskaia e atingiu um edifício de dois andares: o telhado está intacto, mas dois apartamentos, no primeiro e no segundo andares, foram totalmente destruídos — ela nos contou.

Tamara e eu mal acreditamos. Não podíamos considerar verdadeira a informação sem que nossos olhos vissem. Além disso, diziam que várias bombas também tinham caído hoje, na rua perto do canal Fontanka. Havia muitas vítimas.[57]

Ainda anteontem, diziam que, graças a nossos gloriosos aviadores stalinistas, bomba alguma havia sido lançada sobre Leningrado. Casa alguma tinha sido destruída em Leningrado. Vítima alguma se contava em Leningrado.

Isso anteontem era verdade, mas hoje já tínhamos um edifício destruído, caíam bombas sobre nós e contabilizavam-se as primeiras vítimas. Monstruosos nazistas! O ódio de todos os habitantes da cidade contra eles, assim como o meu, é ardente. O que querem fazer da nossa cidade? E os tiros disparados hoje! É realmente assustador. E apenas um canhão foi utilizado. E se fossem vinte? Em que a nossa cidade vai se transformar? Sobreviveremos? Agora, quando me deito, só me dispo pela metade. Que horror! E o inverno se aproxima. Como serão os meses de frio intenso? Que vida será a nossa? Se os alemães entrarem em Leningrado e os combates acontecerem nas ruas da minha cidade, vou fugir, não ficarei aqui. Que mamãe e Aka façam o que quiserem, mas sei o que acontecerá comigo se não sair correndo. Fugirei com Tamara.

57 Leningrado sofreu em 4 de setembro de 1941 os primeiros tiros de artilharia. Obuses explodiram na estação de Vitebsk e nas áreas das fábricas Bolchevik, Salolin e Krasnyi Neftianik. O primeiro ataque aéreo foi em 6 de setembro. A menção às bombas em 5 de setembro vem a partir de rumores que circulavam. O bombardeio destruiu o edifício da avenida Nevski, nº 119, e atingiu ainda o do nº 115. Na rua Ligovskaia, uma canalização hidráulica foi afetada e um incêndio teve início num ateliê da fábrica Piatiletka.

6 DE SETEMBRO

Durante o dia inteiro, tiros isolados pipocavam de vez em quando. Fui à casa de Liússia. Que tédio com ela! Nunca é a primeira a puxar um assunto. Bem diferente de Tamara. É verdade que quando não conhecia bem Tamara, também a achava entediante e pouco falante. Mas agora, com nossa aproximação, falamos o tempo todo e sem procurar assunto. E conheço bem Liússia, sua natureza é assim. Sim, Tamara é uma verdadeira amiga. Ontem à noite, quando chegamos à porta do meu edifício, confessei a ela:

— Minha querida Tamara, quando nos veremos de novo? Sabe que é minha única amiga.

— Você também é minha única amiga.

— E Nadia e Liova?

— Nem vejo mais Nadia. E com Liova as coisas não vão longe. Ele não precisa de mim, agora que estuda num colégio profissionalizante.

— Há muito tempo não o vê?

— Muito, desde o dia 31. E agora, em hipótese alguma tomo a iniciativa. Ou ainda vou me arrepender.

Tamara riu e continuou:

— Que idiotice falar dessa maneira, não é? Sabe, talvez eu é que seja um caso perdido. Será que é só por delicadeza que ele me convida a voltar, toda vez que saio da casa dele?

— Que nada, Tamara, ele simplesmente tem um bom relacionamento com você e fica contente quando vai vê-lo.

— Acho que não. Apenas se entediava e agora, que segue essas aulas, não mais. Há quantos dias nem me telefona! Claro, vir me ver está fora de cogitação, mas poderia dar uma ligada, se quisesse. Se não liga é porque não quer.

— Que história é essa, Tamara?

— História? Quando ele quis, bem que ligou. Pediu que eu passasse por lá. Fomos juntos ao cinema.

— Bom, ele telefonou. E depois?

— Telefonou, é verdade. Mas só essa vez. Quando voltei.

— Bom, pelo menos você tem isso. Eu não tenho nada.

Tamara não prestou tanta atenção no que eu dizia. Mas para mim representava muito cada palavra. Ela, pelo menos, tinha um amigo de verdade. Um amigo que quis vê-la, que telefonou e pediu que passasse na casa dele.

Também tenho um "amigo" assim. Mas como falar de amizade se ele até se esquece da minha existência? Há tanto tempo não nos vemos e isso nem o preocupa. Pessoas assim não podem ser chamadas de amigas. Ele não tem telefone, é verdade, mas poderia mandar um recado por Tamara, me convidar à casa dele ou vir me ver. Por que então manter, tão facilmente, a denominação de "amigo"?

Minha opinião é a seguinte: ou rejeita-se essa palavra ou é preciso merecê-la. A palavra "amigo" não é um ruído sem sentido. Implica obrigações.

7 DE SETEMBRO

Hoje é o Dia Internacional da Juventude. É um dia de trabalho voluntário para todo mundo. Mamãe também trabalha. A rádio transmitiu um encontro de mulheres em Moscou. Ouvi as vozes emocionadas de Valeria Barsova, Marina Raskova, Dolores Ibarruri, de uma escritora alemã, uma romena e muitas outras.[58]

Foram palavras profundamente comoventes!

Disseram que ontem, à meia-noite, bombas caíram em edifícios antigos da avenida Nevski e destruíram três imóveis. Até agora estou viva, mas o que vai acontecer mais tarde? Não sei.

58 Em 7 de setembro de 1941 houve, na Sala de Colunas da Casa dos Sindicatos, em Moscou, um encontro das "Mulheres do mundo inteiro em luta contra o fascismo". Depois dos discursos, que eram transmitidos por rádio, as participantes redigiram um manifesto às mulheres do mundo inteiro. Valeria Barsova (1892-1967) era cantora; Marina Raskova (1912-1943), uma aviadora; Dolores Ibarruri, chamada "La Pasionaria" (1895-1989), foi secretária-geral do Partido Comunista espanhol.

8 DE SETEMBRO

Já de manhã cedo, houve um alerta aéreo. Ontem acabei de ler a *História de uma infância*, de Vodovozova.[59] Liússia me emprestou *Curumilla*, um romance de Gustave Aimard.[60]

Como todos os dias, mamãe chegou às 7h. Trouxe tomates, repolho e jantamos. Não tivemos tempo de comer três colheradas e a funesta sirene começou a berrar. Continuamos comendo tranquilamente: nos limitamos a entreabrir a janela. Mas não tivemos tempo de dar mais duas colheradas e ouvimos as primeiras salvas de canhões antiaéreos, que não pararam de se aproximar, estavam cada vez mais próximos, e depois ouvimos pancadas. Acabou sendo impossível continuar em casa. Mamãe correu até lá fora para ver o que acontecia. Meus olhos se arregalaram de medo e dei um pulo como se tivesse sido picada por uma cobra, pois havia algo incompreensível. Era uma tal balbúrdia, tamanha barulheira que tive a impressão de que o próprio céu desabava. Achei que eram bombas explodindo e que era o início do fim. Vesti meu casacão com as mãos tremendo, enfiei uma boina na cabeça e corri para o abrigo. As pessoas tagarelavam na escada, umas com crianças no colo, outras ajudavam os idosos. Do lado de fora, o espetáculo era horripilante. Tinha na cabeça uma só ideia: ir o mais rápido possível para o subsolo, a salvação estava ali.

O abrigo estava cheio de gente. Conseguimos alcançar o segundo local e nos sentar. Por trás das paredes ouviam-se estrondos e rugidos, apesar do tumulto reinante no abrigo.

Quando a calma se restabeleceu totalmente, mamãe voltou para casa, pois estava cansada e com fome. Aka também subiu. Eu fiquei. Mamãe voltou pouco depois, se debruçou para que os outros não ouvissem e nos disse que não distante de nós havia um imenso incêndio, pois uma coluna de fumaça obstruía a metade do horizonte. Pouco depois soou o final do alerta. Corri para

59 Elizaveta Vodovozova (1844-1923), escritora de livros infantojuvenis.

60 Gustave Aimard (1818-1883), autor de romances de aventura. *Curumilla* foi publicado em 1860 e traduzido para o russo em 1900.

fora. Já na rua, notei que a noite se fizera por completo. Todo mundo olhava para o céu e também olhei. Fiquei apavorada. Uma nuvem de fumaça girava e serpenteava até se dispersar no alto, como uma densa nuvem de tempestade. Funesta e ameaçadora, compunha um quadro grandioso, evocava uma erupção vulcânica. Nunca tinha visto nada parecido. Corri até a rua Ivanovskaia,[61] onde reinava uma agitação generalizada. Todo mundo se precipitava para lá com muita agitação. Crianças, jovens e adolescentes se dirigiam em multidão à nuvem apavorante, empurrando as pessoas. A atmosfera estava impregnada de cheiro de queimado. Seguindo a rua Ivanovskaia, cheguei à rua Pravda e continuei por ela durante certo tempo. Por uma abertura entre dois edifícios, vi que embaixo a fumaça era vermelho-escura e depois rodopiava e se erguia lentamente para o céu. Na rua de Zvenigorod, veículos dos quartéis de bombeiros avançavam em fila. Uma mulher que passava observou que "aquilo" estava ocorrendo para além do monastério Alexandre Nevski, a mais ou menos três quilômetros de nós.

— É a fábrica de produtos químicos que está pegando fogo. A fábrica de tintas e vernizes...[62] — ela disse, voltando depois a correr.

Voltei para casa. Na rua Ivanovskaia, meninos se vangloriavam da quantidade de destroços que tinham conseguido juntar, vindos das munições dos canhões antiaéreos. Também no bulevar Zagorodny carros de bombeiro do quartel nº 11 passavam a toda velocidade. Os nazistas sem dúvida tinham reservado uma boa surpresa aos moradores de Leningrado. Como os desgraçados tinham conseguido superar nossas linhas? Não entendo.

Dizem que, na parte antiga da avenida Nevski, um edifício de cinco andares foi destruído por bombas. Dizem que a polícia isolou o local e, o dia inteiro, cadáveres foram transportados.

Hoje nem vou tirar a roupa para dormir. Meu Deus, que noite terei!

O alerta aéreo durou das 10h30 da noite até as 12h45. Acabara de me deitar e estava quase pegando no sono. É como se tivesse pressentido o que ia

61 Lena Mukhina usa o antigo nome da rua, que desde 1918 passou a se chamar rua do Socialismo.

62 Tratava-se, na verdade, de uma usina de gás situada no canal Obvodny.

acontecer, pois nem havia tirado as botas. Assim que a sirene começou, pulei da cama, vesti o casacão e saí do apartamento com todo mundo. Corri até o abrigo. Não foi à toa, pois no momento em que entrávamos no subsolo, podia-se perceber o crepitar dos projéteis na rua. O abrigo estava ainda mais cheio que durante o dia. Ouviam-se lá fora os canhões antiaéreos em fúria, e depois explosões e o chão a tremer sob os nossos pés. Por um minuto a eletricidade foi cortada e ficamos mergulhados na escuridão.

Não permanecemos no abrigo tanto tempo assim — mais ou menos duas horas ao todo —, mas no final estávamos exaustos. As crianças choravam, queriam voltar para casa, as mães estavam cansadas de aguentá-las no colo, todo mundo queria dormir. Durante a primeira hora, continuou a chegar gente, pessoas com crianças enroladas em cobertas. Não cabia mais ninguém no abrigo. E tudo isso durou apenas duas horas. Se fosse preciso ficar ali seis ou oito horas, não sei como poderia suportar. Hoje não preguei o olho. Estou com a cabeça estourando.

O Bureau de Informação avisou durante o dia que em Smolensk, após combates que duraram 26 dias, várias divisões do inimigo foram desbaratadas. O que sobrou delas se retira rapidamente.

Hoje, pela primeira vez, falou-se do "*raid* de aviões alemães sobre Leningrado". Um grupo de aviões inimigos atravessou nossas linhas e, nessa primeira investida, bombas incendiárias foram despejadas sobre diversos bairros da cidade, provocando vários incêndios em edifícios residenciais e depósitos, que foram, no entanto, rapidamente controlados. (Esse "rapidamente" é discutível: os incêndios duraram cinco horas!)

No segundo *raid*, o inimigo lançou bombas explosivas. Muitos prédios foram destruídos. Houve mortos e feridos. Os objetivos militares não sofreram danos.

Não são nem 9h da manhã e um alerta curto acaba de ser dado. E é estranho. Bastante tempo depois do final do alerta, claramente ouvi o rugido de um avião e alguns tiros isolados da defesa antiaérea.

Mesmo agora, ouve-se um zumbido. É um avião de reconhecimento que inspeciona o resultado do trabalho dos nossos convidados de ontem.

Para um início, até que não foi mal. Ontem a fábrica de gás, os depósitos Badaiev[63] de alimentos, os depósitos de fibras têxteis e a estação de carga da linha de Vitebsk queimaram. Ontem sentimos o chão tremer fortíssimo sob os nossos pés. Eram com certeza bombas de alto calibre. Realmente, um belo presente de Hitler. Mas daremos resposta. Para tudo isso "eles" terão resposta.

Responderemos sangue com sangue! Aos nossos mortos responderemos com a morte! Esses animais selvagens com aparência humana submetem os cidadãos soviéticos que se encontram entre as suas patas a tais suplícios que parecem leves frente às torturas de uma sombria masmorra medieval. Por exemplo, cortam as mãos e os pés de homens que em seguida são jogados ainda vivos numa fogueira.

Sim, por tudo isso eles haverão de pagar integralmente. Pelos leningradenses que morreram sob as bombas e os obuses, pelos moscovitas, os kievianos e muitos outros, pelos combatentes do Exército Vermelho que foram torturados, estropiados, feridos, pelas mulheres e crianças fuziladas, atormentadas, apunhaladas, enforcadas, enterradas vivas, queimadas, esmagadas. Pagarão por tudo. Pelas jovens e meninas ainda pequenas que foram violentadas, por Sacha, esse rapaz que foi enforcado mas que não se intimidou e amarrou um lenço vermelho no pescoço,[64] pelas criancinhas e pelas mulheres carregando no colo bebês cri-

63 Dezenas de construções em madeira dos depósitos Badaiev foram bombardeadas em 8 e 10 de setembro de 1941. Incêndios começados por bombas incendiárias destruíram grande parte das reservas alimentares ali estocadas. Depois, várias centenas de toneladas de farinha de trigo torrada e de açúcar queimado foram utilizadas pelas empresas de alimentação da cidade. Conservaram-se inúmeros registros contando que a população recolhia ou comprava terra impregnada de açúcar que era derretida em água quente e depois filtrada, para ser utilizada como bebida ou para cozinhar. Na memória de muitos habitantes, o incêndio desses depósitos foi uma das causas essenciais da terrível penúria do inverno de 1941-1942, mesmo que os produtos queimados só fossem suficientes, de qualquer maneira, para alguns dias, segundo as normas da época.

64 O *Lenigradskaia Pravda* de 9 de setembro, um dia depois, publicou o relato de um funcionário comunal da cidade de Tartu, A. Jansen, sobre o filho de onze anos do seu vizinho, Karl Veske, que se viu num parque da cidade diante de soldados alemães. "Tendo notado o lenço vermelho no pescoço do menino, os nazistas agarraram o jovem pioneiro e o levaram até um grande castanheiro. Os bandidos levaram junto uma corda e, com sangue-frio sádico, fizeram um nó, passaram-no pelo pescoço da criança e a enforcaram na árvore", escreveu Jansen. É possível que Lena Mukhina tenha ouvido no rádio, mas pode ser também algum fato análogo.

vados de balas explosivas que esses selvagens na cabine de pilotagem dos seus aviões perseguiram só para se divertir. Por tudo, por tudo isso eles pagarão!

9 DE SETEMBRO

É meia-noite. Tivemos nove alertas hoje e dois deles duraram mais de duas horas. Meu Deus, como esses alertas incessantes nos extenuam! Acho que se diariamente houver nove alertas, por dez dias seguidos, teremos na cidade mais alienados do que pessoas de mente sã. Digo isso porque um dia assim acaba de se passar e as pessoas estão nervosas ao extremo. Nas ruas só se veem pânico e confusão. As pessoas correm nas calçadas como loucas. Agarram-se aos bondes, fazem fila para pegar o trólebus. É claro, é fácil dizer: nove alertas aéreos. E que alertas! Os canhões antiaéreos dispararam freneticamente, trovejaram sacudindo tudo em volta, bombas explodiram.

Cada alerta consumiu dezenas de vidas. Cada um significa a destruição de edifícios e vítimas.

Nove alertas, isso quer dizer centenas de vidas, dezenas de imóveis destruídos. São ruínas, fendas e buracos abertos por obuses.

O último alerta, o nono, foi terrível. Eu estava de plantão no escritório dos locatários das 9h às 11h. Mamãe também estava, assim como uma ativista.[65] O chão não parava de tremer, por causa das bombas explosivas. Durante todo o alerta, os aviões continuaram a rugir, sem parar, apesar dos tiros furiosos das baterias antiaéreas. Parecia que as bombas explodiam bem ao nosso lado. E toda vez nos encolhíamos por instinto, achando que logo a seguir uma bomba cairia no nosso prédio. Mas tudo terminou bem.

O lenço vermelho era o emblema da organização soviética dos pioneiros. Amarrado no pescoço de maneira particular, as três pontas simbolizavam o laço indefectível de três gerações: os comunistas, os komsomols e os pioneiros.

65 Uma "ativista" (*obchtchestvennitsa*) era uma voluntária ou mulher remunerada para atividades de propaganda política. Esse movimento se desenvolveu nos anos 1930, em torno de esposas de engenheiros e técnicos, de responsáveis da indústria etc. O Ministério da Indústria Pesada publicava uma revista intitulada *Obchtchestvennitsa*.

10 DE SETEMBRO

São apenas 11h da manhã e já houve três alertas aéreos. Agora, toda vez vou para o abrigo. Ponho minhas roupas de inverno, calço as galochas e pego minha malinha. Não me separo mais dela até o fim da guerra: arrumei ali um caderno novo, a foto de Vovka, dinheiro, dois lenços, uma garrafa com chá, pão e meu diário. Na tampa da mala, no interior, escrevi meu número de telefone e endereço, para que, caso me aconteça algo, possam avisar meus próximos. Neste momento não há alerta, mas ouvem-se os estrondos dos canhões antiaéreos.

Meu Deus, nossa cidade está cheia de inimigos. Quantos lançadores de sinalizadores já não foram pegos[66] e, apesar disso, assim que há um ataque noturno, sinais traiçoeiros são lançados para indicar alvos aos bombardeiros. Durante o *raid* de ontem, pessoas que estavam perto da porta, no sótão e no telhado, disseram que acima de um banco (na Fontanka), da estação de Vitebsk e de outros locais importantes, sinalizadores se iluminaram até as bombas serem lançadas.

Cito um fato que mostra o quanto o inimigo se torna cada vez mais arrogante: durante um ataque, debaixo do nariz dos que estavam de guarda e dos zeladores dos prédios, um sujeito jogou gasolina na rua e ateou fogo. Imediatamente o miserável foi pego, mas não foi possível apagar logo o incêndio, pois a gasolina se espalhara bastante.

O quarto alerta durou mais ou menos duas horas. São 12h55 da tarde.

Acaba de terminar o oitavo alerta.

São mais ou menos 17h. Terminou o nono alerta.

São 23h. Mamãe e Aka dormem. Minha intuição diz que logo o "espetáculo" noturno vai começar. Mas agora também vou me deitar.

Não me enganei. A sirene grita. São 10h30.

O fim do alerta soou à 0h20.

0h30: novo alerta. E somente à 1h da manhã deixaram nossas almas em paz.

66 No início da guerra, corriam boatos sobre espiões inimigos que utilizavam sinalizadores para indicar aos aviões alemães alvos a bombardear. Nenhum documento confirma essas alegações. Buscas policiais organizadas para prender esses espiões nunca deram resultado algum.

11 DE SETEMBRO

São 9h30. Já houve dois alertas aéreos. Durante o segundo, bombas foram lançadas. Realmente, enganam-se os que tentam se tranquilizar dizendo que, no decorrer do dia, não temos por que ter medo, pois somente aviões de reconhecimento voam durante o dia. Nada disso, mesmo durante o dia eles lançam bombas. É assustador!

Será que de agora em diante o toque de final de alerta vai bastar para me tranquilizar? Não são mais as bombas, nesse caso, que nos ameaçam, e sim obuses. A qualquer momento podemos ser mortos por um obus. Agora mesmo, não há alerta, mas ouvem-se explosões ao longe.

Há três dias as pessoas estão extenuadas. Não se tem sossego de dia nem de noite. Depois de um alerta vem logo outro. Ontem foram dez. Anteontem, nove. Ao todo, 21 alertas em apenas dois dias e meio. Quantos dias como esses nos esperam?!

Um operário, por exemplo, passa dia e noite na sua máquina. Em seus momentos livres, está de guarda. E assim que fica por duas ou três horas em casa, vêm os alertas aéreos. São ininterruptos, e ele vai ao telhado, tropeçando de cansaço. Agora, as pessoas, em sua maioria, parecem moscas sonolentas. De um jeito ou de outro andam, mas às vezes dão uma parada e os olhos se fecham por conta própria.

Hoje pelo menos tivemos alguma notícia da frente. Nosso Exército fez recuar o inimigo em Vilno.[67]

Estou completamente esgotada. O quinto alerta durou uma hora e quinze. Depois, nem cinco minutos se passaram e houve outro. Já é o sexto. Nem tiro mais o casacão. Ouve-se o trovoar de tiros de longo alcance.

São dias difíceis que começam. E tenho orgulho de ser uma habitante de Leningrado neste momento. Todos os amigos do mundo inteiro têm os olhos voltados para nós. O país inteiro nos observa. Milhares e milhões de cidadãos soviéticos se dispõem a vir nos ajudar.

67 Vilno (Vilnius) foi invadida pelos alemães em 23 de junho de 1941. A ocupação durou até 13 de julho de 1944.

Tantas dificuldades e privações, tantos combates nos aguardam! Mas as botas alemãs não haverão de pisar em nossas ruas. Apenas com o último dos leningradenses morto o inimigo penetrará na cidade. Nem o inimigo está em número infinito. Nossos nervos estão à flor da pele, mas os do inimigo também. O inimigo perderá forças antes de nós. Assim deve ser e assim será.

Como é agradável ouvir o clarim soar o fim do alerta. Esse som e *A Internacional*[68] às 23h é toda música que ouvimos. Há muito tempo não se ouvem mais canções nem músicas no rádio. Apenas as últimas notícias, um programa para a juventude (no lugar das crônicas) e, de vez em quando, apresentações para colegiais do último ano. E cada vez mais temas diversos são abordados para nos incentivar e passar recomendações. O sentido é sempre o mesmo: "Provações e sacrifícios nos esperam, mas venceremos. Não estamos sozinhos. O país inteiro está à nossa retaguarda, o mundo civilizado está conosco. Todos nos observam, todos têm certeza da nossa vitória. Habitantes de Leningrado, reúnam todas as suas forças! Não deixem que se manche o glorioso nome de nossa cidade!".

As bombas explodem, a terra treme.
A bruma é tão vermelha quanto a aurora.
Gentalha furiosa, por mais que queiras,
Jamais tomarás minha cidade!

Um míssil inimigo perturbou as trevas.
Por tudo isso os faremos pagar.
O sangue escorre em terras soviéticas.
Hitler pagará integralmente por cada pesar.

68 *A Internacional* ainda era o hino da União Soviética.

Edifícios desabam, vidraças se estilhaçam.
Os aviadores da suástica bombardeiam a cidade.
Os obuses dos nossos canhões antiaéreos cantam.
Os nazistas despejam suas bombas e fogem.

A aurora se ergueu sobre as moradias.
A cidade ferida se cala, aflita.
Homens trabalham sem poupar energias,
Para fechar suas chagas o mais rapidamente.

Ó cidade minha, um bandido te destrói.
Animado por cruel ferocidade.
Jamais porém o inimigo verá
Nossas amplas e retas ruas iguais a flechas.

Cidade minha que carrega o nome do líder,
Cidade sublime, criação de Pedro.
Todos como um só, ardemos de desejo
De te defender, Leningrado.

14 DE SETEMBRO

Os alemães atiram em nós com canhões de longo alcance.[69] Ontem, nosso bairro ficou à mercê de bombardeios. Mesmo assim, nosso edifício permaneceu intacto — mas ao redor, literalmente ao redor, caíram obuses: na rua Ivanovskaia, na rua Raziezjaia, no nº 16, na pracinha Vladimir, na rua Marat, na rua Pravda, perto do Grande Teatro de Arte Dramática, a pouca distância do Teatro Alexandrinski, e em outros pontos mais. Os obuses passaram por cima do nosso edifício sem nos atingir, mas caíram perto. A qualquer momento podemos ser

69 De 4 de setembro a 31 de dezembro de 1941, só por doze dias Leningrado não sofreu bombardeios. Nesse período, a cidade recebeu 13.077 obuses de artilharia, 3.493 bombas explosivas e 55.841 incendiárias.

mortos. Por que nossos soldados não localizam e bombardeiam esses malditos canhões?! Lançar duas pequenas bombas de 2 mil quilos seria mais simples e salvaria mil vidas. Todo mundo quer viver, é óbvio! E os que foram mortos também tinham vontade de viver. Dentre esses mortos há crianças, bebês, velhos e jovens: moças e rapazes querendo viver. Um obus, no entanto, não escolhe suas vítimas, esse funesto pedaço de metal é cego, não poupa quem quer que seja. É impossível se precaver, e a única salvação é permanecer no subsolo. Para muitos, no entanto, isso não é possível.

Ouvi com meus ouvidos o zumbido de um obus inimigo, depois um assobio, um estrondo e o rugido de um prédio que desaba, seguido de um eco retumbante. É apavorante! É assustador!

Por outro lado, nenhum alerta nesse momento.

Pode parecer estranho, pois houve dez alertas no dia 10, onze no 11 e somente dois no 12: às dez da manhã e às dez da noite. É preciso dizer que o alerta da noite não gerou "espetáculo". No 13, já no final do dia, houve um único alerta, e quando ninguém mais esperava, às 3h da manhã.

Nós de Leningrado, durante esses terríveis dias 8, 9 e 10 de setembro, nos habituamos ao fato de que sempre, por volta das 11h, a sirene começa a tocar e corremos para os abrigos (aqueles, em todo caso, para quem a vida tem um preço). O espetáculo então começa: mísseis, trovoar dos aviões, estrondo das bombas explosivas, assobio das bombas incendiárias. Por isso, no dia 11, muitos desceram aos abrigos, mas o alerta foi de apenas meia hora. Uma intensa canhonada, entretanto, teve início no 12, e por isso muita gente passou a noite no abrigo, sobretudo os que moram no quarto andar dessa parte do prédio, de frente para o ponto de onde vêm os tiros.

Além disso, engana-se quem qualifica esse local subterrâneo como abrigo contra bombas. É mais um abrigo contra os obuses, uma vez que, contra as bombas, ele não é eficiente. Baseada em observações que fiz nesses últimos três dias de bombardeios em Leningrado, constatei que quase sempre os abrigos foram atravessados ou invadidos por destroços. Por exemplo, na Piataia Krasnoarmeiskaia, uma bomba de grande força explosiva atingiu uma construção em pedra bem sólida, de oito andares, e fez desabar até seus alicerces. Parte de uma parede, exatamente sobre o lugar onde se encontrava o abrigo, manteve-se de pé e, apesar de tudo, como havia o risco de desabamento a qualquer instante, foi impossível liberar os que estavam soterrados no abrigo: seria preciso antes destruir a parede, mas nesse meio-tempo muitos infelizes já teriam morrido.

19 DE SETEMBRO

Hoje, às 4h da tarde, as sirenes de alerta aéreo e as das fábricas dispararam. Era o quarto alerta do dia. Eu me vesti rapidamente, mas continuei a ler meu livro. Não sei por que, na minha cabeça, resolvi que as bombas não seriam lançadas durante o dia e me tranquilizei. Devo dizer que não desci logo, mesmo tendo me arrumado.

Os tiros de canhão da defesa aérea começaram. Estavam cada vez mais perto. Atrás do nosso prédio, uma base de tiro com canhões da defesa antiaérea foi instalada na pista de patinação. É bem perigoso. Quando esses canhões da pista de patinação começaram a disparar, achei melhor descer. Ao me precipitar pela escada, tive a impressão de ouvir, logo acima da minha cabeça, um estrondo assustador e um assobio. Pessoas surgiam dos apartamentos e corriam escada abaixo.

— Depressa, depressa, as bombas estão caindo em cima de nós! — gritou alguém.

Despencamos escada abaixo mais rápido ainda. Ouvimos uma explosão surda e depois outras. De novo um assobio, o grito das sirenes e mais outra explosão. Instintivamente nos abaixávamos, com a impressão de que o teto ia desabar.

Finalmente chegamos ao abrigo. Todo mundo trêmulo. Estávamos salvos. Mas ninguém acreditava mais em felicidade. No entanto, tivemos sorte: as bombas não caíram no nosso edifício, mas na rua.

No final da tarde soubemos das consequências do bombardeio: três bombas explosivas foram lançadas. As três caíram perto dos Cinco Cantos,[70] atingindo o

70 Como era conhecido o ponto em que se cruzam a avenida Zagorodny e as ruas Lomonosov, Rubinstein e Raziezjaia.

espaço entre Cinco Cantos e a praça Nakhimson.[71] Uma destruiu um imóvel da rua Kolokolnaia e outra caiu mais uma vez na pavimentação da rua Pravda. Graças a um feliz acaso nosso prédio ficou intacto. Inclusive as vidraças aguentaram, enquanto de ambos os lados da rua em que as bombas caíram os vidros foram quebrados. É verdade, esqueci de dizer que na praça Nakhimson a bomba caiu em cima de um bonde, mas ele estava vazio. Todos os passageiros haviam fugido.

Em vários lugares as linhas de bonde foram destruídas. Cabos elétricos foram arrancados, e com isso todos os bondes estão parados.

Resumindo, foi um diazinho horroroso. Quantos iguais a este nos esperam?

22 DE SETEMBRO

Por enquanto estou viva e posso continuar meu diário.

Agora não tenho mais a menor certeza de que Leningrado não capitule.

Foram ditas e repetidas tantas palavras e discursos eloquentes sobre Kiev e Leningrado, que seriam fortalezas inexpugnáveis!!... Nunca um pé nazista pisaria na capital florida da Ucrânia, nem na pérola do norte do nosso país, Leningrado! E o que se passa? Comunicaram-nos hoje, no rádio, que nosso Exército, após vários dias de combates renhidos, se retirou de... Kiev! O que significa isso? Ninguém entende.

Metralham-nos, bombardeiam-nos.

Ontem, às 4h, Tamara veio me ver e fomos dar uma volta. Primeiro passamos pelos edifícios destruídos. São bem perto daqui. Na rua Bolchaia Moskovskaia, ao lado da casa de Vera Nikititchna, uma bomba caiu num edifício e quase o destruiu completamente. Mas a extensão dos estragos só é visível do pátio, e não da rua. Nos prédios vizinhos, inclusive no de Vera Nikititchna, não há mais vidraças. Na praça Nakhimson, o asfalto afundou em quatro lugares: pelo impacto das bombas. Se formos mais longe, para o lado da loja de animais, a partir da curva da avenida Nakhimson até a rua em frente ao Novo

71 Atual praça Vladimirskaia.

Teatro do Jovem Espectador,[72] também não se veem mais vidros nas janelas. Na rua Strelkine é mais assustador ainda. Ali, dos dois lados, os prédios foram completamente arrasados, e a rua está entulhada de destroços. Ao redor não há um vidro sequer. O espetáculo mais horrível é o que oferece um dos edifícios: uma lateral inteira caiu e vê-se tudo — os cômodos, os corredores e tudo o que tem dentro. Num quarto do quinto andar, há um aparador em carvalho ao lado de uma mesinha. Um relógio antigo, de pêndulo comprido, ainda está na parede (é bem estranho). De costas para nós, encostado numa parede que não existe mais, vê-se um sofá coberto por uma colcha branca.

No momento em que Tamara e eu voltávamos para casa, encontramos Micha Iliachev. O tempo todo em que nos falamos ele tinha nos lábios um sorriso pouco à vontade, e isso nos deixou sem graça. Apertamo-nos as mãos, trocamos umas palavras, e de novo nos apertamos as mãos nos despedindo. Ele disse que ia ao refeitório comer alguma coisa. Uma vez mais, não me comportei como deveria. Nem olhei direito para ele, dei apenas alguns olhares de relance. De novo tive medo nem sei de quê. Micha amadureceu muito, ficou mais forte. Tem as mãos duras de um operário. O menino que ele era mudou completamente.

Depois de nos despedirmos de Micha, literalmente a cinco passos de lá nos deparamos com Gricha Khaunine, que não nos viu ou fingiu não nos ver, não sei. Em todo caso, passamos sem nos falar.

Tamara e eu, em seguida, entramos na fila da padaria para pegar água com gás. Depois ficamos por meia hora num abrigo e, durante esse tempo, discutimos sobre para a casa de qual das duas iríamos. Ganhei e nos encaminhamos para a minha. Tamara ficou em casa até as 8h por causa de um alerta, e com sua ajuda escrevemos uma carta para Vovka em meu nome. Fato é que o cretino fez ainda uma das suas: todos os moradores do prédio estão pintando o sótão com cal[73] e temos que pagar quinze 15 rublos por nossa parte de sótão.

72 Teatro fundado em 1935 por Boris Zon. Os artistas e funcionários do teatro foram evacuados em 1941.

73 No final do mês de julho de 1941, todos os sótãos foram pintados com uma tinta especial à base de cal, elaborada pelo Instituto de Química. Era aplicada para diminuir os riscos de incêndio.

Mamãe e eu resolvemos pintar nós mesmas. Pedi então ajuda ao amigo, ainda mais porque está acostumado com esse tipo de trabalho. Ele não estava em casa, então deixei um bilhete com o seu pai, pedindo que viesse ajudar. Mas ele não apareceu. Se estivesse ocupado, poderia ter dado uma passada rápida, só para dizer: "Estou ocupado". É realmente imperdoável. Mesmo que fosse um mero colega (sem apelar para nossa camaradagem), deveria seguir esse exemplo de cavalheirismo que caracteriza todos os rapazes bem-educados da sua idade e ter vindo. Escrevi uma carta bem forte e dei a Tamara para que a entregasse. Combinamos que ela viria me ver depois das 5h se tivesse resposta. Não havendo, eu é que irei à sua casa.

E hoje Tamara não veio e também não fui até lá, pois os alertas aéreos não pararam de se suceder. Não sei então se tive resposta ou não. É bem curioso. Eis o que penso: se Vovka ainda acha que, afinal, somos bons amigos, e se estiver com a consciência pesada pela desfeita que me fez, escreverá uma resposta, com certeza. Se tiver considerado minha carta um pedaço de papel sem importância, pouco ligando para mim, não escreverá. As coisas podem também se passar da seguinte forma: ele mostra minha carta aos rapazes da nossa turma e eles escreverão em conjunto a resposta. Só que, nesse caso, esse tipo de resposta não terá valor algum para mim.

4 DE OUTUBRO

Há muito tempo não escrevo. Mas hoje estou estourando! Senhor, meu Deus, o que estão fazendo de nós, moradores de Leningrado, entre os quais me incluo?

Trabalho no hospital do Instituto de Proteção Materna e Infantil Clara Zetkin.[74] As ajudantes de enfermagem como eu ficam de plantão por 24 horas: trabalho das 9h da manhã às 9h da manhã do dia seguinte e descanso por 24 horas até a próxima manhã. Ou seja, só posso dormir de dois em dois dias. É

74 O Instituto Clara Zetkin foi fundado em 1925, depois transformado em instituto de pesquisa entre 1928 e 1932, e se tornou um centro médico hospitalar universitário em 1932. Em 1935 passou a ser um instituto de medicina pediátrica e, em 1995, Academia de Medicina Pediátrica.

chato, mas dá para aguentar. Por outro lado, quando, em vez de dormir, posso apenas cochilar no abrigo, isso se torna terrível. Agora, por exemplo, são 6h45 da manhã. Desde as 19h30 de ontem até as 6h de hoje passamos por seis alertas aéreos, com dois deles durando três horas, e dois outros, duas horas. Os dois restantes duraram meia hora e uma hora. O trabalho no hospital: é um trabalho bem difícil, mas me habituo pouco a pouco. Além disso, nos dias em que estou de serviço sou bem alimentada e ganho um tíquete de racionamento de primeira categoria, graças ao qual posso conseguir quatrocentos gramas de pão por dia.

Desde a tarde em que escrevemos a Vovka e combinamos de nos ver no dia seguinte, não tive mais notícias de Tamara. Ontem escrevi um bilhete e pedi a Rosalia Pavlovna que o entregasse a Ossia para que este chegasse a Tamara. Até agora, então, nada sei sobre a mensagem escrita a Vovka. No entanto, de forma alguma me arrependo de ter escrito a ele tão firmemente.

Um dia, durante um alerta, conversei com Ida Issaievna sobre a questão da amizade entre homens e mulheres. De fato, pode-se amar apenas uma pessoa, mas, para além do amor, a amizade é possível com vários homens. Ida Issaievna contou que aos dezessete anos tinha vários amigos rapazes. E que esses relacionamentos duram até hoje. Na sala de aula, eles formavam um grupo de cinco amigos, duas meninas e três rapazes.

Também nós somos duas meninas — Tamara e eu — e três rapazes — Vovka, Micha e Yania. Por que não conseguimos firmar laços de amizade entre nós? Não sei. Será que os meninos não são do tipo capaz de manter uma relação de amigo? Não, uma vez mais, é bem o contrário disso que se passa. É precisamente com rapazes assim que se pode ter amizade. O que, então, nos impede? Não sei. Acho que não sabemos como agir uns com os outros.

É realmente constrangedor, de fato! Nesses dias sombrios de guerra somos apenas cinco, de toda a turma, a ter ficado em Leningrado. Seria um momento propício para estabelecer laços que durem a vida inteira! Ninguém nos impede, é verdade. Nem Dima, nem Emma, nem Rosa, nem as outras moças estão mais aqui. Mas, e então?!

Tamara e eu temos uma personalidade que não é das mais exuberantes. Os rapazes também são bastante reservados. Entre nós as relações são então meio forçadas, somos realmente muito respeitosos uns com os outros. E Yania não corresponde exatamente a isso. Coloca-se tanto numa posição superior, de sabe-tudo, que é difícil manter amizade com ele. Poderíamos nos tornar amigos se nossos relacionamentos fossem mais simples e despretensiosos. Relações banais entre rapazes e moças. Se gostássemos de estar uns com os outros. Se quisessem flertar conosco. Mas nos manteremos como se deve.

5 DE OUTUBRO

A noite de 4 para 5 foi ainda pior que a precedente. É verdade que houve apenas quatro alertas e não seis. Em contrapartida, foram terríveis. O chão foi o tempo todo sacudido por causa das deflagrações de bombas explosivas. No segundo alerta, eu estava sentada ao lado de duas mulheres. Uma era jovem e a outra, de certa idade. A mais moça chorava e se lamentava. Pouco depois nos contou o que lhe havia acontecido durante o primeiro alerta. Ela estava num bonde e precisou se refugiar em um abrigo da avenida Zagorodny. As duas (mãe e filha) entraram no abrigo, mas muitas pessoas, sobretudo homens, ficaram na entrada. Uma bomba então explodiu e soterrou a entrada do abrigo e todos que ali se encontravam. As pessoas que estavam no interior saíram sãs e salvas, somente o teto é que ficou meio afundado. Arrombaram uma janela para poder sair. As duas mulheres viram ser desenterrados os que tinham ficado sob o desabamento: muitos estavam vivos mas loucos.

No terceiro alerta, acordei por causa da correria no corredor do apartamento, enquanto a sirene berrava. Vesti-me mais rápido do que todo mundo e corri para baixo. Ouvia gritos de pessoas frenéticas no pátio. Dei uma olhada e ouvi: "Está queimando, está queimando debaixo do portão principal e no sótão!". Não entendi nada que fizesse sentido, só descobri que havia um incêndio no nosso edifício. Corri para avisar todo mundo de casa do perigo e depois desci de novo a escada às pressas para me refugiar no abrigo. Estava repleto de gente. Pessoas vestidas pela metade, sentadas ou de pé, com crianças e malas grandes. Os tiros então começaram.

12 DE OUTUBRO

Vou trabalhar como auxiliar de enfermagem no hospital militar, ajudando soldados feridos. Agradeço muito a Ida Issaievna, que organizou tudo isso. Vou poder ajudar aqueles graças a quem tenho ainda uma casa e entes queridos. Dedicarei toda minha energia. E, em casa, estarei em pé de igualdade com a família. Ninguém poderá me chamar de parasita. Ida Issaievna disse que lá trabalham muitas jovens como ajudante. Talvez faça amizade com uma delas. Quanto aos soldados e feridos, são todos seres humanos. E pode ser que entre eles haja jovens, rapazes de dezessete ou dezoito anos. Talvez algum deles bata o olho em mim e eu encontre um amigo. Em momento algum me pergunto se devo ir ou não.

Irei, é claro, e ajudarei os meus, terei meu próprio dinheiro e os mesmos direitos que os outros.

Adeus, dúvidas e tristeza.
Com temor olho ao longe.
Logo, reconhecerás meu labor,
Minha bela cidade, minha cidade heroica.

Ajuda, carinho e amor
Para aqueles que por nós derramaram o seu sangue.
Nós, de Leningrado, tudo daremos,
Defenderemos a cidade da peste marrom.

Enviam-nos uma fraternal saudação de Londres.[75] Dizem: "O Tâmisa é irmão do Neva. Londres e Leningrado se irmanam na luta contra os brutais nazistas".

Faltam dez minutos para as 4h. O sétimo alerta chegou ao fim. Estou com dor de cabeça. E sono.

75 Não se sabe exatamente a que se refere a observação. O *Leningradskaia Pravda*, em diversas edições de outubro de 1941, publicou mensagens de apoio da Universidade de Oxford, do British Museum e do destacamento de defesa antiaérea do nordeste da Inglaterra.

Terminou o oitavo alerta. Tamara veio me ver. Conversamos e soou um novo alerta. Descemos ao abrigo e falamos até não poder mais.

Fim do alerta. Insisti que Tamara subisse comigo até em casa por mais meia hora. Mas, quando entramos na cozinha, a sirene voltou a tocar. Descemos, mas dessa vez não por muito tempo. No abrigo, encontramos Kapa Lobanova e conversamos um pouco com ela. Depois Tamara foi embora. Como me sinto bem com ela! Falamos uma com a outra, de forma totalmente livre, de tudo que nos passa pela cabeça!

São quinze para as oito. Já tivemos dez alertas aéreos.

Uma coisa curiosa: Tamara não gosta de crianças pequenas. E eu adoro. Não suporta quando choram. Fica louca com isso. Tem vontade de acertar a cabeça dos chorões com alguma coisa pesada. E eu, quando vejo uma criança chorar, quero lhe fazer um agrado para que confie em mim.

12 DE OUTUBRO[76]

Adaptei-me totalmente ao trabalho. Os pacientes me adoram. Dia 8, vi pela primeira vez um morto. Nesse dia, duas pessoas morreram ao mesmo tempo no nosso serviço: uma grávida, ferida na barriga, e um homem, com gangrena gasosa. Eu absolutamente não tenho medo dos mortos. Fico somente triste a ponto de chorar. Particularmente pelo homem, que eu tinha visto ainda vivo pouco tempo antes e que, como os outros, sorria, fumava, um rosto do qual eu tinha gostado tanto, tão moço e simpático. Depois foi levado para a sala de cuidados médicos e tratado por cinco horas. Fizeram todo tipo de tratamento: transfusão de sangue, injeções etc. Até que foi deixado no corredor, e eu soube que seria levado à sala de operações para ter uma perna amputada. Estava deitado, sorria, e então foi levado. Quando o trouxeram de volta, estava irreconhecível, respirava com dificuldade, gemia de dor, estava pálido e trêmulo. É a lembrança que tenho dele, antes que morresse. Daí me mandaram buscar oxigênio na farmácia. Voltei correndo, mas no corredor o médico me

76 Continuação das anotações precedentes, do mesmo dia.

interrompeu para dizer: "Mukhina, não precisa ter pressa, o oxigênio não é mais necessário, ele morreu". Não pude acreditar, entrei abalada na seção em que ele se encontrava e ele já estava sendo retirado do quarto, com o rosto coberto pelo lençol. Foi horrível.

No dia 7, teve o pior dos alertas. Das 7h30 até as 13h30. Exatas seis horas. Tamara e eu ficamos no abrigo. Imagine só: por seis horas!

E ontem (eu não estava em casa) disseram que houve alertas estranhos. Muitas bombas explosivas foram lançadas no nosso bairro. Muitas não explodiram e conseguiram desarmá-las. Dizem que na rua Yamskaia[77] seis bombas explosivas estouraram.

Amanhã (se eu viver até lá) verei Tamara.

13 DE OUTUBRO

São 7h45.

Um alerta aéreo acaba de chegar ao fim. Não demorou muito. Mas foi terrível. Nosso bairro, Zagorodny, foi crivado de bombas incendiárias. Resolvi não ir ao abrigo e sim diretamente ao escritório do prédio, pois hoje estou de serviço das 8h às 11h. Assim que saí à rua, vi que para o lado da estação de Vitebsk um bonde estava em chamas: estrelas verdes — pedaços incandescentes de fósforo — caíam do telhado. Perto dos Cinco Cantos, um edifício em que há uma loja de componentes eletrônicos tem uma torrezinha no alto: pois bem, essa torrezinha pegava fogo.

Perto do nosso prédio, um vagão de bonde da linha 9 estava parado. Isso porque uma bomba incendiária havia caído na linha, bem perto dele. E se os rapazes do nosso edifício não tivessem apagado a bomba, o bonde teria se incendiado. Eles o salvaram. Não distante dali, caiu uma bomba explosiva, sacudindo o prédio desde a fundação. Sem dúvida, são diazinhos ruins, esses que começam. Hoje fui ao cinema Outubro com Tamara, ver filmes novos: todos de curta-metragem, com um minúsculo concerto: *A velha*

77 Desde 1915 essa rua passara a se chamar rua Dostoiévski.

guarda e *As aventuras de Korzinkina*.[78] Este último é cômico e muito engraçado, rimos um bocado.

16 DE OUTUBRO

Começou o inverno. Ontem caiu a primeira neve. A pressão dos alemães contra nós parece um muro intransponível. Consultar um mapa se tornou assustador. As últimas notícias são terríveis. Nosso exército abandonou Mariupol, Briansk, Viazma. Combates intensos são travados na direção de Kalinine. Isso não quer dizer que se deva considerar a cidade de Kalinine tomada. O que se passa é realmente assustador. Viazma fica a 150 quilômetros de Moscou. Isso significa que os alemães estão a 150 quilômetros de Moscou. Pela primeira vez, declarou-se o seguinte no rádio: "A situação é difícil na frente oeste. Os alemães concentraram uma quantidade enorme de tanques e tropas de infantaria motorizada, atravessando nossa defesa. Nosso exército recuou, sofrendo perdas imensas". Foi o que nos comunicou o rádio. Nunca se havia noticiado qualquer coisa assim.

Estamos aterrorizados. Com a impressão de que não teremos mais dias radiosos pela frente. Não viveremos até os dias radiosos e alegres do mês de maio.

Os alemães com certeza vão transformar Leningrado num campo em ruínas, para depois ocupá-la. Todos que conseguirem fugir terão que viver nas florestas, onde pereceremos, morreremos de frio, de fome ou simplesmente seremos mortos.

Sem dúvida, é um inverno assustador que começa para milhares de pessoas, com frio e fome. Hoje Tamara virá me ver, vamos praticar nosso inglês com Aka. Amanhã volto ao trabalho. Lá também as coisas não estão nem um pouco fáceis. Anetchka morreu e mais outras duas mulheres. Durante quase todo meu último plantão estive junto ao leito de uma moribunda.

78 Em 16 de outubro de 1941 o *Leningradskaia Pravda* anunciava a entrada em cartaz de três filmes: *Concerto para violino*, de V. Petrov; *A velha guarda*, de S. Guerassimov; *As aventuras de Korzinkina*, de F. Ermler. Os três curtas-metragens foram imediatamente exibidos nos dez cinemas de Leningrado.

Quase não notei Valeri: aparentemente não vai trabalhar conosco. Estava num corredor, sem o avental, e não o reconheci. Ele é que me cumprimentou. É um bom rapaz: pena que tenhamos nos conhecido de maneira tão rápida.

Hoje, enquanto dormia, e ontem, durante o dia, sonhei com Vovka. Como se tivesse vindo me ver, estava completamente nu e faminto: dei de comer e alguma roupa. Ele agradeceu e disse que somente agora tinha consciência da importância de uma amiga de verdade. Depois, alguém me perseguia com uma faca. Estava quase me alcançando, isso se passava na praça, no outono, e de repente vi Vovka com os rapazes da nossa sala. Estava salva. E sonhei com um monte de coisas mais.

18 DE OUTUBRO

A noite de ontem foi extremamente assustadora. Os alertas aéreos começaram às 20h. Precisamente no momento em que se distribuía refeição aos pacientes. Logo os canhões antiaéreos começaram a atirar, bem perto. De repente, houve um estampido seguido da barulheira de vidros quebrados. Nesse momento, eu me encontrava na área das mulheres. Elas imediatamente se puseram a gritar, gemer, muitas tiveram uma crise nervosa. Anissimov, o médico de plantão, veio correndo. Fez o que pôde para acalmar as pacientes. Quando se tranquilizaram um pouco, outra ajudante de enfermagem e eu levamos a louça para a cozinha. Disseram que eu podia raspar o caldeirão com restos de kasha. Fiz isso, enquanto se ouvia, por trás das janelas, uma confusão estranha, com gritos que se misturavam aos apitos dos policiais. Perguntei a uma das enfermeiras o que estava acontecendo. Ela ficou muito surpresa: "Como, não sabe que tem um incêndio logo do outro lado da rua? A fábrica Karl Marx está em chamas. Venha ver!". E me levou até o banheiro, onde afastou a veneziana. Vi a rua toda iluminada, mais clara que durante o dia. Imensas labaredas brotavam dessa claridade, uma fumaça avermelhada girava em turbilhão. Sim, era um imenso incêndio na fábrica Karl Marx, do outro lado da rua, em frente de onde estávamos. Imediatamente, então, compreendi o motivo da confusão. Bombeiros trabalhavam, seus caminhões chegavam fazendo barulho, bombas d'água fremiam, ordens eram berradas. O incêndio só foi extinto às 4h da manhã.

Foi nessa noite que Vladimirova morreu, e foram trazidos uma nova paciente, ferida na cabeça, e um rapaz de dezessete anos. Ele, ferido no pescoço, estava trabalhando com os bombeiros, no telhado.

11 DE NOVEMBRO

Já estamos em novembro. Temos neve por todo lado. Está de congelar.. Fui ao colégio,[79] segui as aulas, e tudo por que passei em outubro me parece agora um pesadelo terrível. Tenho inclusive dificuldade em imaginar que há apenas alguns dias eu me levantava às 6h da manhã. Às 6h45, mamãe e eu saíamos de casa. Fazia frio e estava escuro ainda. Depois vinha o bonde, totalmente lotado, o controle da entrada, o jardim com o caminho em linha reta que todos tomavam. Trocava de roupa, vestia o avental branco e um lenço branco na cabeça... E vinham os pacientes, bacias e mais bacias, chamadas urgentes: Lena, vá ali, Lena, corre aqui, Lena, leve essas urinas ao laboratório. De fato, não era um sonho e sim a realidade. Ganhei dinheiro. E, de repente, me mandaram embora. E cá estou de novo no colégio. Fui inscrita no colégio que fica no nº 30 da rua Tchernychov. Da nossa antiga turma, ontem restavam apenas cinco meninos e quatro meninas: Micha I., Micha Ts., Vovka I., Yania Ya., Ossia B., e Tamara A., Nadia K., Lida S., Bella K. e também Galia V. Sim, ontem vi Vovka, mas hoje cinco alunos não estavam presentes. Soube por Tamara, que soube por Ossia, quando se encontraram mais cedo no corredor, que Micha I., Micha Ts., Yania e Vovka Itkinson foram para outro colégio, o 36 da rua Borodinskaia. Como tudo é efêmero neste mundo!

Por oito anos estudamos juntos na mesma sala de aula. Éramos camaradas, pode-se dizer, e, de repente, sem o menor aviso, sem sequer nos despedirmos, eles se foram, desapareceram. Vovka, a quem tanto... (inútil dizer algo). Em certo momento, estávamos tão próximos um do outro, íamos juntos ao cinema, tínhamos conversas tão acaloradas, éramos camaradas. De repente,

79 O início das aulas para os alunos das três últimas séries tinha sido marcado para 3 de novembro. Normalmente, na Rússia, era em 1º de setembro que elas começavam.

ele, seu nome e seu rosto somem da minha vida, apagados para sempre. Não posso entender como tomaram essa decisão. Será possível que para eles seja tão simples mudar para outro colégio? Em nome de quê? Por qual motivo? Não nos deram a menor explicação. Será possível que considerem que não temos vínculos? Será possível que para eles oito anos nada signifiquem? Como se atreveram a tal atitude? Não, não dá para acreditar. E por que não? Pelo contrário, tudo é tão simples! É a coisa mais simples que se possa imaginar. Como sou esquisita! É preciso se acostumar. Tudo é assim, nessa nossa época.

Ter vínculos! Camaradagem! Noções como essas estão tão distantes de nós, jovens de hoje, quanto nós estamos do Sol.

Então, está tudo acabado. No que se refere a Vovka, nos conhecíamos e nos separamos. Tudo se dispersa como a fumaça; esqueceremos um do outro, e somente um dia, quando folhear o álbum de fotografias, você vai se lembrar de ter existido certa Lena Mukhina, menina bem simples, e vai sorrir, lendo no verso da foto: "Para o patinho feio; de Lena". Pode ser que o destino cruze ainda os nossos caminhos. Pois eu, nunca o esquecerei.

Toda a minha vida me lembrarei de você
Não posso não amá-lo.
Não, nunca o esquecerei.
Viverei mantendo essa saudade.

Mesmo que você seja o maior dos patifes. Uma vil criatura, indigna de qualquer interesse. Não adianta, é o meu primeiro amor, é aquele menino que foi o primeiro, mesmo que ignore, foi quem acendeu algo em minha alma, e isso vai arder em mim enquanto eu estiver viva, ora invadindo todo o meu ser com o amargor do despeito e da humilhação, ora se consumindo lentamente. Você é para mim o ser mais querido do mundo. Quero que tenha uma vida feliz sem passar por preocupações nem tristeza.

Que Deus te dê o que há de melhor.
Adeus, Vovka!
Adeus.

Droga, fiquei totalmente abalada. Vale a pena tudo isso? Encontrarei outros rapazes, outros caras. Há na nossa turma meninos que valem até mais do que Vovka. Como Vova Friedman, Guenka K. e outros mais. E o chefe de turma, Tolka, se parece tanto com Andrei. Pela voz e pelas maneiras. E Guenka, que está sentado atrás de mim, é também um bom rapaz, mas tenho a impressão de ser um molenga. Bom, pouco importa, temos tempo ainda para nos conhecer melhor.

Não se lamente, Lena. Depois do primeiro amor, vem sempre o segundo.

Seja ousada e siga em frente!

Se permanecer viva, tudo vai correr muito bem.

Mas será que continuarei viva? A cada dia enviam guloseimas bem amargas em cima da nossa cidade. Leningrado está sitiada. O inimigo cerca Moscou. Os alemães estão perto de Tula. A Ucrânia inteira está ocupada. Assim como o Donbass. Os EUA nos ajudam fornecendo armas e provisões. Não sabemos o que nos reserva o futuro. Mas, aconteça o que acontecer, quero viver. E enquanto estiver viva, quero amar. Mas quem? Veremos. Talvez nessa nova turma, entre os novos rapazes, encontre meu futuro namorado.

12 DE NOVEMBRO

Diariamente acontecem bombardeios terríveis, diariamente acontecem tiros de artilharia.

16 DE NOVEMBRO

Novo alerta aéreo. Como às 7h30 de ontem. Por favor, entrem: é a Alemanha que se convida para a festa.

Hoje foi um dia horrível. Aka saiu às 9h da manhã em busca de algo para comer e só voltou às 5h da tarde. Mamãe e eu já tínhamos nos resignado à ideia de que nada se conseguiria e que passaríamos o dia sem comer, quando Aka de repente chegou, e não de mãos vazias: trouxe galantina. Tinha quinhentos gramas. Imediatamente cozinhamos uma sopa em fogo brando, que foi tomada bem quente, cada uma tendo direito a dois pratos bem cheios. A maneira como vivemos atualmente ainda é suportável, mas, se a situação piorar, não sei como vamos sobreviver. Antes, até há relativamente pouco tempo, mamãe conseguia sopa no trabalho, sem tíquete de racionamento. E no colégio nos serviram sopa no primeiro dia. Mas já no dia seguinte foi publicada uma circular dizendo que a sopa só seria distribuída mediante tíquetes de racionamento.

É evidente que 150 gramas de pão não bastam para nós.[80] Aka, pela manhã, compra para ela e para mim, e eu como quase tudo antes de chegar ao colégio, ficando o restante do dia sem um único pedacinho de pão. Realmente não sei o que fazer e talvez seja melhor o seguinte: dia sim, dia não, comer no refeitório do colégio cinquenta gramas do prato principal com o tíquete para os cereais e, nesse dia, ficar sem pão, mas no dia seguinte me sustentar com trezentos gramas de pão. Preciso experimentar. De modo geral, não tenho me sentido muito em forma. Tem sempre alguma coisa a me corroer por dentro. Dia 21 será meu aniversário, vou fazer dezessete anos. De um jeito ou de outro, vou festejar. Ainda bem que será o primeiro dia do terceiro decêndio e com certeza teremos balas. Tenho tanta vontade de comê-las!

Quando as coisas voltarem ao seu ritmo normal, depois da guerra, e pudermos ter o que quiser, vou comprar um quilo de pão preto, um quilo de pão de mel e meio litro de óleo de algodão. Vou misturar farelos do pão com o pão de mel e derramar em cima todo o óleo. Trituro bem tudo isso, misturo, pego uma colher de sopa e terei o prazer de me empanturrar. Depois, mamãe e eu vamos preparar todo tipo de tortas de carne, de batata, de repolho, de cenoura ralada. Depois, mamãe e eu vamos fazer batatas fritas que comeremos bem douradas, ainda crocantes, saindo da frigideira. E comeremos também pasta ao creme de leite, ravióli e espaguete com molho de tomate e cebolas refogadas, fatias de pão branco torrado, com a casca bem crocante, por cima da qual vou espalhar uma camada de manteiga, salaminho ou queijo, salaminho, é claro, cortado bem grosso para sentir os dentes entrarem fundo nele quando

80 A partir de 13 de novembro de 1941, as rações tinham sido fixadas da seguinte maneira: 150 gramas de pão para os empregados, pessoas dependentes e crianças de até doze anos. Operários, técnicos e engenheiros tinham direito a trezentos gramas por dia.

morder. Mamãe e eu comeremos kasha com os grãos bem soltos, com leite frio, para depois continuar com a mesma kasha, que vou refogar na frigideira com cebolas e um exagero de manteiga que vai deixá-la brilhosa. Para terminar, comeremos blinis quentinhos e gordurosos, com geleia e panquecas grossas bem estufadas. Deus do céu, vamos comer de dar medo.

Tamara e eu decidimos escrever um livro sobre a vida dos jovens soviéticos da nossa época, que estão nos dois últimos anos do secundário. Sobre suas paixões efêmeras e primeiros amores, sobre a amizade. Escrever, em suma, um livro que nós mesmas gostaríamos de ler, mas que, infelizmente, não existe.

Fim do alerta, fim do alerta aéreo! São 20h15. Hora de ir dormir. Amanhã vou ao colégio.

Até a próxima!

21 DE NOVEMBRO

Pronto, hoje é meu aniversário. Faço dezessete anos. Estou de cama, com febre alta, e escrevo. Aka saiu em busca de alguma gordura, de qualquer tipo, e algum cereal ou macarrão. Não sei quando vai voltar. Talvez venha de mãos vazias. De qualquer maneira, estou contente: pela manhã Aka me deu os 125 gramas de pão[81] a que tenho direito e duzentos gramas de balas. Comi o pão quase todo, mas o que representam 125 gramas? Uma fatiazinha de nada. Já as balas, vão ter que durar dez dias. Primeiro fiz as contas com três balas por dia, mas já chupei nove, de forma que decidi, sendo meu aniversário, chupar mais quatro e a partir de amanhã seguir uma regra rígida, chupando apenas duas por dia.

A situação na nossa cidade continua tensa. Somos bombardeados por aviões, canhões e nada disso parece tão grave, pois nos acostumamos a um

81 A ração mínima para o pão tinha sido fixada, em 20 de novembro de 1941, em 250 gramas para operários, técnicos e engenheiros; 125 gramas para empregados, pessoas dependentes e crianças até doze anos.

ponto que até surpreende. O problema, no entanto, é que a situação alimentar piora a cada dia, é hediondo. Não temos pão suficiente. É preciso agradecer à Inglaterra, que nos envia algumas provisões. Cacau, chocolate, café de verdade, óleo de coco, açúcar, tudo isso vem da Inglaterra, o que deixa Aka cheia de orgulho. Mas pão! Pão! Por que não nos enviam farinha de trigo? A população de Leningrado precisa de pão ou a capacidade de trabalho vai cair. Todo mundo diz e não param de repetir no rádio que o inimigo logo terá que deixar Leningrado e que só nos resta esperar. E assim que o inimigo for afastado, enxurradas de alimentos calóricos vão cair sobre a cidade. Mas por agora é preciso ter paciência. Então temos tido paciência, mas como é difícil! Às vezes chegamos a perder a esperança, achando que vamos todos morrer como moscas, sem ver o dia radioso da vitória. Mas devemos nos livrar de pensamentos assim. São perniciosos. Meu Deus! Como quero que mamãe Lena, Aka e eu tenhamos a felicidade de sobreviver a essa época difícil, para podermos voltar a viver respirando a plenos pulmões. Como espero que mamãe recupere peso e que Aka também se sinta bem. Tenho muito medo pelas duas. Na verdade, não suportarão uma fome severa. E não sabemos o que nos espera. Talvez só nos distribuam pão de dois em dois ou de três em três dias, sem haver mais nada nos refeitórios.[82] O que vai acontecer, nesse caso? Não, não podemos pensar numa eventualidade assim! A Inglaterra e os EUA vão nos alimentar. A derrota dos alemães em Leningrado é do interesse deles. É assim que serão mais úteis a Moscou. E o fracasso dos alemães em Moscou será o marco da reviravolta nessa guerra histórica: o inimigo começará então a bater em retirada. Contanto que isso aconteça o mais rápido possível, o mais rápido possível! Cada dia traz uma esperança relativa à queda do cerco do inimigo ao redor de Leningrado.

82 O Conselho Municipal de Leningrado havia criado, de início, 105 refeitórios destinados à população, além daqueles já existentes nos estabelecimentos de ensino. Esse número aumentou em 1942. Recebia-se neles, em princípio, uma alimentação de qualidade ou, no mínimo, calórica. É claro, cada refeitório estava reservado a uma categoria específica da população. Quanto melhor situada a pessoa na hierarquia social, melhor eram os alimentos distribuídos. (N. d. T. F.)

Tamara veio me ver e... não trouxe nada. Ontem dei a ela meus tíquetes de racionamento para cereais e carne e pedi que pegasse no nosso refeitório um almoço, ou seja, dois pratos principais com o tíquete para os cereais e, se possível, com os tíquetes para a carne, duas almôndegas de carne ou duas porções de salaminho, o que houvesse. Ela ficou de fazer isso.

Para Aka e eu, toda nossa esperança estava no que Tamara trouxesse. Tínhamos resolvido que, com o prato principal, fosse kasha, macarrão ou qualquer outra coisa, Aka prepararia uma bela sopa bem espessa, duas panelinhas, e poderíamos dividir as almôndegas de carne em três, pela ocasião dos festejos, para depois comer um sanduíche de carne. E aconteceu o pior. Tamara chegou de mãos vazias, sem nada, nem prato principal nem sopa, nada... Zangada e ofendida, ela jura nunca mais prometer coisa alguma a ninguém, não se oferecerá para mais nada. De tudo que contou, consegui entender que ficou na fila para dois serviços e, quando chegou a sua vez, não tinha mais nada. O prato principal havia terminado e então ela comprou uma ração de sopa, que acabou derrubando. Como ela fez isso, continuo sem entender. Mas uma coisa entendi: tudo isso é horrível.

Aka daqui a pouco vai chegar, morta de frio, de cansaço e, provavelmente, de mãos vazias. Será o fim de tudo. Vai saber que Tamara nada trouxe e não sei como vai aceitar isso. E depois mamãe vai chegar, cansada e faminta. Tentará chegar um pouco mais cedo hoje, pois sabe que é meu aniversário e, meu Deus, o que vai acontecer se Aka não tiver tempo de improvisar alguma coisa? Ah, sim, isso que é "festejar" um aniversário! Não vou chegar a ponto de tomar a defesa de Tamara diante de Aka nem de mamãe, mas não vou também botar lenha na fogueira. Teve azar, simplesmente azar. É como se nos tivessem roubado tíquetes de racionamento ou algo do tipo. Qualquer pessoa pode ter um azar assim.

É muito chato, é claro, a ponto de fazer chorar, ter que passar justamente o dia do meu aniversário sem comer, faminta, e tudo por culpa da minha melhor amiga.

Bom, agora podemos comer esse naco de pão que eu estava guardando para as almôndegas de carne. E depois tentar pegar no sono e dormir até amanhã.

Minha mamãezinha querida, minha mamãe de ouro vai chegar com fome. Vou estreitá-la contra o peito, apertá-la forte, bem forte, e contarei a desgraça ocorrida. E ela, acredito, não ficará zangada. Pois, provavelmente, terá comido alguma coisa no trabalho. Tomara que não se zangue e não piore minha comemoração! Não preciso de mais nada. Tomaremos cada uma um copo de vinho e depois chá com balas.

Tomara que a gente não brigue, tomara que fiquemos calmas e em paz! É o meu desejo mais forte.

Já são 6h30 da tarde e mamãe ainda não chegou. Por trás da janela, ouve-se o incansável alvoroço dos canhões antiaéreos. É o segundo alerta. Hitler vai nos dar uma sova, por ontem e por hoje.

Sim, o que imaginei aconteceu. Aka chegou às 17h, cansada, com frio e de mãos vazias. Ficou na fila querendo comprar aletria para a sopa e não tinha mais. Tia Sacha estava bem à frente dela e conseguiu, mas ela não. Tia Sacha nem sequer olhou para Aka. Que miserável! Não quis ceder a vez a uma idosa! Meu Deus, é impossível se dar conta do quanto estamos sem sorte! Como se todos os deuses e todos os diabos tivessem se unido contra nós.

Estou com uma vontade doida de comer. Sinto na barriga um vazio abominável. Como tenho vontade de um pão, como tenho vontade! Minha impressão é a de que daria qualquer coisa para poder encher o estômago.

Quando vamos estar de barriga cheia? Quando deixaremos de sofrer? Quando poderemos comer qualquer coisa mais consistente, um prato inteiro de kasha ou macarrão? Pois não se vai longe consumindo apenas alimentos líquidos. E há mais de um mês nos nutrimos com sopa rala. Não, não faz sentido viver assim. Meu Deus, quando esses tormentos chegarão ao fim? E além de tudo é minha comemoração, meu aniversário, que só acontece uma vez por ano. Lembro-me de que Aka, nesse dia, sempre preparava um bolo e um brioche. Ficávamos à mesa, bebíamos chá, vinho, brindávamos. Havia sempre balas na mesa, um bolo, às vezes um docinho e também sanduíches de salaminho ou queijo. Nesse dia, sobretudo nos últimos anos, não recebíamos convidados, mas festejávamos meu aniversário à altura. Não, nunca vou me esquecer desse 21 de novembro de 1941. Por toda a minha vida vou me lembrar desse dia. Em 21 de novembro de 1942 (se ainda estiver viva), vou me lembrar e cortar uma enorme fatia de pão preto, espalhando manteiga por cima, e me lembrarei desse dia, tal como se passou um ano antes, em 1941. Essa fatia grossa de pão com manteiga será para mim a mais luxuosa das iguarias, melhor do que todas as coisas deliciosas juntas, do que todos os doces do mundo, do que todas as guloseimas. Meu Deus, com que prazer vou morder esse pão e mastigá-lo, pão, pão de verdade!

Minha mamãezinha, minha querida *mamotchka*, onde está você? Descansa na terra, está morta. Encontrou a paz eterna. Eu, porém, estou atormentada. Eu sofro. Sofro junto a centenas e milhões de cidadãos soviéticos, e por causa de quem? Por causa da imaginação delirante desse doente mental. Está decidido a submeter o mundo inteiro. É um delírio insensato, e por causa dele sofremos, temos o estômago vazio e o coração cheio de aflição. Meu Deus, quando tudo isso terá fim? Isso tem que acabar um dia, afinal!

22 DE NOVEMBRO

Posso dizer que, pela manhã, comemorei o dia de ontem. Às sete horas, Aka saiu para procurar chocolate, e às nove ela serviu meu chá, meu pão (125 gramas) e cinquenta gramas de chocolate, do verdadeiro chocolate inglês. Um chocolate com o qual só antigamente se podia sonhar. Nunca tivemos chocolate de verdade, vindo do exterior. O autêntico chocolate inglês é untuoso e perfumado, é duro, pesado e bonito. Divide-se em quadrados grandes. Cinquenta gramas representam quatro quadrados desse tipo. Ou seja, cada quadrado pesa doze gramas e meio. E como é bom, ao mesmo tempo doce e amargo! Resumindo, é chocolate verdadeiro, que vem diretamente da Índia.

Se em Leningrado faltar pão e, no lugar, nos distribuírem chocolate, não morreremos de fome. E a Inglaterra certamente nos enviou bastante chocolate e enviará mais. Com os tíquetes de racionamento das crianças, podemos obter produtos ingleses, como o verdadeiro sagu e uvas-passas. Mas não só isso: pode-se também conseguir sêmola de trigo e arroz.

Isso sim é uma sopa! A rainha das sopas! Aka a trouxe do colégio. Como me irrita não ter pensado antes, pois Aka poderia muito bem ter ido ontem em busca da refeição. Não havia por que ter confiado a tarefa a Tamara.

Hoje, Aka pegou dois pratos principais, isto é, uma ração de arroz com um pedaço de manteiga. Deu-me um pedacinho da manteiga e o resto ela colocou no meu arroz. E depois preparou uma sopa tão maravilhosa, tão deliciosa e em tal quantidade que cada uma de nós pôde ter um prato cheio, com ainda três conchas de quebra.

Vamos agora reorganizar tudo. Ponho de lado os três tíquetes para cereais e calculo as coisas de maneira que isso baste por todo o próximo decêndio, mais precisamente, para os oito próximos dias. Seria bom obter cem gramas de cereais por dia. Digamos, na pior das hipóteses, que consigamos 75 gramas, o que daria para preparar uma sopa e um prato principal.

Na minha caixinha, em vez de três quadrados de chocolate de qualidade, como imaginei, resta apenas um pedacinho de nada, que vou comer logo, pois é ridículo guardar coisa tão insignificante. E o que sobrou das minhas balas? Ontem Aka me deu um pacotinho. Contei-as imediatamente. Havia 34 balinhas redondas e elegantes. Troquei quatro delas por duas de soja. Hoje, veem-se apenas cinco infelizes balinhas. Por onde passaram as outras? É verdade! Comi todas ontem, por não ter almoçado. Sim, ontem me alimentei de pão e balas. Comi 25 balas, para me consolar do fato de ser meu aniversário e sabendo que, se as comesse, no dia seguinte não comeria nenhuma. Mas estamos no "dia seguinte" e as cinco pobres balinhas que tinham sido poupadas igualmente desapareceram na minha boca ignominiosa. É realmente vergonhoso! Mas digamos que ontem eu estava faminta e isso não se questiona. E hoje? Bom, hoje tive pão, chocolate, sopa, e tenho a impressão de que poderia ter deixado em paz as infelizes vítimas que, de qualquer forma, estavam condenadas a ser engolidas. Poderia ter deixado que vivessem mais um dia ou dois. No entanto, não, não tive essa paciência! Tentei me manter firme o mais que pude, mas acabei comendo uma, o que significava — não é mesmo? — que não pararia mais enquanto não aniquilasse tudo que fosse comestível e que encontrasse pela frente. Comecei a comer as balas e o chocolate, e devorei tudo! Mas tenho ainda oito dias pela frente. E nesses oito dias, voltarei a tomar chá sem ter o que mastigar, ficarei arrasada por ter tido a infeliz ideia de comer 25 balinhas num dia só.

Meu tablete de chocolate, meu lindo tabletinho do verdadeiro chocolate inglês, onde está você? Por que te devorei? Eras tão elegante que deveria ter me contentado em admirar-te, mas te devorei. Que porcalhona! Resta-me uma só esperança, mais exatamente, um só consolo: que mamãe queira dividir conosco e assim ganharei outro tablete. Mas não vou comê-lo, de forma alguma. Deus me livre! Vou apenas admirar e só comerei quando mamãe não tiver mais a menor migalha de chocolate.

Acabo de reler meu diário inteiro. Deus do céu, que retrocesso! Penso só em comida e só falo disso, havendo, apesar de tudo, tantas coisas interessantes lá fora.

Lá estão os alemães que preparam terreno! Dão tiros, não param de atirar com canhões de longo alcance. Bom, tanto faz. Não demora e vamos acalmá-los. Neste momento, acaba de passar acima do nosso telhado um avião indo justamente na direção de onde vêm os tiros.

A cidade continua a viver normalmente. A indústria continua a fabricar os seus produtos, e o comércio, a vender. Cinemas, teatros e circo funcionam.[83] Os alunos vão à escola. É verdade que a vida se organiza de forma diferente: não há mais gás, não se vende mais gasolina, as pessoas cozinham em fogões à lenha, com pequenas toras e lascas de madeira. Mas a maioria está inscrita nos diferentes refeitórios. Poucos agora descem para os abrigos antiaéreos, pois estão esgotados pela desnutrição e simplesmente não aguentam mais: não têm mais forças para as idas e vindas extenuantes nas escadas. No entanto, todos têm a mesma vontade de viver. É uma época em que ninguém compra mais nada e por isso meus colegas estão cheios de dinheiro no bolso. Vão ao cinema e ao teatro quase diariamente e, nos momentos de liberdade, durante os alertas, jogam cartas nos abrigos. Durante o recreio, e até em certas aulas, se entregam ao vinte e um, jogando a dinheiro. É realmente a bagunça generalizada. Às vezes fico observando como jogam. Frequentemente ganham numa só rodada de cinco a sete rublos, às vezes até oito. E vi perderem todo

83 Em 22 de novembro de 1941, os habitantes de Leningrado puderam assistir a espetáculos em oito teatros, a 24 filmes em 34 cinemas, casas de cultura e clubes. Uma banda de jazz dava igualmente um show no picadeiro fixo do circo do Estado.

respeito pelo dinheiro, jogá-lo de qualquer maneira numa escrivaninha, "para a banca", uma nota amassada de três rublos, por exemplo. Se por acaso um rublo cai no chão, seu dono não tem a menor pressa de se abaixar para pegá-lo. Nem é preciso falar das moedas de vinte copeques. Por outro lado, com que avidez muitos desses meninos escondem o dinheiro ganho, enquanto outros, pelo contrário, fazem isso com falsa displicência.

Ontem olhei meus cartões-postais. Como são bonitos os cartões que se imprimiam antigamente, com todo tipo de vista, enquanto os de hoje são feitos sem o menor cuidado, nenhuma aplicação, sem se preocupar com a qualidade. Olhei de novo todos que têm no verso algo escrito para mim, os que mamãe enviou de Piatigorsk há três anos.

E me lembrei de que mamãe e eu sonhávamos, há nem tanto tempo assim — no inverno passado —, em fazer uma viagem de barco pelo Volga. Tínhamos levantado informações, estudado em detalhe os custos. Estávamos firmemente decididas de que faríamos a viagem no verão. E não abandonamos a ideia. Já nos víamos as duas na primeira classe, numa cabine com bonitas cortininhas azuis, luz de cabeceira com abajur numa mesinha, e começaria esse instante de felicidade em que o trem deixaria a cúpula envidraçada da estação e partiria campo afora, indo longe, bem longe. Estaremos sentadas uma de cada lado da mesinha, comeremos coisas deliciosas, sabendo que diversões, pratos saborosos, lugares desconhecidos, natureza com céu azul, vegetação e flores esperam por nós. Quantos prazeres nos esperam, cada um mais agradável que o outro. E diremos, vendo Leningrado desaparecer ao longe, que nessa cidade é que passamos por tantas provações, sofremos, tivemos fome num cômodo sem aquecimento, de ouvidos atentos ao rugir dos canhões antiaéreos e ao trovão dos aviões inimigos. E viraremos as costas a essas recordações como a um pesadelo terrível, fixando o olhar adiante, longe, na direção para onde corre o expresso da estrela vermelha. Rumo a essa terra que os alemães pisotearam, terra que estava, então, coberta de neve, perfurada de obuses, devastada por trincheiras e fossos, loteada por arame farpado, em que o vento glacial soprava nos ouvidos. A via férrea pela qual avançaremos vai estar livre. Os camaradas a terão limpado. E ali, junto a um barranco, veremos destroços de vagões abandonados, enquanto em outros taludes semicobertos de neve, cadáveres de soldados inimigos formarão manchas escuras. Com o olhar perdido no vazio, mamãe e eu examinaremos a relva espessa do talude, sem perceber, no entanto, mais nada que nos lembre a guerra pela qual passamos. Esses dias históricos em que se deu a reviravolta da situação e os alemães pararam de avançar, o dia em que os alemães recuaram, em que entramos em Berlim, em que a última salva de artilharia ecoou, em que explodiu o último obus, o último tiro de fuzil, dias que ficaram para trás no passado. E mesmo que seja um passado não tão distante, será, de qualquer forma, passado. São dias que ficaram para trás e se apagaram, cobriram de bruma o acinzentado longínquo de Leningrado, dias em que festejamos a vitória dos valorosos combatentes, autênticos heróis que se cobriram de glória que os séculos não apagarão. Tudo isso ficou para trás, em segundo plano, cedendo vez a uma vida nova. E mesmo o que era novo se tornou passado. Já enterramos e homenageamos com eterna memória nossos gloriosos combatentes mortos na batalha. Leningrado já cicatrizou suas feridas, as vidraças foram recolocadas e os prédios destruídos foram reerguidos. Exatamente, tudo isso pertence ao passado. Como aquele dia em que pela primeira vez, na cozinha, o gás voltou a acender o fogão, fazendo o seu barulho típico, e quando o primeiro picolé ressurgiu.

Mamãe e eu olhamos pela janela e, meu Deus, como estamos contentes! As lembranças fervilham ainda e sempre como um enxame na minha cabeça. Relembrar e se alegrar de que tudo isso é apenas recordação, apenas passado, satisfeita por saber que algo assim nunca mais vai acontecer. A lembrança do toque de clarim avisando o fim do último alerta, das chamas. Clarões, mas não clarões de incêndios e sim das luzes elétricas de Leningrado em festa, feliz e iluminada, luzes que clareiam novamente as vitrines, que se livraram da proteção de tábuas e sacos de areia. Lembrar da sineta dos bondes e das buzinas dos carros, cujos faróis nos cegam, com milhares de janelas que se iluminam nas casas transbordantes de felicidade. Publicidades, anúncios, tudo brilhava e ofuscava naquele primeiro dia de festa...

23 DE NOVEMBRO

Ontem li para mamãe minha narrativa imaginada e ela gostou muito. Não tenho vontade de escrever a continuação. De agora em diante, eis o que farei:

depois das aulas, vou continuar no colégio, numa sala vazia e calma, e revisarei as matérias que acabo de ter. No meu horário, passam-se, digamos, dois ou três dias no máximo entre duas aulas da mesma matéria. E acho que se eu assimilar no mesmo dia, por exemplo, a aula de geografia que acabo de ter, num ambiente calmo e silencioso, não terei esquecido tudo três dias depois. E se esquecer, precisarei de pouco tempo para revisar. Por outro lado, se seguir com todo cuidado meu plano, terei bastante tempo para ler, coisa que farei em casa. Preciso ler, assim que possível, *Grandes esperanças*, de Dickens, e começar outra coisa. Quero montar uma pequena biblioteca bolchevique e comprar diferentes livros. Depois, tenho que comprar uma gramática russa e revisar todas as regras de ortografia, para não prejudicar com falhas minhas redações literárias. Bom, vamos parar de falar sem dizer nada. "Mais ação e menos palavras!" Vou agora revisar a aula de literatura e depois as outras. Quando acabar, Aka já vai ter esquentado a sopa, a gente come, eu me levanto e passo a limpo a álgebra.

27 DE NOVEMBRO

Cheguei hoje do colégio às 13h30. Uma boa coisa, pois no 25 de novembro saímos às cinco da tarde e ontem, às quatro. Nesses últimos dias, as coisas na verdade se passaram da seguinte maneira: na quinta hora de aula, faltando apenas cinco minutos, mais ou menos, para terminar, soaram sinais intermitentes e nos vestimos às pressas — os cabides para os casacões ficam na própria sala. Descemos, atravessamos o pátio correndo e fomos para o abrigo do colégio. É um local confortável que ocupa cinco cômodos distintos, separados por uma parede de sustentação. Cabem duas turmas inteiras em cada parte. O lugar é iluminado e quente, com ar puro (há ventilação). Bancos foram alinhados nas salas e ao longo das paredes, com um quadro-negro em cada uma e giz. A gente se organiza nos bancos, o professor assume seu posto diante do quadro-negro e a aula continua.

Hoje a diretora entrou em plena aula de literatura e nos informou que tiros de artilharia estavam sendo disparados. A aula continuou no abrigo antiaéreo, depois teve aula de história, e deveria haver em seguida outra aula de literatura, de acordo com a programação. Mas a diretora voltou e anunciou o fim do alerta, dizendo que devíamos seguir para nossas casas o mais rápido possível. Não foi preciso insistir, pois ninguém tinha vontade de ficar naquele subsolo até as 16h30, com fome; de forma que rapidamente tomamos o caminho de casa. Mal atravessamos o portão do colégio, soou um alerta e partimos todos correndo. Escrevo essas linhas em pleno alerta.

Aka está esquentando uma sopa e vamos jantar daqui a pouco. Hoje mamãe e eu resolvemos não comer pão para no dia 30, que é feriado, não ficar sem nada. Temos ainda um pouco de grãos de linho. Ontem nós três comemos bastante e hoje não vamos ficar com fome. O que acontecerá depois, não sei. Aliás, com os tíquetes nos dão chocolate ou balas no lugar da carne e, no lugar da manteiga, deram queijo e, agora, gelatina de frutas.

Continuam diariamente a distribuir para nós, no colégio, um bombom de chocolate por trinta copeques.[84] Até então, era preciso descer à cantina, o que provocava filas, e alguns às vezes chegavam atrasados à aula. Agora as coisas se passam diferentemente. No meio da segunda aula, a diretora entra na sala, trazendo a funcionária do refeitório com avental branco, que carrega uma trouxa grande e alguns pratos. A primeira conta o número dos presentes na sala e a segunda, o número de bombons correspondente, que são colocados num prato. Um dos alunos percorre a sala com o prato, distribui um bombom para cada um e recolhe o dinheiro, imediatamente levado pela diretora. Em seguida, a aula interrompida recomeça. Porém, é claro, ninguém mais presta atenção, e mais da metade da turma mastiga o seu bombom. E também ninguém mais desce ao refeitório para tomar um chá, ou melhor, água fervendo.

Hoje me vi no abrigo ao lado de Guenia Kobychev. É um rapaz que me interessou desde que o vi. Tenho a impressão de que é modesto e meigo. Nunca expõe sua opinião. Nunca é o primeiro a falar.

Durante o intervalo, antes da aula de história, ao contrário de todo mundo que tagarelava em volta, ele lia *Almas mortas*.[85] Perguntei se gostava do livro. Ele respondeu sem pronunciar uma palavra, mas com um gesto vago

84 Os tíquetes de alimentação não eximiam de pagamento os alimentos.

85 Romance de Gógol.

que sempre se entende. Depois perguntei:

— De qual matéria você gosta mais?

Ele novamente respondeu fazendo o mesmo gesto e sorrindo sem graça. Eu, no entanto, não me contentei com isso.

— Mas, afinal, gosta de história?

— Não.

— De geografia?

— Até gosto. Mas prefiro matemática.

— Matemática? E ciências naturais?

— Não, não gosto.

Não vi mais como prosseguir a conversa. Mas ele continuou a me olhar, por algum tempo, pensativo, e depois retomou a leitura de *Almas mortas*.

Guenia é bem miúdo, de razoável aparência. Os cabelos louros formam um topetinho engraçado no alto da cabeça. Os olhos azuis transmitem certo calor e ternura. O rosto tem um ar cândido e ele parece estar sempre se desculpando. O sorriso é meio sem jeito, às vezes até ligeiramente obsequioso. Fico curiosa de saber quem ele realmente é.

Já são 3h45 e o alerta continua. As salvas dos canhões antiaéreos ora se acalmam, ora recomeçam ainda mais fortes.

Vou começar a estudar minhas lições agora. Sobretudo literatura.

O alerta terminou às 17h55. Mas às 18h30 começaram os tiros de artilharia. Macha veio a pé. Acabamos de ouvir o comunicado do acadêmico Orbeli,[86] com a informação de que os alemães roubaram os tesouros de Peterhof e da cidade de Púchkin. Cortaram fora o Sansão[87] com o intuito de levá-lo para a Alemanha e também saquearam a Sala de Âmbar[88] de Púchkin, que igual-

86 Leonid Orbeli (1882-1958), médico, especialista em fisiologia, membro da Academia de Ciências. (N. d. T. F.)

87 Essa estátua de Sansão rasgando a bocarra do leão era a peça central da fonte da Grande Cascata de Peterhof (a "Versalhes russa", a 25 quilômetros a oeste do centro de Leningrado, no golfo da Finlândia). A estátua foi perdida e, a partir de fotografias, fundiu-se uma cópia em 1947.

88 A Sala de Âmbar foi criada por artesãos alemães e dinamarqueses para Frederico I, rei da Prússia, e em seguida oferecida a Pedro, o Grande, pelo rei Frederico-Guilherme I. Essa sala

mente levaram para a Alemanha. O povo alemão vai ter que encontrar âmbar, mesmo que debaixo da terra, para restaurar essa sala.

Passa-se atualmente em minha alma algo que de forma alguma consigo analisar. Tenho poucos desejos, poucos projetos, coloco-me poucas questões, e há tantos pensamentos a se embaralhar e agitar na minha cabeça sem que eu consiga desemaranhá-los. Se pelo menos pudesse pegar a ponta de um só deles! Por exemplo, posso ter a impressão de que tudo está claro e começo realmente a acreditar que tudo está límpido, literalmente tudo, mas, de repente, tudo parece se cobrir de neblina e não consigo mais compreender coisa alguma. O pior é que não tenho com quem compartilhar meus pensamentos. Mamãe? Ela chega em casa, come e dorme. Anda tão cansada ultimamente. Tamara? Como compartilhar o que quer que seja com ela, e o que vai entender do que eu disser? E compartilhar o quê? Na verdade, a única coisa que há em mim é um vazio, um vazio de verdade. Não compreendo coisíssima alguma ou, mais exatamente, compreendo tudo, só que não sei o que há a compreender.

Não consigo esquecer Vovka, diariamente sonho com ele. Será possível que o tenha realmente amado? Não me dou conta. E por que não sou capaz de conhecer nenhum dos rapazes da nossa turma? Todos agora chamam Galia Viron de Galka, tratam-na com toda camaradagem, enquanto me evitam e alguns até me tratam com cerimônia. Onde está o problema? Por que tenho sempre vontade de puxar conversa com um ou outro, sem nem saber sobre o quê? Só o diabo entende o que isso significa. Realmente não sou um ser humano, não passo de um mal-entendido. Ninguém gosta do professor de química e, não sei por quê, todo mundo zomba dele. Eu, no entanto, gosto. Vejo nele um professor soviético e queria... não sei muito bem o quê, mas queria que se tornasse nosso professor principal. Para que nos reeduque, que fale a nossa alma e nos torne colegiais soviéticos, comunistas de corpo e alma. Para que erradique nosso espírito pequeno burguês, para que a gente vá com

de cem metros quadrados tinha 86 deles cobertos de âmbar. Foi pilhada pelos alemães em 1941 e levada para Königsberg. Desapareceu e jamais foi encontrada.

ele ouvir uma sinfonia, para que... Resumindo, quero dizer que nossos olhos devem se abrir para o mundo inteiro, que vejamos onde vivemos, que vivamos essa vida única que é a nossa. E para que cada um de nós resolva viver plenamente a sua vida. Assegurando de fato a continuidade dos nossos pais, sendo melhor que eles. Mais cultos, mais instruídos. E que afinal nos tornemos pais capazes de criar nossos filhos, e que os tornemos ainda melhores do que nós. O homem terá, então, uma vida feliz, fecunda e satisfeita. Ao morrer, já velhos, poderemos nos alegrar com a vida que tivemos. Sabendo que foi vivida de tal maneira que não tenha cabimento a amargura. Ah, por Deus, como desejo que se reeduquem os alunos do colégio!

Como gostaria de viver não sei onde, em outro lugar, entre outras crianças e nem sei o que mais, mas tenho vontade. E gostaria que Tamara fosse diferente. Que Vovka fosse diferente. Que todos desejassem algo radioso e bonito. Quem sabe estou querendo que todas as crianças sejam românticas? Pode ser. Acho que não. Não, claro que não.

Quero que vivamos como pregava Lênin e que a escola seja diferente, que nossas condições de vida sejam diferentes.

Lênin disse: "Estudar, estudar e estudar mais ainda!".[89] Isso é, creio, a primeira coisa em que deve pensar o estudante soviético! E o estudante soviético deve lutar contra a trapaça, contra os jogos de cartas, contra o cigarro. E contra muitas outras coisas mais.

Como vou encontrar alguém que se interesse por ciências naturais, geologia, mineralogia? Ah, as pedras do museu de mineralogia![90] Por que me comovem tanto? Não sei dizer. Tenho vontade de estudar a natureza toda nos

89 Slogan atribuído a Lênin. Em seu artigo "Mais vale menos, mas melhor" (1923), ele escreveu: "Devemos a qualquer custo ter como tarefa a renovação do nosso aparelho de Estado: em primeiro lugar, estudar, em segundo, estudar, em terceiro, estudar. Em seguida, tomar cuidado para que a ciência não se torne letra morta ou frase na moda...". Stálin retomou esse slogan no VIII Congresso do Comitê Central da Juventude Comunista: "Assimilar a ciência, forjar os novos quadros bolcheviques, especialistas em todas as áreas do saber, estudar, estudar, estudar com a maior persistência possível". Esta, para ele, era a tarefa principal da juventude comunista.

90 Trata-se do Museu de Mineralogia Tchernychov, fundado em 1882 e aberto ao público em 1930.

seus mínimos detalhes, nos seus menores átomos. Tudo nela é interessante. E também escrever um livro sobre as pessoas. E ter álbuns de fotografias dos quatro cantos do nosso país. Quero montanhas, montanhas e mar. Quem sabe tenho vontade de ser uma simples turista? Talvez.

Não e não! Não só uma turista. Nem sei o que quero fazer da vida. É uma confusão na minha cabeça. Um caos!...

28 DE NOVEMBRO

Hoje cheguei do colégio às 17h15. Um alerta aéreo começou ao meio-dia. A quarta, a quinta e a sexta aulas aconteceram no abrigo. Depois começou um bombardeio e a luz piscou, piscou e acabou se apagando. Até o fim do alerta ficamos no escuro. Perto de mim alguém acendeu uma lanterna. Mas ficamos ali mesmo conversando. Quando vou poder retomar minhas aulas?

Mamãe chegou às 17h55. Contou que o tráfego foi interrompido na avenida Nevski, que um edifício foi totalmente destruído: a casa não existe mais, literalmente.[91] Precisávamos então passar por dias encantadores assim, sofrendo cinco alertas. Dias em que entramos no abrigo à luz do sol e saímos já escuro, à noite. Na rua, todo mundo corre, todo mundo tem pressa. Todo mundo carrega um recipiente para refeição. Nas calçadas, andamos como um rebanho de ovelhas, sem nos mantermos à direita. Todos se esbarram, se empurram.

A cidade continua a viver, até o próximo alerta!

29 DE NOVEMBRO

Hoje, depois de me levantar, tive que me preparar à luz de uma vela, pois a eletricidade foi cortada. Chegando ao colégio, a mesma coisa, tudo às escuras. No meio de uma aula, distribuíram um bombom de rum para cada um de

91 Em 28 de novembro de 1941 uma bomba destruiu a fachada de um edifício da avenida Nevski e outro no cais da Fontanka, perto da ponte Anitchkov.

nós. Depois tivemos álgebra e história. Em história, passamos por um exame médico e depois cada um recebeu um tíquete para a galantina. Três minutos antes do fim da aula, novo alerta. Dessa vez não ficamos por muito tempo no abrigo. Fim do alerta. E assim que deixamos nossos casacões na sala de aula, corremos ao refeitório para pegar a galantina. O corredor que leva ao refeitório estava escuro, a luz tinha sido novamente cortada, e no refeitório ardia somente uma lamparina a querosene. Ficamos por um bom tempo na fila, o sino para o início da aula seguinte tocou e demorou bastante até que nos mandassem para a sala. Eu me perguntava por quê. Depois da distribuição da galantina, os alunos de penúltima e antepenúltima séries foram autorizados a ir para casa imediatamente.

Depois de conseguir minha galantina, fiquei por ali esperando que houvesse uma colher disponível, e um alerta foi anunciado. Comam a galantina e partam rapidamente para o abrigo, nos disseram. Provei um pouco: era tão saborosa que resolvi deixar para comer em casa. Fiz um copinho de papel e pus a galantina dentro. Voltei para a sala, peguei meu casaco e achei que, de qualquer maneira, não me deixariam sair. Teria que ficar um tempo no abrigo. Saí para o pátio: estava sujo, havia lama, neve derretida. Olhei em volta: ninguém no portão, ninguém à frente do abrigo. Saí sem maiores problemas para a rua. E logo percebi que não havia ainda um alerta. As pessoas iam e vinham normalmente e numa esquina faziam fila não sei para quê. Mas os bondes estavam parados e vazios. Cheguei em casa às 12h45. Enquanto arrumava a casa, os tiros começaram, e em seguida bombas caíram em algum lugar. Várias vezes o prédio estremeceu e me enfiei debaixo da mesa. Só saí quando Aka chegou para o almoço. Dividimos o pão para dois dias, que ela havia comprado para nós duas. Comi pão com óleo de linho e guardei minha galantina. E agora não sei o que fazer. Comer sozinha ou dividir com mamãe e Aka, fazendo uma surpresa. Mas não tem muito: dividir por três o equivalente a um copo de galantina significa se contentar em só molhar os lábios. Não, é melhor não deixá-las com água na boca, dessa vez vou comer sozinha. Mas preciso absolutamente levar comigo um recipiente limpo, caso voltem a distribuir, e farei o que quis fazer com a compota: juntarei três rações e oferecerei a elas.

1º DE DEZEMBRO

Hoje estou de barriga cheia. Vou dormir satisfeita. Aka conseguiu no meu colégio sopa e dois pratos principais. De almoço, Aka e eu tomamos, cada uma, um prato cheio de sopa seguido do prato principal. Quando mamãe chegou, cada uma teve ainda dois pratos de sopa, com um segundo prato principal, pois mamãe trouxe uma ração de kasha e uma almôndega de carne. Ou seja, hoje tivemos refeição completa. Além de tudo, não faltou pão para mim: Aka e mamãe pagaram as dívidas que tinham comigo. Mamãe recebeu seus tíquetes de alimentação e Aka também, mas somente hoje, enquanto eu os recebi ontem à tardinha e comprei meus 125 gramas de pão para o primeiro dia do mês. E o dividimos em três partes. Ontem não fui a lugar nenhum o dia inteiro e nada fiz. Durante todo o dia houve alertas e tiros de artilharia. Hoje devia ir ao colégio às 10h, mas exatamente nesse momento começou um alerta. De forma que a primeira aula foi cancelada e a última também. Em geometria, dezessete alunos estavam presentes e na penúltima aula, de química, éramos apenas sete. Só o diabo sabe como chamar isso, mas não são aulas. Tamara também esteve ausente hoje. Depois das aulas, passei na casa dela, mas ela não estava. Depois ela veio aqui. Escrevi a Vovka uma carta, que darei amanhã a Tamara. É bem prático que Tamara e Ossia morem no mesmo apartamento, pois assim é possível ter um contato com Vovka. Aliás, não vão mais distribuir balas de confeito no colégio. Para cada uma nos descontam dez gramas de açúcar.[92] São essas as notícias, acho. Vou dormir.

Hoje tivemos tiros de artilharia violentíssimos e achei que nossos vidros iam se espatifar, mas até agora têm resistido. Está quente nosso cômodo, a lâmpada de quarenta velas aquece bastante.

Ontem descobri o "segredo" de Tamara, que ela me revelou. Soube que gosta de Liova Khokhom e que algo está acontecendo entre os dois, aparentemente. Tamara se mostrou aberta demais e agora está aflita, temendo que Liova zombe dela.

92 Consequência de uma medida tomada em 1º de dezembro de 1941, no tocante aos produtos açucarados, doces e gorduras.

5 DE DEZEMBRO

Novas provações começaram. Já estamos no quinto dia do novo decêndio[93] e continuamos sem ganhar balas. Hoje perdi a paciência e comprei com um tíquete 250 gramas de melado. Há dois dias Aka e eu não conseguimos refeições com nossos tíquetes, pois foram todos utilizados no primeiro decêndio. É compreensível. Temos tíquetes para os cereais, 12,5 gramas cada um. Nos outros refeitórios, conseguimos uma sopa com um tíquete, kasha com dois tíquetes, mas, no nosso refeitório, descontam 25 gramas de cereais e cinco gramas de manteiga por uma sopa. É fácil, nessas condições, conceber que em quatro dias todos os nossos tíquetes tenham sido gastos.

Há dois dias a eletricidade foi cortada. Não se sabe quando voltará. É bem desagradável ficar sem luz. A última noite foi horrível, a gente se sentia tão mais vulnerável! Foi uma noite escura, um avião rugia, rugia de maneira assustadora, obsessiva, e depois houve bombas, uma depois da outra, uma depois da outra, e em volta era escuridão total, não enxergávamos nada, e depois de cada explosão de bomba, tínhamos a impressão de que o prédio se inclinava levemente e tremia.

7 DE DEZEMBRO

Hoje é feriado e mamãe está em casa. Lá fora há gelo por toda parte. Estamos de barriga cheia. Aka conseguiu ontem com tia Sacha um pouco de bagaço[94] e fizemos com isso uma sopa a qual acrescentamos 75 gramas de conserva de carne canadense que Aka encontrou pela manhã. Gostei muito dessa bolacha oleaginosa, que alimenta e é gostosa. Ontem, das 17h às 21h fiquei na fila das balas e acabei conseguindo seiscentos gramas de "Manhã" por 18,90 rublos. Dividimos e cada uma ficou com dez balas e meia. Correm boatos de que amanhã teremos um pouco mais de pão. Vamos ver. Não sei por quê, mas

93 Os tíquetes de racionamento eram distribuídos de dez em dez dias. (N. d. T. F.)

94 Eram bolachas em princípio destinadas aos animais, ricas em resíduos de produtos oleaginosos.

acredito. Provavelmente por já nos terem enviado macarrão de arroz, conservas canadenses, balas americanas e outros produtos que mostram que nos ajudam e não nos deixarão morrer de fome. Boas notícias chegam do front, como a de nosso Exército que continua a ter sucesso na ofensiva contra Taganrog, apesar do esforço alemão para nos deter. Perto de Moscou, nosso Exército lançou um bem-sucedido contra-ataque, mas os alemães fecharam ainda mais o cerco ao redor de Tula. Perto de Leningrado, nossas tropas reconquistaram diversos vilarejos e aldeias, afastando um pouco os nazistas.[95]

Neste momento, escrevo estas linhas sentada, de casaco, à luz de uma vela de árvore de Natal. Um pratinho com um pedaço de bala e outro de pão está à minha frente. Ouço música — de piano — no rádio, e cisco o pão, migalha a migalha, para que o prazer dure. Agora nos deitamos às 18h50, para economizar vela. Amanhã, ainda deitada na cama, com que impaciência vou esperar que Aka volte da padaria! E se Aka trouxer mais do que os 125 gramas? Mesmo que só 150 gramas. Hoje comi quatro balinhas e queria ter comido só duas. Agora tenho três para os dias 8, 9 e 10 de dezembro. Uma só por dia. Tocam uma sinfonia no rádio e por trás da janela estouram salvas de artilharia. Os malditos alemães fazem o enésimo disparo contra Leningrado. E à noite a sirene vai novamente se esganiçar de uma maneira funesta, e novamente a casa vai tremer por causa de alguma bomba que explodiu nos arredores. A morte está o tempo todo suspensa sobre a cabeça de cada um de nós, e nos habituamos tanto com isso que nem sequer notamos, ou simplesmente não queremos notar. Mas ainda vivemos bem. É verdade que há três dias não temos luz elétrica, mas os sanitários e banheiros funcionam perfeitamente. Temos a possibilidade de tomar água quente. Temos bolachas de bagaço para mais dois dias, carne para a sopa, e amanhã, ou quem sabe dentro de alguns dias, nos darão um pouco mais de pão.

Bom, preciso dormir.

95 Em meados do mês de novembro de 1941, as tropas soviéticas passaram à contraofensiva na direção de Tikhvin, a 182 quilômetros a leste de Leningrado. No final de dezembro, os alemães já haviam recuado até o ponto de partida da ofensiva de outubro. A cidade de Tikhvin foi retomada pelos soviéticos em 9 de dezembro.

8 DE DEZEMBRO

Eventos grandiosos ocorreram. A Inglaterra declarou guerra à Finlândia, à Romênia e à Hungria, enquanto o Japão declarou guerra aos Estados Unidos da América. Roosevelt declarou a América em estado de guerra contra o Japão. A mobilização está sendo decretada na América.

Caiu tanta neve essa noite que ficou um horror: as janelas estão congeladas, os bondes não trafegam mais, todo mundo anda a pé. Mas há dois dias vivemos sem alerta aéreo, temos apenas os tiros de artilharia, que não são tão assustadores assim. Não nos deram maior quantidade de pão, mas, por outro lado, os dependentes e empregados passaram a ter direito a cem gramas de manteiga. E dizem que a ração de pão vai provavelmente aumentar a partir do dia 15. Bom, vamos esperar. Sim, este mês de dezembro, o último do ano de 1941, será certamente histórico. Grandes acontecimentos são aguardados para o Ano-Novo.

9 DE DEZEMBRO

Ontem, às 8h da noite, a luz voltou. Hoje, no colégio, nos deram, sem tíquete, sopa de repolho e um copo de galantina. Dizem que vão nos dar todos os dias. Chegando em casa, tomei duas xícaras de água quente com pão e manteiga. Dizem que em breve aumentarão nossa ração de pão. É verdade que não muito, 25 gramas ao todo, mas, de qualquer forma, é uma boa notícia. Não receberemos mais 125, e sim 150 gramas de pão.

Graças a tantas novidades, meu humor está melhor e a vida se tornou mais agradável, mais alegre.[96]

96 Lena Mukhina usa a letra de uma canção de 1936 que retoma as palavras de Stálin no Congresso dos Stakhanovistas, em 17 de novembro de 1935: "A vida se tornou mais agradável, camaradas. A vida ficou mais alegre".

10 DE DEZEMBRO

Hip, hip, hurra! Nosso Exército reconquistou Tikhvin. Quase romperam o cerco que bloqueia Leningrado. Em Tikhvin, três divisões alemãs foram derrotadas de forma arrasadora. É uma vitória importantíssima.

Há quatro dias não sofremos nenhum ataque aéreo.

Hoje mamãe não foi ao trabalho. Vai procurar outro, pois não pode ir todos os dias a pé ao bairro de Vyborg[97] e voltar, de barriga vazia.

Do que eu gostaria agora? De uma única coisa: que os dias passem tão ligeiros quanto os postes telegráficos desfilam pela janela de um trem expresso. Que esses tristes dias de inverno passem, rápido, rápido, rápido! Que a primavera chegue logo, com seu calor e verdor.

Acontecimentos, transcorram como as cenas de um filme na tela!

Rápido, rápido, avancem mais rápido, ponteiros do relógio!

14 DE DEZEMBRO

Mais um dia e a primeira metade do mês terá passado. Restará a segunda e então será Ano-Novo, 1942.

A Alemanha e a Itália declararam guerra aos Estados Unidos.

Perto de Moscou, os alemães foram postos em completa debandada. A segunda ofensiva geral dos alemães contra Moscou foi um fracasso. Começaram a bater em retirada. Uma nova etapa para o andamento da guerra começou. Para o segundo decêndio, aumentaram as rações de todos os produtos — cereais, carne e açúcar. Dizem que a partir de amanhã teremos pão em maior quantidade. Vive-se tranquilamente, sem alertas. É incrível constatar, mas parece que as coisas estão assim: os dias mais difíceis ficaram para trás.

97 Esse bairro, do outro lado do Neva em relação ao lugar onde morava Lena Mukhina, ficava a pouco mais de cinco quilômetros. (N. d. T. F.)

16 DE DEZEMBRO

Hoje cheguei atrasada à aula de álgebra. Não terminei o exame. Éramos 26 na primeira aula. Vinte de nós almoçaram e, depois do almoço, restaram apenas sete para a aula de história. Hoje tivemos uma sopa por 27 copeques. Uma sopa grossa com batatas que não foram descascadas e com massa escura e dura. Uma sopa muito quente, saborosa, mas com pouquíssimo sal. Amanhã nos darão galantina, que recebemos de dois em dois dias.

Hoje no rádio anunciou-se a tomada de Kline e de Krasnaia Poliana por nossas tropas.[98] Em literatura, o professor nos devolveu nossas dissertações. Ganhei um "ruim" e Tamara foi a única a obter a menção "muito bem". Sua dissertação foi em seguida lida para toda a sala, pois era a melhor. De fato, uma magnífica dissertação, que não se parece muito com Tamara.

Cheguei do colégio. Aka me pediu que ficasse na fila para a carne. Fiquei até as 16h45 e em vão, tinha acabado.

17 DE DEZEMBRO

Estamos já em 17 de dezembro. Tivemos hoje uma notícia muito animadora. Na frente oeste, nosso Exército, que continua a perseguir o inimigo em retirada, ocupou a cidade de Kalinine[99] e três pequenas localidades. Perto de Moscou, um dos exércitos de Hitler, cerca de seis divisões de infantaria e três de fuzileiros motociclistas, foi quase completamente esmagado e o que restou corre em retirada, saqueando tudo que encontra pela frente. Pegam literalmente na rua as roupas das pessoas e levam tudo, até a decoração dos pinheiros de fim de ano. Nossos camaradas lhes infligem derrota em cima de derrota.

Na metade do mês de dezembro de 1941, então, ocorreu um episódio crítico na guerra que opõe a Alemanha à URSS. Após um assalto de seis meses,

98 Kline, cidade a cerca de cinquenta quilômetros a noroeste de Moscou. Krasnaia Poliana, cidade do Cáucaso, perto de Sotchi, no mar Negro. (N. d. T. F.)

99 Tver, chamada Kalinine entre 1931 e 1990, a 170 quilômetros a noroeste de Moscou. (N. d. T. F.)

começou a retirada dos alemães, e ela prossegue... não sabemos ainda por quantos meses.

A vida está bem difícil neste momento. Está complicado ir ao colégio frequentar as aulas. O atual contexto não poderia ser pior e, se houver mudanças, só poderão ser no sentido de uma melhora.

A situação é bem delicada agora. Um inverno rigoroso começou. Lá fora é só gelo. Dentro de casa faz frio, pois é preciso economizar a lenha de aquecimento e só acendemos o fogareiro para preparar as refeições. Fica escuro, pois as janelas da maioria dos apartamentos foram tapadas e, quando não estão, as cortinas ficam cerradas para proteger do frio. Além disso, para alguns, sobretudo para os que moram nos andares superiores, não há água. As pessoas têm que descer para buscar. Por causa das frequentes quedas de neve, a limpeza das ruas ficou difícil e os bondes mal conseguem circular. Um dia funcionam, no dia seguinte não. E a maior parte das pessoas utiliza o bonde para ir trabalhar. Agora todo mundo vai ao trabalho e volta para casa a pé, famintos e com frio. Todos andam, caem, se arrastam, avançam lentamente, mas avançam. Alguns vão bem longe: uns até o bairro de Petrogrado,[100] outros até o bairro de Vyborg. Felizmente as coisas se acalmaram, do ponto de vista dos alertas. Há bastante tempo não temos nenhum. Quanto aos tiros de artilharia, não duram muito. Há pouco pão: os operários recebem 250 gramas, os empregados e dependentes, 125 gramas. Cento e vinte e cinco gramas representam um pequeno pedaço, é muito pouco. Todos os demais produtos que podem ser obtidos com tíquete de racionamento exigem filas. E nesse momento ficar na fila é uma tarefa bastante dolorosa: os pés e mãos congelam completamente, mesmo que não faça tanto frio.

É difícil se esforçar no colégio. Não tem aquecimento e em algumas salas a tinta congela. Ainda bem que distribuem gratuitamente um prato de sopa quente aos alunos.

Mas nada disso é grave. Logo, logo, a situação vai melhorar. É só uma questão de tempo.

100 Bairro constituído por diversas ilhas na margem direita do Neva. (N. d. T. F.)

18 DE DEZEMBRO

Nosso Exército tomou, ou melhor, retomou duas outras cidades para os lados de Kaliningrado.[101] No front, no setor de Leningrado, nossas tropas também fizeram o adversário recuar, de tal forma que a estrada entre Tikhvin e Volkhov está inteiramente livre. Hoje, no colégio, não nos deram a gelatina e sim iogurte de soja, um quarto de litro. É ótimo e eu trouxe para casa para dividir com mamãe e Aka, que também gostaram muito. Hoje, Aka ficou na fila da carne e conseguiu uma magnífica carne-seca enlatada americana, gorda e sem osso. Há dois dias mamãe não vai ao trabalho. Não tem mais forças e, além disso, logo todos os funcionários serão licenciados, pois vão fechar o hospital em que ela trabalha. A totalidade dos feridos já foi transferida para outros hospitais. Mamãe ficará de novo desempregada. Não sei onde vai conseguir arranjar um trabalho.

Amanhã já será dia 19 e continuamos sem receber balas nem gorduras.

Religaram a eletricidade hoje às 7h, por isso escrevo esta página à luz elétrica. Em contrapartida, não temos água.

Hoje nos serviram uma sopa deliciosa, com carne e macarrão. Temos ainda carne de gato suficiente para dois dias. E carne americana para três refeições, mas não sei o que ainda receberemos. Seria bom encontrar um gato em algum lugar, daria para passar um bom tempo. Pois é, nunca teria imaginado que carne de gato fosse tão saborosa e macia.

No colégio, as coisas estão desastrosas para mim, é o mínimo que se pode dizer. Perdi a aula de geometria, no exame de álgebra tirei um "nulo". Faltei no de desenho industrial. Em química fui reprovada. É o mesmo que levar um zero. Somente em história e em alemão consegui um "bom". Sábado, vou fazer uma dissertação oral em história, sobre a batalha de Gangut, e quem sabe posso ter um "muito bem". Em russo, fiz uma prova horrível. Com um monte de erros de gramática, e a redação em si não estava aquela maravilha. Posso fazer outra amanhã. Acho que devo tentar e pode ser que faça por merecer um "bom". Mas, se as coisas ficarem como estão e eu não

101 Kaliningrado é a antiga Königsberg alemã, no litoral do Báltico. (N. d. T. F.)

redigir uma nova redação, não terei uma apreciação "medíocre" no trimestre, visto que já tenho uma boa média. Fiquei muito sem graça ouvindo a professora de literatura dizer que se enganara a meu respeito, que tinha me considerado melhor do que sou na realidade e que me revelei uma das alunas com espírito mais antissoviético. Nisso ela não tem razão: sou do fundo da alma uma aluna soviética, mas é verdade que, na prática, não é o que se possa dizer, pois neste momento estou deixando muito a desejar. Ando com preguiça de me esforçar plenamente e penso demais em mim mesma. Logo o primeiro trimestre vai terminar e não assimilo absolutamente nada das lições, descuido terrivelmente das questões materiais e vou pagar por isso, é claro. Mamãe vai se decepcionar muito com meus resultados ruins. É evidente que posso culpar a dificuldade para estudar. E quem poderia pretender o contrário? Mas é precisamente onde deveria se manifestar meu patriotismo: provaria que, apesar dos entraves e de tudo que está acontecendo, me esforcei para estudar como se deve.

No entanto, qual é o resultado de tudo isso?! Conversas, sonhos que me fazem achar que serei digna do título de cidadã soviética, mas são maluquices sem sentido. As primeiras provas no meu caminho me derrotaram, me despedaçaram. Desisti. Sou uma molengona. As dificuldades me assustaram. Protejo-me com cem desculpas e nada faço, não mereço o pão que como, e só reclamo: "Está frio, está frio!".

Sim, está frio. Mas será o frio algo impossível de enfrentar? Não, nós podemos enfrentá-lo.

19 DE DEZEMBRO

São 16h50. Às 17h devemos apagar as luzes. Conforme as novas restrições, uma lâmpada de quinze velas só pode ficar acesa três horas por dia. Amanhã tenho minha dissertação oral em história e uma prova oral em química, porque da última vez preferi não responder. Ganhei um "medíocre". Preciso rever silício e carbono. Estou muito preocupada com história. Nunca fiz uma apresentação, será a primeira vez que me aventuro em uma. E se acontecer de eu começar e esquecer tudo? Hoje escrevi pela segunda vez uma dissertação para a aula de literatura russa, tendo o personagem Manilov, de *Almas mortas*, como tema.

Hoje, na cantina, deram-nos uma sopa rala. É um sujeito estranho, esse Adamovitch.[102]

22 DE DEZEMBRO

Hoje o clima é de degelo. A temperatura está bem suave. A neve derreteu e escorrega tanto que é impossível andar. Mas é uma felicidade, verdadeira felicidade, que não faça tanto frio. A fome ainda dá para suportar, mas frio e fome juntos é absolutamente insuportável.

Pela manhã, tive tanta vontade de comer que pedi a Aka que comprasse pão para mim também. Mamãe chegou pouco depois e preparou um caldo com pelanca de porco. Aka voltou com o pão. Tomei duas xícaras de caldo fervendo e comi uma boa metade do meu pão. Estava me sentindo tão mal que tinha a impressão de que não podia existir na Terra alguém mais infeliz. E como! Não fiz nada do dever escolar nesses dois últimos dias. Estava mesmo apavorada e afinal aceitei meu destino: ter duas notas ruins. Mas tive sorte, uma sorte incrível. O dia começou com uma aula de física, fui a primeira a ser interrogada e com o tema mais fácil: o som e os elementos de base. Acho que ganhei um "bom". Em geometria, um novo capítulo foi abordado. A aula seguinte era de química e fui chamada de novo.

— Mukhina, pode nos falar do silício? Da reação para a obtenção do silício e do silicato de hidrogênio.

Fiquei algum tempo no quadro. Não me importava. Sabia que o resultado seria um "medíocre". O professor acabou se dirigindo a mim. Nesse meio-tempo, eu tinha escrito as duas reações: procurei, procurei na memória e acabei encontrando. Na verdade, tinha estudado a fundo a questão do silício para a aula anterior, em que o professor acabou não interrogando

102 Não dispomos de nenhum elemento que identifique esse Adamovitch, sobrenome bastante comum. (N. d. T. F.)

ninguém e apenas deu explicações complementares — e acreditei ter estudado à toa. No entanto, não. Se não tivesse estudado, teria tirado um "medíocre".

Respondi em um tom perfeitamente indiferente e sem pressa tudo que sabia. E não fui mais questionada, ele me mandou de volta a meu lugar, e acho que ganhei um "bem".

Tivemos ainda um ditado em química. Eu não tiraria um "medíocre", o ditado era fácil.

Houve um exame em geografia. Eu acabava de voltar do refeitório e tinha comprado panquecas. O professor chegou e foi logo distribuindo as perguntas. Eu esperava ter tempo de olhar minhas anotações no caderno, mas não foi possível. Caiu para mim a questão número 1:

1. A população da Inglaterra.
2. A região do País de Gales.
3. As possessões britânicas na África Ocidental.

Novamente tive sorte. Era uma questão realmente fácil. Soube responder quase tudo. É verdade que fiz alguma confusão, mas a sorte me ajudou e tive a felicidade de evitar um "medíocre".

Após a quinta hora de aula, fomos para o almoço. Serviram sopa com massa e carne magra. Tive, na minha porção, três pequenos pedaços de batata e oito de tamanho médio de macarrão. Comprei, além disso, uma ração de panquecas. Comprei ao todo quatro panquecas.

Saí do colégio de barriga cheia e satisfeita. Lá fora, a temperatura estava amena. Os bondes estavam parados no bulevar Zagorodny. Bem no meio da linha.

25 DE DEZEMBRO

Que felicidade, que felicidade! Tenho vontade de berrar bem alto. Meu Deus, que felicidade!

Aumentaram a ração de pão. E em que quantidade! Que diferença! Cento e vinte e cinco gramas e duzentos gramas. Os empregados e os dependentes têm direito a duzentos gramas, os operários a 350 gramas.

Realmente estamos salvas, pois nos últimos dias estávamos tão enfraquecidas que mal conseguíamos pôr um pé na frente do outro. Mamãe e Aka vão sobreviver. É onde reside minha felicidade e também no fato de ser o início de uma melhora. Vamos agora ter melhorias.

Vamos festejar com alegria o Ano-Novo. Com pão, balas, chocolate e vinho.

Hip, hip, hurra, uma vez mais! Viva a vida!

27 DE DEZEMBRO

Não consigo ainda dobrar os dedos, apesar de ter voltado há tempos. Fui ao teatro. Voltei hoje ao teatro. Vi e ouvi a encenação do drama *Ninho de fidalgos.*[103] Foi muito bom e eu bem que iria ao teatro todo dia. Mesmo assim, não volto lá neste inverno. O prazer parece derrisório, comparado à tortura que representa a volta para casa. Mas falarei de tudo isso mais em detalhe.

De manhã, mamãe foi buscar pão às 6h e trouxe um pão muito bom. Como estava seco e havia um pouco de oleaginosas na massa, o pedaço de duzentos gramas tinha ótima aparência. O pão estava muito saboroso. Já pela manhã comi meus duzentos gramas. Anunciaram boas notícias no rádio. Nosso Exército continua na ofensiva e reconquistou as cidades de Beliov e Naro-Fominsk.[104]

28 DE DEZEMBRO

Ontem, pela primeira vez após longa interrupção, ouvimos o programa *O teatro no microfone*.

É mais ou menos meio-dia. A água acaba de voltar e fazemos reservas. Nos últimos tempos, ela raramente corre e é preciso ficar de olho quando

103 Essa peça de Turguêniev foi montada com atores que não tinham sido ainda evacuados.

104 Beliov é uma cidade no distrito de Tula, a mais ou menos 150 quilômetros ao sul de Moscou. Naro-Fominsk fica a uns cinquenta quilômetros a sudoeste de Moscou. (N. d. T. F.)

vem. Faz muito frio em nosso quarto. Mamãe saiu para o trabalho no teatro, e Aka dorme.

Aka está mal. Mamãe teme que ela não se recupere, que não se levante mais. Anteontem, quando saiu para comprar pão, exatamente no dia em que as rações aumentaram, ela caiu três vezes de costas e depois de nariz, sim, de nariz, que quebrou. Depois disso, vai de mal a pior. Vou precisar agora fazer a limpeza da casa, enquanto mamãe está no trabalho.

Para dizer a verdade, o melhor é que Aka morra. Tanto para ela quanto para mim e mamãe. No momento, dividimos tudo por três, e poderemos dividir apenas entre mim e mamãe. Aka não passa agora de uma boca inútil. Não sei como posso escrever coisas assim. Mas tenho a impressão de ter um coração de pedra agora. Não tenho medo. Que Aka morra ou não, tanto faz. E se morrer, tomara que seja depois do dia 1º, assim ficaremos com seus tíquetes de alimentação. Como fiquei sem coração!

30 DE DEZEMBRO

Amanhã é o réveillon, mas nada nos faz lembrar os anos anteriores. As lojas estão vazias, e farinha de milho e açúcar em pó são liberados apenas mediante tíquetes reservados às crianças. Disseram que, para as festas, teríamos uma cota extra de chocolate e não sei o que mais. Porém, até agora, nada. É verdade que resta ainda o dia inteiro de amanhã. Talvez então distribuam alguma coisa?

Hoje subsisto sem pão. Mas amanhã festejarei a chegada do Ano-Novo com duzentos gramas de pão. Desta vez as coisas se passaram de maneira lamentável com os bombons de chocolate. Ontem, no teatro, mamãe comprou bombons de boa qualidade por 22 rublos o quilo. Poderíamos ter oitocentos gramas, mas só tivemos trezentos, porque na véspera eu tinha comprado, no 28 da nossa rua, massa de bala a nove rublos o quilo. Não consigo entender como que é feito esse substituto. Resumindo, é uma espécie de grude com o qual tudo que se pode fazer é fixar os vidros da janela. De gosto, a tal massa nem açucarada é, mas pode, de qualquer maneira, ser comida, sobretudo por quem está de barriga vazia.

Há cinco dias Aka está de cama, mas se sente melhor agora. Mamãe tem o dom de preparar uma refeição incrivelmente rápido. Eu preparo a lenha para o fogo e em meia hora ela cozinha alguma coisa bem saborosa. Nos três últimos dias tivemos para jantar dois pratos de sopa cada uma. E que sopa boa! Depois, uma xícara de achocolatado cada uma.

Hoje, aliás, mamãe trouxe três pratos de sopa de levedo e dois copos de achocolatado, enquanto eu não trouxe grande coisa, apenas as partes sólidas da sopa e uma única almôndega de carne. A sopa estava bem rala. Preparada com sêmola, salpicada de cevadinha, mas bem pouca sêmola. Hoje nos deram galantina, mas não as bolachas de bagaço.

Amanhã é o último dia de aula e ficamos de férias até o dia 7. Nesse dia, volto ao colégio. No dia 6, teremos nossa árvore.[105] No prédio do teatro Maly, haverá o pinheiro festivo do bairro para os alunos das últimas séries. Teremos um espetáculo, danças e uma refeição que vai custar cinco rublos. Estou bem curiosa para ver como tudo isso vai ser. Bom, amanhã é Ano-Novo. Como será?

Dizem que os novos tíquetes de racionamento são iguais aos anteriores. Publicaram na imprensa um comunicado dizendo que os empregados e os dependentes receberão 125 gramas de pão, mas, na prática, não dão 125 e sim duzentos. E dizem que ainda darão mais. Mas o que não dizem?! Como tenho vontade de comer! E não somente comer, tenho vontade de alguma coisa. Nem eu sei exatamente o quê. Tenho vontade de algo bom, alegre. Tenho vontade de ver uma árvore iluminada.

105 Em 29 de setembro de 1929, o Conselho de Ministros da URSS outorgou um decreto sobre "o tempo de trabalho e o tempo de descanso nas empresas e nos estabelecimentos, que passam à semana de trabalho ininterrupto". Nesse documento foram enumerados os feriados em que se interrompe o trabalho. Além disso, o decreto indicava que "no dia de Ano-Novo e nos dias de todas as festas religiosas (antigos dias particulares de descanso) o trabalho ocorre em conformidade com as regras gerais". Em dezembro de 1935, um dirigente do partido comunista da Ucrânia publicou no *Pravda* um artigo em que pedia a providência de "um belo pinheiro de Ano-Novo para as crianças". Em 1º de janeiro de 1936 houve pela primeira vez uma festa com um pinheiro enfeitado e espetáculos de Ano-Novo, mas o dia não era considerado feriado até 1º de janeiro de 1947.

[1942]

2 DE JANEIRO

Há muito tempo não escrevo. Tantas coisas aconteceram nesse período.

O ano de 1942 começou. Aka morreu. Morreu no dia do seu aniversário, dia em que completaria 76 anos. Morreu ontem de manhã, 1º de janeiro, às 9h. Eu não estava em casa nesse momento. Tinha ido buscar pão e fiquei surpresa de encontrá-la tão tranquilamente deitada. Como sempre, mamãe parecia calma e disse que ela dormia. Tomamos chá e mamãe me deu um pouco da ração de Aka, dizendo que ela não comeria tudo. Depois perguntou se eu não queria acompanhá-la ao teatro para a refeição. Aceitei de bom grado, pois estava com medo de ficar sozinha com Aka. Se ela morresse de repente, o que deveria fazer? Na verdade, tinha inclusive receado que mamãe me pedisse isso enquanto estava fora. Nem mesmo tinha vontade de chegar perto, com dificuldade de assistir à sua agonia. Estava acostumada a vê-la sempre tão corajosa, como uma boa, encantadora e ativa velhinha, sempre ocupada em fazer alguma coisa. E de repente estava ali deitada, vulnerável, esquelética de tão magra, frágil a ponto de não conseguir mais segurar nada com as mãos.

Não queria ver Aka nesse estado e por isso rapidamente aceitei acompanhar mamãe. Ela fechou a porta à chave e foi deixá-la no quarto de Sacha.

— Mamãe, por que trancou a porta? E se Aka precisar de alguma coisa?

Só então mamãe explicou que Aka não precisaria de mais nada, pois tinha morrido.

— Quando?

— Quando você saiu para buscar o pão. Por isso a chamei para vir comigo.

— De qualquer forma, eu é que não teria ficado no quarto com uma morta. Ela se despediu de você?

— Não, não sabia mais o que dizia.

Foi como eu soube que Aka não vivia mais, não estava mais em nosso mundo.

Mamãe disse que ela morreu bem tranquilamente. Como se simplesmente tivesse parado. Teve um estertor que durou algum tempo e depois se calou. Antes, durante a noite do Ano-Novo, tinha estado muito mal e mamãe não saíra do seu lado. Eu dormia, mas mesmo assim ouvia os gemidos de dor.

Aka morreu.

Mamãe e eu estaremos sozinhas. Não tenho mais ninguém além de mamãe Lena, nem ela tem ninguém além de mim.

Tenho agora que cuidar de mamãe, mais ainda do que antes. Ela é tudo para mim, realmente. Se ela morrer, estou perdida. Aonde iria sozinha? O que faria? E a sobrevivência de mamãe depende, por assim dizer, do seu estado de espírito. Tem um bom estado de espírito. Sabe que não deve se entregar, pois estou aqui.

Posso agora continuar a escrever. Fui ao colégio para jantar. Tinha uma sopa por quinze copeques, sem tíquete. Boa. Com cevadinha e bastante sêmola. Depois peguei uma porção de cevadinha com manteiga e quatro bolachas de bagaço.

Vamos ver o que mamãe vai trazer. Se houver muito, não comeremos tudo e deixaremos um pouco para amanhã. Daí, irei de novo almoçar no colégio às 14h amanhã. É bom poder, nas férias, ter um prato de sopa sem tíquete.

Com o Ano-Novo, recebemos novos cartões de racionamento. Nenhuma melhoria no plano alimentar, no momento. A ração para o pão é a mesma de antes: duzentos gramas para os dependentes e empregados, 350 para os operários. Nada há nas lojas e quando tem alguma coisa, só distribuem no primeiro e segundo decêndios. Sobre o terceiro, nunca se sabe de coisa alguma. Do que era nosso, não pegamos somente a gordura, então a teremos em boa quantidade no terceiro decêndio.

Gorduras. É do que sentimos falta. Temos pão em quantidade mais ou menos suficiente, mas nenhuma gordura, de forma que muita gente agora vive apenas graças ao pão.

E é como também vivemos. Sem luz: nem no Ano-Novo tivemos eletricidade. Sem água: é preciso descer ao térreo, no escritório da administração do prédio. O rádio também quase nunca funciona. Às vezes ouve-se uma voz que começa a falar ou cantar e depois se cala novamente.

Se houvesse luz, poderíamos ainda, de um jeito ou de outro, viver: ler, costurar etc. Mas o que fazer sem luz? Somos obrigadas, querendo ou não, a nos deitar às 6h da tarde. Para que ficar à noite em completa escuridão? Debaixo do cobertor pelo menos dá para se aquecer.

É como vivemos. Há muito tempo os bondes não circulam mais: mamãe e eu temos ainda que nos arrastar até o bairro de Vyborg. Como é longe! Mas não tem outro jeito. É preciso ganhar algum dinheiro. E não posso deixar que mamãe faça sozinha um trajeto tão longo. Não me sentiria bem se permitisse. Felizmente estou de férias neste momento e vamos juntas. Conseguiremos chegar lá.

É importantíssimo para mamãe ter um emprego estável nesse teatro. Quem sabe ela consegue? Teria, nesse caso, uma carteira de trabalho e o direito de comer no refeitório e tomar duas sopas. E o refeitório de lá é muito bom.

Agora que Aka não está mais conosco, a vida ficará menos cara para nós duas. Vamos dividir tudo por dois e não mais por três, como antes. É uma enorme diferença. Mamãe tinha duas pessoas dependentes do seu salário, agora tem uma só. Até então seiscentos rublos por mês mal bastavam, agora, com tudo que aprendemos, quatrocentos serão amplamente suficientes.

De forma que mesmo a morte de Aka, de quem gostávamos tanto, teve seu lado positivo. Como diz o provérbio russo: "Toda desgraça traz algo de bom". Mamãe agora vai obter diariamente quatrocentos gramas de pão, e isso tem seu peso, afinal. No refeitório, podemos ter um pouco mais de alimentos. E isso por todo o mês que vem. No mês seguinte, nossa situação vai sem dúvida melhorar.

E como as coisas se encadeiam umas nas outras de maneira surpreendente! Se não tivéssemos matado e comido nosso gato, Aka teria morrido antes e não teríamos agora esse cartão a mais que, por sua vez, nos salvará. Sim, temos que agradecer ao nosso gatinho. Alimentou-nos por dez dias. Por todo um decêndio sobrevivemos graças a ele.

Pouco importa, não devemos nos lamentar. Todo mundo diz que o pior já passou. De fato, o cerco de Leningrado já cedeu num certo ponto.[106]

3 DE JANEIRO

Nada mais nos resta a fazer, senão nos deitarmos e morrer. A cada dia as coisas pioram. Nos últimos tempos, o pão era nosso único meio de subsistência. Nunca nos foi recusado. Devo dizer que, até o presente momento, sempre obtivemos o pão a que temos direito. Nunca foi preciso esperar numa padaria que o trouxessem. Hoje, porém, são 11h da manhã e não há pão mais em padaria alguma, nem sabem quando vai haver. As pessoas estão famintas, indo de padaria em padaria desde as 7h, cambaleantes e aos tropeções, para, infelizmente, só encontrar prateleiras vazias e nada mais.

Ainda bem que mamãe e eu guardamos kasha para hoje e uma bolacha de bagaço, ou nem sei o que aconteceria. No lugar do chá, mamãe e eu tomamos sopa de manhã. Dois pratos e meio de sopa quente, e foi como aguentamos a falta de pão.

No entanto, é um mau sinal que, até para o pão, tenhamos que sair "à caça".

Quando teremos uma situação melhor? Já é tempo, pois as pessoas estão

106 Essa informação não tinha base alguma, mas o boato circulou e não somente em Leningrado.

exaustas, e me pergunto — diante da eventualidade de se agravarem os problemas de abastecimento por mais um mês — se muita gente vai continuar viva em Leningrado. Muitos não sobreviverão em tais condições.

Não sei também se eu sobreviverei. Não sei por quê, mas hoje sinto no fundo de mim certa fraqueza. Realmente, quase não me aguento de pé, os joelhos tremem e a cabeça gira. Ontem me sentia até que bem, estava viva. E não estou tão desnutrida assim. Como explicar tamanha fraqueza? Talvez seja a morte de Aka produzindo efeito em mim.

Mamãe me preocupa muito. Nos últimos tempos exibe tanta energia! Vai constantemente de um lado para o outro, sem se poupar, sempre em movimento, aqui e ali como se estivesse embriagada. Tenho muito medo de que depois de tamanho frenesi ela desabe. Mas o que posso fazer para evitar isso? Não sei.

As coisas talvez não sejam tão assustadoras quanto imagino. E, quem sabe, tudo termine bem? Queira Deus que assim seja!

E que terminemos o mais rápido possível com Aka. Ela descansa na cozinha. Tem sido impossível encontrar Yakovlev, sem quem não podemos fazer nada. Ele tem que redigir o certificado de óbito. Em seguida mamãe terá ainda que ir a algum lugar, e só então a levarão num trenó até o hipódromo.[107] Não é longe daqui.

Aliás, esqueci de dizer que hoje o rádio funciona e ouvimos um comunicado do Bureau de Informação. Nossas tropas retomaram a cidade de Maloyaroslavets.[108] Mas nada disseram sobre o front de Leningrado. O que isto quer dizer? Provavelmente uma piora. Pois o que acontece é o seguinte: aqui passamos fome, morremos como insetos, e ontem, em Moscou, Stálin no-

107 O hipódromo de São Petersburgo foi inaugurado em 1880. Depois da revolução de 1917, ele passou para a tutela da administração de criação equina do Ministério da Agricultura. Durante a guerra, abrigou uma bateria antiaérea. De um dos lados do hipódromo se encontrava o quartel do regimento Semionovski, para onde, no decorrer do primeiro inverno do cerco de Leningrado, eram transportados os mortos dos bairros vizinhos. Somente na primavera de 1942 esses cadáveres foram levados para os cemitérios.

108 Cidade a cerca de cinquenta quilômetros a sudoeste de Moscou. (N. d. T. F.)

vamente deu um jantar no Kremlin em homenagem a Anthony Eden.[109] É simplesmente um escândalo: lá eles se empanturram como diabos, enquanto aqui nem sequer recebemos o pedaço de pão a que temos direito, como qualquer ser humano. Organizam brilhantes recepções, enquanto nós vivemos como homens das cavernas, como toupeiras cegas.

Quando tudo isso vai ter fim? Será possível que nem sequer vamos ver as tenras folhas verdes da primavera?! Será possível que nem vejamos o belo sol do mês de maio?! Há sete meses dura essa guerra pavorosa. Mais da metade de um ano.

Ontem mamãe e eu ficamos sentadas perto do fogareiro que acabava de se apagar, agarradas uma à outra. Estávamos tão bem, com o calor do fogareiro nos envolvendo, de barriga cheia.

Pouco importa que reinem a escuridão no cômodo e o silêncio de morte. Estávamos bem abraçadas e sonhávamos com nossa vida futura. Com o que prepararíamos para o almoço. Resolvemos que sempre faríamos muito, muito torresmo, molharíamos o pão diretamente na gordura derretida e comeríamos assim. Resolvemos também comer um pouco mais de cebola. Que vamos nos alimentar com kashas das mais comuns, preparadas com boa quantidade de cebolas refogadas no óleo, bem douradas e suculentas, pingando gordura. E resolvemos também preparar panquecas com farinha de aveia, cevadinha, farinha de trigo-sarraceno, farinha de lentilha e muitas, muitas outras coisas mais.

Mas já escrevi demais, meus dedos vão acabar com cãibra.

4 DE JANEIRO

Finalmente levaram Aka. Estamos livres de um peso enorme. Tudo se passou da melhor maneira. Após as formalidades, os mortos são entregues a carregadores que imediatamente os colocam num caminhão para levá-los ao cemitério de Volkovo. Nesse centro de recebimento, há uma quantidade de trenós

109 As conversas de Stálin e Molotov com o secretário do Foreign Office, Anthony Eden, ocorreram em Moscou entre 16 e 20 de dezembro de 1941. A informação só foi oficializada mais tarde.

que transportam os defuntos. Alguns carregam dois ou três, pois as pessoas morrem aos montes.

Pela manhã fui procurar pão às 7h15. A padaria do nº 28 estava vazia. Fui à que fica atrás do cinema Pravda e fiquei numa fila por uma hora e meia, na rua. Mas consegui um pão realmente delicioso, bem quentinho, macio, cheiroso. Tanto que, assim que cheguei, comi quase tudo, com chá bem quente.

Foi depois disso que levaram Aka, e cá estamos de volta e livres dessa tarefa desagradável.

Mas tivemos que devolver os tíquetes de racionamento dela. Senão o camarada Yakovlev não nos daria os documentos necessários para o enterro. É realmente uma pena, mas o que fazer? É a regra.

Agora mamãe e eu teremos duzentos gramas de pão por dia. Talvez ela consiga encontrar trabalho e tenha então carteira assinada. Talvez consigamos mais pão, só que, enquanto isso, não está fácil. Pouco importa, de nada serve se queixar. O diabo não é tão ruim quanto pintam.

8 DE JANEIRO

Nossa situação é bem difícil. Faltam dois dias para o fim do primeiro decêndio e, nos refeitórios, nem com meus tíquetes nem com os de mamãe nos dão mais o que quer que seja. Ou seja, nesses dois dias, vamos ter que nos alimentar somente com o prato de sopa a que temos direito. É bem verdade que podemos conseguir, além disso, três almôndegas de carne, mas não temos certeza disso.

Hoje mendiguei um segundo prato de sopa, mas amanhã não tenho como fazer o mesmo. Não vou me sentir bem implorando assim todo dia.

Mamãe voltou do teatro e trouxe dois copos de café, uma ração de galantina e uma almôndega de carne de cavalo. Vamos agora tomar esse café com a galantina e, no final da tarde, por volta das 17h, cada uma terá um prato de sopa. Já a almôndega será guardada para amanhã. Vamos ter que, de um jeito ou de outro, aguentar até o fim do primeiro decêndio e depois compensar rigorosamente no segundo.

Mais uma afronta: hoje fiquei três horas numa fila na rua para receber vinho e, antes de chegar à porta — faltavam só sete ou oito pessoas —, acabou o vinho. Passei por todo aquele frio para nada. Meus pés estavam tão gelados que voltei para casa chorando. Não aguentava mais ficar de pé, sentia que se precisasse continuar na fila teria caído morta.

As férias foram prolongadas não se sabe por quanto tempo. Uns dizem que até o dia 12, outros até o 16.

Nada mais resta na nossa loja. Hoje distribuíram farinha de trigo para o terceiro decêndio. Mas não recebemos as gorduras para esse período. Ouvi dizer que, em outra loja, no lugar das gorduras dão marmelada. É verdade que não é boa troca, mas é melhor do que nada.

9 DE JANEIRO

Mamãe e eu ainda estamos vivas. Não há, até o momento, melhora alguma. Por agora temos duzentos gramas de pão, um pão muito saboroso, obtido hoje sem fazer fila. Além disso, o rádio fala e a água corre.

Ontem mamãe e eu, depois de dois pratos de sopa, comemos a almôndega de carne que tínhamos reservado para hoje. Comemos, e foi de lamber os beiços! Grelhamos em cima das brasas minúsculos pedaços enfiados num garfo. Deus do céu, como estava bom! Que prazer! Se mamãe trouxer hoje mais duas almôndegas de carne, teremos de novo esse festim.

Dia 6 de janeiro, houve a festa do pinheiro no teatro Górki.[110] No início apresentaram *Ninho de fidalgos*, depois houve um jantar, danças em torno da árvore, e participações dos atores. Foi muito alegre e bem agradável estar lá. Gostei muito.

110 Nos primeiros dias de janeiro de 1942 as festas de Ano-Novo para os alunos dos três últimos anos colegiais se passaram em três teatros.

Cheguei um pouco atrasada e, na entrada, recebi um tíquete rosa com o algarismo 3, além da entrada marcada com o lugar 31 da segunda fila do balcão. Até o entreato fiquei na plateia, embaixo, e depois fui procurar meu lugar. No segundo intervalo, fui ao salão. Havia um magnífico pinheiro, faustamente enfeitado, cintilando com lampadazinhas multicoloridas. Uma orquestra tocava, dançarinos giravam em torno da árvore, e do teto um projetor distribuía uma luz colorida. Fogos pipocavam e espalhavam sobre os dançarinos chuvas de confete, com serpentinas coloridas que zumbiam e se misturavam entre eles. Tinha tanta gente que foi difícil passar e encontrar meus colegas de sala.

No entreato seguinte, encontrei Liova Savtchenko descendo a escada.

— Lena, onde está o pessoal da turma?

— Olá, Liova, você também veio? Não vi ninguém. Tenho impressão de que não vieram.

— Bom, tudo bem, nos vemos mais tarde.

— Já comeu?

— Já.

Ele subiu rapidamente a escada para ir encontrar os amigos. Fiquei ainda por um bom tempo no mesmo lugar, deixando que passassem os alunos do colégio profissionalizante. Todos os alunos desse estabelecimento, onde Liova estuda, estavam presentes no festejo do dia 6. E foram os primeiros a jantar. Havia quatro filas para pegar a refeição. Eu fui à terceira, e a maior parte dos meus colegas se encontrava na quarta.

No entreato seguinte, fui imediatamente ao salão e vi Tamara. Liova estava com ela. Durante todo esse entreato ficamos juntos os três e conversamos. Liova contou como as coisas se passavam na sua família. Parecia muito bem alimentado.

— Hoje, no almoço, antes de nos trazerem aqui, tivemos um prato cheio de massa com creme de leite e outro de sêmola de trigo — ele contou.

— E a comida aqui, Liova, está boa?

— Sim, está boa. Uma sopa de pepino em conserva para começar e, de prato principal, almôndegas de carne com kasha. De sobremesa, uma espécie de mousse. Tudo ótimo, mas porções tão minúsculas que mal dá para provar.

— E o que houve com Dimka, Liova? Vocês se escrevem?

— Nunca. Nem entendo por quê. Nem um bilhete.

— E Emka, Tamara, vai bem?

— Não sei, não tenho a menor notícia dela.

— Não há como negar, nossos ex-colegas de turma são uns cretinos. Os danados foram embora e se esqueceram de nós.

Gostei muito desse encontro com Liova e dessa breve conversa que tivemos. Pelo visto, ele não tem a menor notícia dos rapazes da turma. Não o procuram e nem ele os procura. Também não tinha mais visto Alka. Contou ser bem possível que o seu colégio fosse igualmente evacuado. Prometeu, se for o caso, procurar Tamara para se despedir.

Enquanto os que esperaram na segunda fila já estavam jantando, nós, da fila três, assistíamos à apresentação dos atores. Representavam cenas da vida de Tchapaiev.[111] Acabei chegando à cantina. Na entrada, nos deram uma colher de sopa e depois nos sentamos a uma mesa comprida. Distribuíram um pedaço de pão preto para cada e uma sopa num potinho de argila. Uma sopa de pepino bem espessa, enriquecida com kasha.

Primeiro tomei todo o líquido da sopa e, quando comecei a pôr os sólidos numa vasilha, acabou a eletricidade. Consegui transferir toda essa parte sólida no escuro e aproveitei a falta de luz para raspar completamente o pote com os dedos e lamber tudo. Ficamos depois sentados por uma hora no escuro. Tinha já comido todo o meu pedaço de pão e devaneava, quando a luz finalmente voltou.

Serviram o prato principal. Uma só almôndega de carne, mas bastante grande, num pratinho, acompanhada de duas colherinhas de sopa de kasha com molho. O prato estava totalmente frio. Pus tudo na mesma vasilha e raspei com cuidado o molho com os dedos.

De sobremesa, foi servida uma gelatina de leite de soja, num pratinho pequeno. Não parecia nada apetitosa. Passei-a para outra vasilha. Não houve nada mais além disso. Achei que dariam um bombom ou um docinho para cada um, quem sabe? Que nada. Eram 18h15 quando terminamos de comer.

111 Herói lendário de *A cavalaria vermelha*, de Isaac Bábel. (N. d. T. F.)

Corri para casa, pois a querida mamãezinha esperava com fome, e tínhamos combinado que jantaríamos o que eu levasse do teatro. Achei que voltaria antes das 16h, mas só cheguei às 18h30. E olha que corri a ponto de nem sentir mais os pés. Cheguei, preparamos logo uma sopa com o que havia trazido, que acabou dando dois pratos, e dividimos a gelatina. Depois, sentamos perto do fogareiro, nos aquecemos e fomos nos deitar.

E foi como se passou o dia com o qual eu sonhava desde o ano passado, quando soube que teríamos direito a um pinheiro festivo e a uma refeição. Esperei esse dia com tanta impaciência! Imaginei que nos ofereceriam um verdadeiro jantar de gala e depois receberíamos não sei quantas gulodices.

Ouvi dizer que num outro teatro, para uma turma de série mais baixa, creio, os alunos tiveram direito a uma refeição com sopa de carne e lentilhas, macarrão gratinado, gelatina e doces: um quadrado de chocolate, pão de mel, dois bolinhos e três bombons de soja.

Mas não sei se é verdade ou invenção. Acho que é mentira.

10 DE JANEIRO

Fim do primeiro decêndio. E as lojas continuam tão vazias quanto antes. As pessoas ainda não receberam os alimentos do segundo e do terceiro decêndio do último mês.

A cada dia estamos mais fracas. Tentamos, mamãe e eu, gastar o mínimo possível de energia e permanecemos, geralmente, sentadas ou deitadas. Ainda bem que não temos aula nesse momento. Não tenho cabeça para estudar, com a vida que quase nem pulsa em meu interior.

As férias escolares foram prolongadas até o dia 15, mas dizem que ainda o serão mais. Não sei por qual motivo; de qualquer maneira, é bastante oportuno.

Estou muito preocupada com mamãe. Como deve se sentir, se até eu começo a tremer de fraqueza? De jeito nenhum estou exagerando ao dizer que, quando fico muito tempo sentada e depois quero me levantar, preciso fazer um grande esforço muscular para me pôr de pé. E quando me levanto da cama para ir ao vaso, sinto as pernas bambas, que se negam a me sustentar.

Na rua, tento andar rapidamente e transpor a distância necessária de uma só vez, pois se diminuo o passo começo a tropeçar.

Para nos deixar com mais raiva ainda, lá fora é gelo o tempo todo. Em comparação a outros invernos, nem faz tanto frio assim, mas ele se torna particularmente cruel e sofremos como se fizessem 40°C negativos. Por causa também da falta de alimentos, por estarmos permanentemente subnutridos e em estado de extrema exaustão. A situação não pode durar mais um mês. Das duas uma, ou nos dão de comer ou vão nos levar esticados e duros.

Uma observação interessante. Na verdade, não podemos dizer que temos fome. Frequentemente, mamãe e eu, quando nos deitamos, nos sentimos inclusive perfeitamente saciadas, apesar de nosso organismo não receber há muito tempo certos alimentos necessários, como gorduras e açúcar. E são duas substâncias absolutamente indispensáveis. Engolimos a comida e nosso estômago se enche, dando essa sensação enganosa de saciedade, mas sem nutrientes que sejam absorvidos pelo organismo e com a maior parte saindo pela urina. De fato, vamos com muita frequência ao vaso. Pois, o que comemos? Sopa, sopa quente. Graças a ela temos a impressão de estar satisfeitas, precisamente por ser quente e em quantidade, pelo menos no que se refere ao líquido, mas seus elementos nutritivos não representam dez gramas. Mesmo nos refeitórios, servem uma sopa bem líquida, à qual ainda acrescentamos mais água. E por isso estamos cada dia mais fracas.

Ontem tia Sacha nos revelou sua invenção. Talvez fiquemos em dívida com ela por continuarmos vivas. Eis do que se trata:

Mamãe foi vê-la por não sei qual motivo e voltou toda contente e alegre. Tia Sacha fez com que experimentasse uma gelatina preparada com cola da melhor qualidade para madeira e deu uma placa dessa cola para que também fizéssemos uma tentativa. Mamãe se entregou de imediato à tarefa. Botou água para ferver, mais ou menos dois pratos, e derreteu nela a placa inteira, deixando em ebulição. Derramou o líquido nos pratos, que foram levados à beira da janela. No dia seguinte nos levantamos às 6h e vimos que nossa gelatina estava pronta. Gostamos bastante. Sobretudo eu. E quando acrescentamos um pouco de vinagre, ficou ótima. Tem o gosto da galantina, dando a impressão de que vamos encontrar na boca um pedaço de carne. E não se sente nem um pouco a cola de madeira. É totalmente inofensiva e, além de tudo, muito nutritiva. O fato é que essa cola de primeira qualidade é fabricada a partir de cascos e chifres de animais domésticos. E é verdade, há pessoas que compram pés e cascos de jovens animais para fazer um cozido ou uma gelatina. Ou seja, mamãe e eu temos grandes possibilidades de conseguir, sem tíquete, um alimento complementar.

Há exatamente a mesma cola no teatro em que mamãe trabalha. Ela encomendou quatro quilos ao almoxarifado, o que representa umas vinte placas, e cada uma nos garante o preparo de três pratos cheios. Mamãe vai tentar de novo encomendar a mesma cola e por um mês teremos um prato cheio de gelatina saborosa e nutritiva.

Além disso, como diz o provérbio, "a necessidade é a mãe da invenção", eu já inventei e preparei outras maneiras de utilizar essa gelatina. Se num prato colocarmos gelatina de frutas na cola ainda quente, ou xarope, vinho e outros produtos do mesmo tipo, tudo isso vai se fixar e o resultado será magnífico (com vinho e suco de frutas). Com gelatina de frutas, e melhor ainda com geleia, se pusermos um pouco mais, devemos obter uma marmelada original, isto é, uma pasta doce que se possa cortar à faca e fazer pedacinhos para acompanhar o chá.

Podemos preparar outras coisas ainda, basta experimentar. Hoje, por exemplo, se mamãe trouxer as almôndegas, podemos fazer uma verdadeira galantina de boi. Vamos cozinhar na cola a almôndega despedaçada e, com isso, toda essa massa vai tomar um gosto de carne, com pedacinhos que poderemos distinguir.

Como fiquei contente que tenhamos pensado nessa cola. Acho que isso vai nos devolver um pouco de força, sobretudo à mamãe.

Pela manhã o rádio funcionava, mas nesse momento está calado. Faz muito frio em casa. Fico sentada, enrolada num cobertor, e escrevo meu diário. Há quatro horas espero mamãe, pois ela disse que voltaria às 14h. Vai trazer alguma coisa. Mas, se está demorando tanto, talvez seja por estar na fila para comprar balas. No teatro, deram a ela balas pelo Ano-Novo, talvez tenham dado mais, pois hoje é o último dia do decêndio. Pouco provável. Pode ser que deem xarope e café com a gelatina, será?

Como Lida havia prometido ontem, ganhei hoje duas rações de sopa. É uma sopa clara, de espinafre, mas uma sopa, afinal. E tenho dois pratos cheios.

Amanhã começa um novo decêndio. Poderemos novamente ter duas sopas de 25 gramas cada e um prato principal, com nossos tíquetes. Mamãe às vezes consegue bolachas de bagaço com geleia, mas nesse caso nos descontam cinquenta gramas de cereais. Acredito que vale a pena mesmo assim. Pois com um tíquete de 25 gramas, ganhamos duas bolachas oleaginosas, ou seja, uma bolacha oleaginosa de cinquenta gramas equivale a quatro bolachinhas oleaginosas. Podemos comer meia bolacha e com a gelatina de fruta preparar, graças à cola, a marmelada de que falei antes.

Bom, chega de escrever. Já está bem escuro.

E mamãe chegou!

12 DE JANEIRO

Já estamos em 12 de janeiro e nenhuma melhoria à vista. Não aumentaram a ração de pão, as lojas estão vazias, não temos eletricidade, o rádio está mudo, falta água corrente, os banheiros estão impraticáveis.

Ontem nos alimentamos exclusivamente de gelatina de cola de madeira. Esta noite, temos de novo um prato e meio de gelatina. É maravilhoso o quanto é bom e nutritivo. Pela manhã eu estava tão satisfeita que nem comi, e pedi a mamãe que guardasse um bom pedaço de pão. De forma que terei esse prazer à noite.

Mas agora estamos em plena tarde, o momento mais detestável do dia. Está frio, fico sentada de casacão, e meus pés estão realmente congelados. Neste momento faz 5ºC acima de zero no quarto e lá fora tudo congela. Ontem fez 31ºC abaixo de zero e hoje não será melhor. Não dá para ficar muito tempo na rua. Minutos atrás, fui buscar água. Graças a Deus, agora temos água dia sim, dia não. Trouxe dois baldes. Às 13h40 irei ao colégio para pegar a sopa. Tomara que esse dia insuportável passe rapidamente! E esta tarde mamãe virá depois das quatro, trazendo massas e almôndegas de carne. Vamos acender o fogão, fechar a cortina, esquentar a sopa e preparar a galantina. Enquanto estiver cozinhando, ou seja, em fogo brando, vamos grelhar na brasa uma almôndega, o pão e a massa. Agora é sempre assim que comemos. Grelhamos no espeto pedaços de tudo que encontramos. É mais interessante, o tempo passa mais rápido e dá maior satisfação. E à noite ainda vamos ter gelatina. Ela se consolida rapidamente, em duas horas. São os prazeres que me aguardam hoje, e, por enquanto, tremo de frio e vejo a hora passar.

Anteontem, não me enganei ao achar que mamãe estava demorando porque estava na fila em algum lugar, para encontrar alguma coisa boa. Ela trouxe cem gramas de uvas-passas naquela noite, graças ao meu cartão, no lugar das balas para o primeiro decêndio. Cem gramas de doces é simplesmente miserável: os empregados têm direito a 150 gramas e os operários, a trezentos.

Foi de propósito que mamãe utilizou meu cartão, pois espera em breve conseguir outro, um cartão de serviço ou até mesmo um de operária. E então, no final do segundo decêndio, receberá, graças a esse cartão, os produtos para dois decêndios ao mesmo tempo. Se, por exemplo, mamãe conseguir um cartão de operária, no final do segundo decêndio teremos de tudo: 100 + 300 + 300 = 700 gramas de doces. Já combinamos que, se não houver balas, pegamos um pote de geleia de seiscentos gramas e cem gramas de uvas-passas. Com a geleia, faremos marmelada.

17 DE JANEIRO

Continuamos de férias. Os dias se seguem com espantosa monotonia. Há três dias, mamãe e eu vivemos assim: levantamo-nos por volta das 10h. Não sabemos mais a hora exata, porque o rádio não funciona e nossos relógios frequentemente param. Mamãe é a primeira a se levantar e depois é a minha vez. Comemos um prato de gelatina e bebemos água quente. E café, se mamãe tiver tido sorte. Depois ela sai. Começa então a parte mais desagradável do dia. Fico sozinha e faço duas ou três coisinhas para a manutenção da casa. Se for preciso, vou buscar água, preparo pedaços pequenos de lenha, lavo a louça etc. E antes de me dar conta — incrível! — já é hora de ir ao colégio. Visto-me e saio faltando vinte para as duas, mas os alunos do primeiro ano ainda estão comendo. É preciso esperar e, enquanto isso, conversamos um pouco com um e outro, até podermos nos sentar. Aguardo que me sirvam um prato de sopa. Nesses últimos tempos, temos direito a apenas um prato de sopa, completamente sem sal e, além do mais, muito líquida, com farinha de trigo. Mas boa o suficiente. Depois de despejar minha ração num pote, volto para casa. São mais ou menos 14h15. Aproxima-se o momento mais agradável do dia. É melhor não ficar esperando por mamãe e me ocupar com alguma coisa. O tempo assim passa sem que a gente perceba. Ela acaba chegando, traz pão e o jantar. Às vezes também café. Repartimos tudo isso e o banquete dura até mais ou menos as 18h. Aproveitamos aquilo que Deus nos deu, grelhamos os pedacinhos adorados e, se tem, tomamos café. Depois, uma vez extintas as brasas, vamos dormir, tendo antes preparado um prato de gelatina. De madrugada, por volta das 5h ou 6h, comemos satisfeitas esse prato e dormimos até a manhã seguinte.

Quem sabe mamãe traga trezentos gramas de geleia. Ela combinou com um colega de dividir um pote de seiscentos gramas. Ontem mamãe foi embora do teatro e esse colega ficou na fila. Se tiver conseguido a geleia, mamãe vai trazê-la hoje.

Bem que gostaria de saber qual será o "menu" de hoje. Ontem tivemos (é o mesmo para mim e para mamãe) duzentos gramas de pão. Dois pratos de borchtch. Seis gramas de papa de farelo (três colheres de sopa). Dois pratos de sopa de farinha de trigo, duas xícaras de café e um prato de galantina. Como se pode constatar, um bom "menu". Acrescento que fui dormir de barriga cheia e mamãe também.

Prometeram a mamãe uma carteira de trabalho para o terceiro decêndio.

I

Estou sozinho, senhor único de todo o apartamento.
Mamãe foi ao mercado, vou acender o samovar,
Corto aparas de lenha para a infusão, em vez de chá.
Prepararei uma refeição mesmo sem ter o que comer.
Não demora tanto cozinhar uma sopa,
Uma sopa que seja para enganar.
Cinco almôndegas de sebo como guisado, que delícia!
"Miau, miau, reclama o gato no seu canto,
Bem que comeria um pedaço de porco,
Para esfregar o bigode com a pata,
Mas o mingau é para você e não para mim."

II

Vamos ao teatro e ao café com calças bufantes.
Para ser um adulto sem sombra de dúvida,
Preciso costurar uma calça bufante.
Com presteza Dima tirou as suas.
E cortou-as menores com tesouras.
Que brincadeira boa, ah, como espeta a agulha.
O gato franze os olhos com malícia:
"Miau, uma nova diversão."
O relógio de parede, boquiaberto, riu vendo isso.
Tique-taque, tique-taque, assim é bem engraçado.

III

Me enchi de espuma como um porco.
É preciso ensaboar bem.
Tania, a boneca — na bacia,
E Kutka — no balde.
Lavei o danadinho inteiro com sabão.
O gato se esfregava no chão de tanto rir.
Dima não fechou a torneira,
E enquanto lavava a roupa,
A água inundou tudo, fez uma poça. Miséria!
O gato está molhado, preciso enxugá-lo com um pano.
Bichano, precisa sair daqui!
E os dois saltam na cama.
As baratas têm medo desse banho imprevisto.
Com o pobre Kutka de jangada,
A mesa navega pelo quarto.
Um dilúvio se prepara.
Dima busca um lugar bem seco,
E pimba! Na janela e na poça!
Teve um medo enorme dos porquinhos.

IV

A avó corre com um balde,
Piotr, o porteiro, corre com a vassoura,
E a cozinheira, com o atiçador,
Cortou a perna do menino.
Que no chão vocifera:
"O que significa isso?
Por quê, nessa confusão?
Quebraram minha cabeça e meu nariz?"

V

Partirei de bonde,
Mamãe não me alcançará,
Vou no estribo,
Nada de pagar a passagem.
No ponto de parada estamos apertados,
Mas como é bom!
Ah, um cachorro puxa a minha blusa,
Deixa-a em farrapos!
Cãozinho, não me morda!
O bonde vai embora sem mim,
Cãozinho, ai, ai, ai!
Dima está deitado na calçada.

VI

Um homem passa a todo o vapor,
Transportando piche num tambor,
Piche preto, piche grudento,
Tocá-lo é nojento.
Pragueja um homem barbudo
Contra um cavalo grande e peludo.
Dima debochou do homem
E segurou o rabo do cavalo.

O homem não continuou,
E contra Dima se zangou.
Pela gola o agarrou,
E no tonel o jogou.

VII
Todos os meninos riem de Dima:
Dima ficou preto, Dima está sujo.
Ninguém com você vai querer brincar,
Ninguém os dedos quer sujar.
O pobre Dima chorou amargamente.
Com lágrimas que eram gotas de piche.
Lavaram Dima por duas semanas
E mal se conseguiu limpá-lo!!![112]

Estou chegando do colégio. Havia apenas uma sopa rala, por onze copeques. Dia 19 não vai ter aula. Eles não têm mais lenha para o aquecimento.

20 DE JANEIRO

Tudo que começo vai por água abaixo. À noite, debaixo do cobertor, elaboro uma quantidade de projetos de todo tipo sobre a forma de passar os dias, mas nada dá certo e tudo vai por água abaixo, repito. É por causa do frio: durante o dia, em casa, só tem claridade junto à janela, mas junto à janela é tão frio que nada se pode fazer, as mãos congelam. Se tento pensar como durante a noite, ideia nenhuma vem. O frio tem um efeito terrível, não só nos obriga a encolher as mãos por causa do gelo, mas também faz sumir todos os pensamentos. Por outro lado, à noite, eles se sucedem num ritmo tão frenético que, em geral, passo a metade da noite acordada, sem parar de me agitar, absolutamente incapaz de me libertar. Tento parar de pensar, mas é impossível.

112 O autor desses versos não foi identificado pelos editores.

E agora, durante o dia, a cabeça se esvazia, não tenho pensamento algum, é de chorar! Não tenho vontade de fazer nada. Me deitar? Não tenho vontade. Ficar parada olhando fixamente para um ponto: é tudo que me resta.

Nunca teria imaginado, antigamente, que o frio pudesse exercer sobre o indivíduo ação tão devastadora. Agora, por exemplo, estou de pé e escrevo com os dedos congelados, traçando uma letra de cada vez. Poderia me sentar, mas tenho preguiça de fazer um movimento inútil. Acho que meus pés não ficavam tão gelados há pelo menos um mês. É um inverno rigoroso, lá fora. O sol invernal ilumina os telhados dos edifícios.

Amanhã é um dia de luto, o aniversário da morte de Lênin. Todo mundo acredita piamente nos boatos que dizem que teremos uma ração extra de pão. Quero também acreditar, mas tenho receio. Nesses últimos tempos nos dão um pão tão magnífico que, mesmo em tempo de paz, nunca vi igual. Não se pode qualificá-lo de "pão preto", é feito somente com farinha do melhor trigo. Tão bom que é uma verdadeira delícia. Crosta tostada e bem assada, leve, não se quebra, não se esfarela, é fácil de cortar com a faca, mas duzentos gramas é pouco demais para satisfazer. Como se comêssemos uma guloseima. É realmente chato.

Dizem que amanhã nos darão uma ração suplementar de pão, dizem que amanhã nos darão gorduras. Dizem que já passou o período mais difícil, que ficou para trás, e agora as coisas vão ser mais fáceis. Dizem que vão nos dar muitos produtos alimentícios. Dizem que vamos todos receber uma ração fortificante. Dizem, dizem, dizem sem parar, e a gente fica sem saber em que acreditar. Tenho vontade de acreditar, muita vontade. Estamos todos tão cansados, tão sem paciência, que acabamos realmente enjoados de tudo isso.

Hoje meu humor não está nada bom, como poucas vezes antes. Sinto uma dor no peito, tão grande; no fundo da alma me sinto tão mal que tenho vontade de esquecer tudo, de dormir. Estou congelada, tenho o tempo todo uma sensação de fome insaciável. Faz frio. É horrível. Se estivesse num cômodo aquecido, todos meus sofrimentos e privações se dividiriam pela metade.

Nas linhas do front, nada mudou. Nosso Exército parte em ofensiva, esmagam os alemães a cada passo. Batendo em retirada, os alemães transformam tudo em deserto desolado. Tudo está sendo destruído, queimado, aniquilado.

É terrível imaginar que os nazistas estão cometendo tais crueldades, atos tão selvagens. Reduzem a nada as regiões que haviam anexado, e isso seguindo um plano, seguindo instruções específicas. Montanhas de ruínas e cinzas, montes de cadáveres, é o que descobrem nossas tropas ao reconquistar territórios que foram ocupados pelos nazistas. Os cabelos ficam eriçados na cabeça e o sangue gela nas veias quando se vê que nada disso é um sonho.

25 DE JANEIRO

Ontem aumentaram a ração de pão. A situação agora é a seguinte:

	Pessoas dependentes	Empregados	Operários
Antes	200g	200g	350g
Agora	250g	300g	400g

Mas todos estão muito insatisfeitos, esperava-se mais.

É impossível imaginar a maneira como mamãe e eu vivemos atualmente. Há dois dias faz um frio tremendo, o céu está limpo e o sol brilha. Temos pouquíssima lenha para aquecimento, utilizamos durante o dia apenas algumas lascas para esquentar a comida. No nosso cômodo reina um frio pavoroso, só se sobrevive debaixo das cobertas.

De manhã, corri para buscar pão, o que não foi muito esperto: quis chegar o mais rápido possível, mas tive que ficar na fila por meia hora, e o frio hoje está ainda pior do que ontem, o sangue gela nas veias, o cérebro se paralisa, o frio penetra até os ossos.

O pão hoje não vale nada: por 1,90 rublo consegue-se um pão enformado, quase verdadeiro, preto, mas com umidade demais, ou seja, muito pesado. Voltei rapidamente para casa. Imediatamente tirei o casaco e me enfiei na cama. Mamãe esquentou água e bebemos uma xícara de água quente cada, agasalhadas em nossas camas. Agora, enquanto escrevo estas linhas, mamãe cortou alguma lenha para fazer a refeição, e vou logo voltar para a cama, totalmente transida.

Eis o que aconteceu ontem. Mamãe e eu tínhamos combinado que ela compraria o pão, voltando do teatro [...][113]

29 DE JANEIRO

Há tempos não escrevo. Não consigo achar uma boa hora. Ficamos dois dias — 27 e 28 — sem pão. Quase nenhuma padaria tinha. Dizem que a interrupção na entrega foi por ter estourado uma canalização na fábrica do pão, por causa do frio extremo.[114]

Por um motivo ou outro, ficamos dois dias sem pão e quase nada para comer, nos alimentando com a sopa do colégio e a gelatina. Mamãe está tão fraca que mal consegue andar. Porém — que felicidade! —, no lugar do pão recebi ontem uma boa farinha de trigo, 975 gramas, e mamãe realmente recuperou as forças. Imediatamente preparamos um caldo e bolachas. Se amanhã eu não conseguir pão, pegarei farinha de novo. A temperatura está um pouco mais amena hoje, e neva. No nº 18 da nossa rua, voltou o abastecimento de água. Faziam fila para pegar. Nos últimos dias estava tão frio! Buscávamos água no canal da Fontanka, fazendo um buraco no gelo.

Não sei se vamos sobreviver. Esses dois dias terríveis abateram completamente mamãe. Está muito fraca, mas mantém um ótimo estado de espírito e quer viver. Ela vai viver.

8 DE FEVEREIRO

Ontem de manhã mamãe morreu. Estou sozinha agora.

113 Texto interrompido.

114 Em 27 de janeiro de 1942, toda a eletricidade fornecida à cidade vinha de um pequeno gerador cuja capacidade não ia além dos 3 mil quilowatts/hora. Dada a escassez de energia, foi preciso provisoriamente desligar a principal estação de bombeamento d'água.

10 DE FEVEREIRO

Esquentei ao máximo o fogareiro. Agora faz mais ou menos 12°C no cômodo. Amanhã escrevo com mais detalhes.

11 DE FEVEREIRO

Hoje aumentaram a ração de pão. Pela manhã, com a zeladora do edifício, transportei mamãe à rua Marat.[115]

Fomos pelo caminho que tínhamos feito, mamãe e eu, há um mês, transportando Aka. E como naquele dia, havia hoje uma tempestade de neve, e depois, à tarde, o sol começou a brilhar. Em seguida fui com a zeladora à padaria. Recebi seiscentos gramas de pão e dei a ela a metade. E depois fui ao colégio, onde consegui um prato de milho-painço e uma ração de mingau de painço na manteiga. Fui para casa, rachei alguma lenha, esquentei a refeição, comi pão e senti não ter mais força para fazer o que quer que fosse. Quis ir buscar água, lavar a louça, mas o dia sem dúvida tinha me abalado de tal forma, mais moral do que fisicamente, que nada pude fazer. Ontem vendi seis quadrados de cola a quinze rublos cada. Consegui noventa rublos. Agora tenho noventa rublos e sessenta copeques. Só que, para pagar o quarto, não receberei nada. Ida Issaievna me dará uma centena de rublos, não mais. E lhe devolverei cinquenta pelo fogareiro.[116]

Ontem aqueci o fogareiro e o quarto ficou a 12°C. O fogo queimava até o alto. Amanhã terei seiscentos gramas de pão, imaginem só! Agora vou parar de fazer qualquer coisa e me deitar. A noite é boa conselheira. Como é triste estar tão sozinha! Afinal, tenho só dezessete anos! Nenhuma experiência de vida. Quem me dará conselhos? Quem me ensinará a viver, daqui em diante? A meu redor tenho apenas estranhos, ninguém que se preocupe comigo. Todos

115 Um necrotério provisório tinha sido instalado no 76 da rua Marat, a cerca de um quilômetro do edifício de Lena Mukhina.

116 Somente em 30 de novembro os habitantes de Leningrado tinham sido autorizados a utilizar os fogões para se aquecerem.

têm seus próprios problemas. Meu Deus, como vou viver sozinha? Não, não consigo imaginar. Mas a vida mesma vai ditar minha conduta e, além disso, tenho alguém próximo a mim: Jenia.[117] Tenho certeza de que me ajudará. Mas precisaria encontrá-la. Vou ter que passar na casa de Kira. Talvez ela me dê algum dinheiro.

Minha mamãezinha...

13 DE FEVEREIRO

Quando acordo pela manhã, não me dou conta imediatamente de que mamãe morreu. Tenho a impressão de que está aqui, deitada na sua cama, e que vai acordar a qualquer momento, que nós duas vamos conversar sobre como viveremos depois da guerra. Mas a horrível realidade logo se impõe. Mamãe não está mais aqui! Não está mais viva. Aka também não. Estou só. É absolutamente incompreensível! Às vezes fico furiosa. Tenho vontade de berrar, vociferar, bater com a cabeça na parede, me morder! Como vou viver sem mamãe? No cômodo, reina a desolação, a poeira se acumula a cada dia. Provavelmente em pouco tempo me transformo numa Pliouchkine.[118] Será que estou sendo dominada pela preguiça? É possível que eu seja uma cópia da minha mãe. Na verdade gosto tanto deste quarto limpo e confortável. Não, não e não! Mil vezes não! Vou me levantar agora mesmo. Está quente e vou fazer uma faxina. Mas não sei por onde começar. Vou primeiro prender as cortinas e assim já ficará mais confortável.

As coisas são assim agora. Tenho 97 rublos. Ida Issaievna vai me trazer outros cem. Preciso encontrar um trabalho, mas acho que tenho com o que passar o mês de fevereiro.

Restam dezessete dias.

Pão — 17 x (1,70 rublo o quilo) sobre (17 x 3) = 867 copeques, ou seja 8,67 ru-

117 Evguenia Jurkova, chamada Jenia (1892-1978), é tia de Lena. É para sua casa que em seguida Lena vai tentar se refugiar.

118 Personagem de *Almas mortas*, de Gógol, que vive na indigência e na sujeira. (N. d. T. F.)

blos. Me parece que, na alimentação, as coisas se arranjam. Ontem todas as lojas distribuíam cereais com o novo cartão. Os dependentes têm direito a 250 gramas, mas, como fui à cantina, recebi bem menos. Aliás, ontem comprei 125 gramas de ervilha e duzentos gramas de milho-painço sem pegar fila. Preparei um mingau de milho maravilhoso, verdadeira obra-prima. Comi seiscentos gramas de pão, uma panelinha de sopa de lentilhas e um prato de mingau de milho, mas não me senti bem. É compreensível: estamos todos tão famintos que tal quantidade de comida nos faz mal.

Minha querida, preciosa, adorável mamãe! Você não sobreviveu pelos poucos dias que faltavam até uma melhoria em nossas condições. É tão mortificante que dói quando penso nisso. Você morreu na manhã do dia 7 e no 11 aumentaram a ração de pão. E no 12 distribuíram cereais.

Mas, Deus do céu, como, me diga como vou viver sozinha. Não consigo imaginar. De jeito nenhum imagino! Não, vou morar na casa da Jenia. Estou cercada de estranhos. Sou tão infeliz! Meu Deus, meu Deus misericordioso! Por quê? Por que tudo isso?

15 DE FEVEREIRO

Ontem enviei um telegrama a Jenia: "Aka e mamãe mortas. Telegrafe conselho. Lena". Paguei 5,25 rublos. Ontem, na loja do 28 da nossa rua, fiquei na fila do açúcar, mas o açúcar recebido tinha cheiro de gasolina e foi enviado de volta ao depósito. Prometeram que viria uma nova remessa por volta das 14h ou 15h. Enquanto esperava o açúcar, encontrei Liússia Karpova, que estava na fila da carne e pegou para mim 125 gramas, com um tíquete de mamãe. Fiquei muito agradecida. É um ótimo pedaço. Ontem eu trouxe do colégio sopa de ervilhas e acrescentei água, até encher completamente uma pequena panela. Juntei uma colher de sorgo e despedacei um pouco de carne, obtendo uma sopa deliciosa. Depois desfiei ainda a carne na cola e obtive três pratos de galantina. Ainda tenho ervilhas e sorgo para várias vezes.

Como é desagradável, mas eu não podia prever: ontem, com o tíquete para cereais, distribuíram kasha verdadeira. Se tivesse esperado um pouco mais, poderia ter comido kasha na manteiga.

Devem distribuir em breve gordura. Vou conseguir uns trezentos gramas. Nesses últimos dias, em geral, tenho me empanturrado tanto durante o dia que não me sinto bem à noite. Hoje, mal amanheceu, me levantei e fui à loja do 28 da nossa rua. Achei que haveria açúcar e gordura. Mas havia apenas carne. De lá fui à padaria. Comprei seiscentos gramas de pão e resolvi continuar até o mercado para trocar pão por alguma coisa doce, açúcar ou balas. De repente, vi um trenó que transportava lenha para aquecimento e me lembrei de que estava precisando com toda urgência de lenha. Perguntei aqui e ali e troquei quatrocentos gramas de pão por nove tábuas de dois dedos de grossura e um metro de comprimento. Arrastei tudo isso até em casa com muita dificuldade. Essa madeira vai me servir por um bom tempo. Justamente, quero lavar roupa, pois não tenho mais nada limpo para vestir e em breve vou botar o pé na estrada. Assim que tiver uma resposta de Jenia, vou embora.

Estou realmente chateada de que meu relógio não funcione mais. Meu quarto está muito bonito, iluminado, e o fogareiro é magnífico. Uns poucos pedaços de lenha bastam para que aqueça bem. Vou colocar as coisas um pouco em ordem. Não falta muito. Logo o quarto vai estar confortável e quente, é uma pena ir embora. Mas, não, estou decidida a ir embora. Na primavera, no sovkhoze, vão precisar de muita mão de obra e vou poder trabalhar. Depois, quando a guerra terminar, terei economizado dinheiro e voltarei a meu quarto e viverei aqui. Em seguida conseguirei um trabalho. Agora não faz o menor sentido procurar trabalho e, por enquanto, tenho dinheiro.

Fico sentada, incapaz de me levantar. Em primeiro lugar, estou cansadíssima por causa de toda aquela madeira que trouxe até aqui, acho que inclusive dei um mau jeito nas costas. Em segundo lugar, acabo de comer demais. Engoli um prato da sopa de ontem, duzentos gramas de pão, a metade de um prato de gelatina e tomei duas xícaras de chá. Peguei emprestado com tia Sacha uma colherinha de açúcar e o chá ficou delicioso.

17 DE FEVEREIRO

Estou realmente rica. Num banco, tenho sorgo, noutro, cevadinha, num terceiro, kasha, um pouco de ervilha numa pequena lata e, na beirada da janela, 125 gramas de carne. Só com o açúcar não tenho tido sorte. Ontem, de almoço, tive de entrada sopa de ervilha e, como prato principal, kasha na manteiga. De jantar, cevadinha com manteiga.

Por 1,25 rublo, o pão de hoje está saboroso, seco e muito bom.

Há três dias ouço rádio. É tão bom! Assim não sinto a solidão.

Tenho dinheiro — 105 rublos. Tenho lenha para me aquecer e produtos alimentícios. De que mais teria necessidade? Estou plenamente satisfeita.

Hoje está fazendo frio. Tempo ensolarado e sem nuvens.

25 DE FEVEREIRO

Estou sentada, após um almoço nutritivo, tomo chocolate quente com pão. Hoje tive de almoço dois pratos de sopa com farinha de trigo e doce de arroz com óleo de algodão. Vou agora acender o fogareiro, pois está frio no quarto — faz apenas 6°C.

Sou órfã há quinze dias. Não posso acreditar que não verei mais mamãe viva, como nesta fotografia.

A situação alimentar melhorou. Tenho agora um cartão para obter cereais no refeitório e, além disso, tenho ervilhas, lentilhas e legumes secos: cebola, beterraba e repolho. Ainda não me tomaram os cartões de mamãe.[119]

Todos os dias vou ao colégio a uma da tarde e pego um almoço. Agora a sopa é dada mediante tíquetes, não há gelatina, e por isso tem relativamente pouca gente. Dentre os alunos da minha turma, vejo nos últimos tempos Lida Soloviova

119 Mais tarde, depois da guerra, Lena Mukhina escreveu: "Como, apesar de tudo, consegui suportar o sofrimento? E como sobrevivi? Foi a morte de mamãe Lena no início do mês, em 8 de fevereiro, que me salvou. O administrador do prédio teve pena de mim e resolveu me deixar viver. Por isso não me retiraram o cartão dela de racionamento de pão. De 8 de fevereiro de 1942 até o fim do mês, pude contar com uma dupla ração de pão". A polícia não tinha o direito de retirar os cartões de alimentação por formalidades no caso de uma morte num apartamento.

e... Liova Savtchenko. Isso mesmo, Liova! Acabou que a sua escola profissionalizante já foi evacuada, mas ele, naquele momento, estava doente e [...][120]

27 DE FEVEREIRO

A situação começa pouco a pouco a melhorar. Meu Deus, que pena Aka e mamãe não terem vivido até este momento!

Tomara que a guerra termine logo.

Estavam erradas as pessoas que diziam que o nosso governo está pouco ligando para nós de Leningrado, que para eles pouco importa que haja 4 mil ou 5 mil leningradenses a menos. Não, sempre soube que não é assim, que o governo e o próprio camarada Stálin se lembram o tempo todo dos habitantes de Leningrado e tentam, na medida do possível, aliviar nossa situação.

Na verdade, sinto-me bem feliz agora.

São oito da noite. Estou sentada à mesa com uma minúscula lamparina a querosene que ilumina bem. Escrevo meu diário e ouço rádio. O cômodo está quente e confortável. A barriga está cheia, jantei há poucos minutos: hoje tive como refeição uma sopa de macarrão ou, mais precisamente, uma sopa com cabelo-de-anjo, depois um prato cheio de cabelo-de-anjo, maravilhoso, com uma almôndega de carne e, de sobremesa, água fervendo com açúcar e achocolatado e pão. Isso mesmo, nada menos!

Nos últimos tempos, podemos obter com o quarto tíquete cereais, carne, mirtilo, 150 gramas de açúcar. Além disso, com cada tíquete temos direito a 250 mililitros de querosene para queimar, e dizem que este mês teremos ainda gordura e peixe seco com o oitavo tíquete. Todos estão encantados com os novos tíquetes. Haverá cereal em quantidade, não apenas 12,5 gramas por tíquete, como até agora, e sim 20 gramas. Dizem também que nos refeitórios a sopa será servida sem tíquete. E espera-se, enfim, um aumento da ração de pão.

Percebo também uma sensível melhora no nosso refeitório: diariamente há uma entrada, um prato principal e um prato de carne. As sopas são bem espessas, as farinhas variadas, as porções bem servidas e os pratos de

120 Texto interrompido.

carne — salsichão ou almôndega — são de boa qualidade, e não mais de carne de cavalo. Lembro que até recentemente a sopa era pura água, as farinhas dentro dos estritos limites, e a carne de qualidade tão baixa e tão pouca que era preciso se contentar em apenas provar. Ficaram também como coisa do passado as bolachas de bagaço que, no entanto, foram por certo tempo nossa única e exclusiva alimentação: a sopa e as bolachas de bagaço como prato principal.

É verdade, desde então, muitas coisas melhoraram. Tem sempre pão saboroso nas padarias, mas sempre pouco para tanta gente. Todo mundo se lamenta e reclama, e todos ficam sonhando com brioches e pães de mel. O ser humano é assim, não tem jeito: sempre quer mais. Quando falta pão, ele sonha com pão. Se consegue pão, sonha com brioches. Se tiver um brioche, sonha com doces. Quando falta óleo, ele sonha com óleo. Se lhe dão óleo de algodão, por exemplo, sonha com manteiga. Se consegue, sonha com creme de leite, com queijo fresco. Mesma coisa com a carne: sonha com carne de cavalo e, se come carne de cavalo, quer carne de boi e de cordeiro. Se tiver, vai querer porco, frango, ganso; e se tiver tudo isso, vai querer faisão, peru, caviar, presunto e não sei mais o quê. Nada se pode fazer, o ser humano é assim.

1º DE MARÇO

Março. Começou o mês de março. Na prática, é o primeiro mês da primavera. Março, abril, maio, e é o verão que chega. Começa então a primavera e vejo pela janela que está nevando, com um habitual céu cinzento de inverno, mas pouco importa, no mês de março já estamos na primavera.

Ainda não aumentaram a ração de pão. Ontem recebi trezentos gramas de mirtilo e substituí meus duzentos gramas de pão por duzentos gramas de mirtilo. Acho que valeu a pena, pois tenho certeza de ter pão todo dia, o que não é o caso com o mirtilo. Acabo de me despedir de Ida Issaievna. Está indo para Tachkent. É uma ótima pessoa. Mamãe e eu devemos muito a ela. Ontem ela me deu botinas ainda em bom estado, marrons, de lona grossa e saltos baixos. Foram muito bem-vindas: usarei na primavera.

Tomara que a primavera chegue logo e que a guerra acabe! Paciência, Lena, paciência, tudo a seu tempo. Sinto-me feliz, pois tenho o futuro à minha frente. Quantas alegrias, satisfações e diversões me esperam!

Vou logo buscar pão. É irritante ter que economizar fósforos.[121] Restam apenas quatro e não sei quando teremos mais. A ração de pão provavelmente não será aumentada antes do dia 5.

Hoje consegui um pão muito saboroso. No refeitório, recebi uma porção de cevadinha. Agora tudo é novidade. Eles descontam os alimentos da seguinte maneira: vinte gramas de cereais e dez gramas de gordura equivalem a uma sopa; para a kasha, contam quatrocentos gramas de cereais e dez de gordura; para um prato de carne, cinquenta gramas de carne e dez gramas de gordura. Dito isto, a sopa é tão grossa que se pode espetar uma colher dentro que ela fica de pé, e a farinha enche um prato inteiro. Hoje comprei carne: 225 gramas.

Por conta disso, preparei uma boa refeição para mim. Kasha ao óleo e cebola. Carne assada, cozida em fogo brando, e alguns pedaços de pão frito no óleo. De sobremesa, um suco de mirtilo com açúcar. Uma refeição de verdade! Enquanto cozinhava, Valia bateu à porta e me entregou um cartão-postal. Era para mamãe, da parte de Jenia. Então não recebeu meu telegrama. Diz estar preocupada, pergunta se estamos sãs e salvas, pois está há muito tempo sem notícias de mamãe. Imediatamente escrevi uma resposta, que colocarei na caixa do correio amanhã.

5 DE MARÇO

Logo será o Dia da Mulher. O tempo está ensolarado e glacial. Ainda não aumentaram a ração de pão. Quando pensamos em tudo que passamos, sentimos pavor e alegria pela ideia de que os piores dias ficaram para trás. Passei

121 No início do mês de março de 1942, o *Leningradskaia Pravda* informou aos habitantes que, a partir de 5 de março, operários, técnicos, engenheiros e funcionários poderiam receber duas caixas de fósforo por mês, enquanto pessoas dependentes, uma única caixa.

por isso e sou a única de nós três a ter sobrevivido. Se a melhora da condição alimentar tivesse demorado mais quinze dias, também eu, depois de Aka e mamãe, iria para a rua Marat 76. O 76 da rua Marat! Que endereço funesto, quantos milhares de habitantes de Leningrado não foram para lá! Sobrevivi e quero viver. Assim sendo, não posso ficar aqui. Preciso dar um jeito de ir a Górki, para a casa de Jenia.

Ontem, minha vizinha Raissa Pavlovna me deu o cartão-postal que, como outras cartas, tinha vindo da administração do prédio, onde estava há tempos. Não sei como o cartão foi parar lá. Jenia postou em 19 de janeiro e parece muito preocupada com a falta de notícia. O endereço é o seguinte: rua Moguilevitch, Górki. E eu, como sou idiota, escrevi para outro endereço, o antigo. Por isso ela não recebeu meu telegrama.

Meu plano de ação agora se resume a enviar outro telegrama a Jenia e depois tentar chegar a Górki não importa como. Para isso, vou procurar Kira e Galia. Se ficar aqui, a situação ficará difícil para mim. Estou fraca demais para trabalhar e, se ficar como dependente e desempregada, o serviço do trabalho obrigatório vai me esgotar. A primavera está chegando, ficará mais quente, as imundícies, quando a neve derreter, vão vir à tona, haverá muito trabalho, e talvez me empreguem no cemitério, para enterrar os mortos sem deixá-los em paz. Realmente, devo partir atrás de Jenia. Ela conta que a vida deles é suportável e até boa, se levarmos em consideração a época em que vivemos. Estando lá, vou poder recuperar a saúde e as forças, encontrar uma ocupação, trabalhar e morar com Jenia e Niúra.[122] São pessoas próximas, da família, gostam de mim, e tenho certeza de que não me botarão porta afora.

Sim, isso mesmo, devo partir! Vou enviar o seguinte telegrama:

"Estou só. Aka e mamãe mortas. Posso ir para aí? Responder rapidamente."

Ou:

"Única viva. Aka e mamãe mortas. Estou muito fraca."

"Aka e mamãe mortas esgotamento. Vida muito difícil. Estou fraca. Jenia! Posso ir para aí?"

122 Niúra é a esposa de Vladimir Mukhine, tio de Lena.

Meu coração se dilacera quando começo a me lembrar de mamãe. Tenho sempre a impressão de que apenas partiu por alguns dias, a trabalho, e logo vai voltar. Que vontade tenho de comer! Será possível que não aumentem a ração de pão? Como estou cheia de viver meio faminta! Quanto a trabalhar, estou tão fraca que seria incapaz de aguentar um trabalho. Preciso ir para a Jenia, minha salvação está na casa de Jenia.

Mamãe, minha mamãezinha querida, não aguentou semelhante vida, sucumbiu. Mamãe amada, mamãe adorada, minha querida! Meu Deus, como o destino é cruel, você tinha tanta sede de vida! Morreu corajosamente. Tinha o espírito tão forte, mas, infelizmente, o corpo muito fraco. Minha mamãe, você morreu, definhava a cada dia, mas não derramou a menor lágrima, não se lamentou, não gemeu, tentou me encorajar, até brincou. No dia 5 de fevereiro, me lembro, você até se levantou. Enquanto eu ia de fila em fila, você cortou lenha. Depois do almoço, disse tranquilamente que ia se deitar para descansar. Deitou-se, pediu que a cobrisse com o casacão e... não se levantou mais. No dia 7, nem se levantou para ir ao vaso.

E o mais duro, principalmente, foi que nos últimos dias, 5, 6 e 7 de fevereiro, mamãe quase não falou comigo. Ficava deitada, de cabeça coberta, sempre severa e exigente. Quando eu a abraçava aos prantos, ela me afastava:

— Idiota, por que está chorando assim? Acha que estou morrendo?

— Não, mamãezinha, você e eu temos ainda que ir ao Volga passear.

— Isso mesmo, vamos ao Volga e faremos blinis. Mas agora vamos ao vaso. Vamos, tire a minha coberta. Agora pegue meu pé esquerdo, agora o direito. Pronto.

Eu tirava os seus pés da cama para apoiá-los no chão e, bastava encostar neles, para ficar apavorada. Via que mamãe não tinha mais muitos dias de vida. Os pés eram como os de uma marionete: somente ossos e pedaços de pano, em vez de músculos.

— Upa! — ela exclamou de modo alegre, fazendo um esforço para se levantar sozinha. — Upa! Não dá, me ajude a levantar!

Sim, mamãe era alguém forte de espírito. Sabia, é claro, que estava morrendo, mas não achava necessário falar disso.

Mas me lembro de que no fim do dia 7 eu pedi:

— Me dê um beijo, mamãe. Há tanto tempo não me dá um beijo.

Seu rosto severo se suavizou e nos abraçamos e choramos juntas.

— Mamãe, minha querida!

— Minha Lenotchka, em que desgraça caímos!

E nos deitamos para dormir, quer dizer, eu tentei dormir. Após alguns minutos, ouvi:

— Lena, está dormindo?

— Não, por quê?

— Sabe? Estou me sentindo tão bem agora, tão leve, que amanhã certamente estarei melhor. Nunca me senti tão feliz quanto agora.

— Mamãe, do que está falando? Está me assustando. Por que se sente tão bem agora?

— Não sei. Bom, deixa pra lá, durma em paz.

E eu dormi. Sabia que mamãe ia morrer, mas achava que viveria ainda cinco ou seis dias, sem de maneira alguma imaginar que morreria no dia seguinte.

Adormeci. No sono, ouvi mamãe me chamar de novo: "Lena, minha Lena, está dormindo?". Essas palavras ressoam em meus ouvidos como se tivessem sido pronunciadas agora mesmo. Depois ela se calou. Dormi de novo, profundamente. Quando acordei, ouvi que ela dizia alguma coisa, mas de maneira inaudível, e perguntei:

— Mamãe, mamãe, o que disse?

Ela se calou. Depois balbuciou alguma coisa, mas sem me responder. "Deve estar delirando", pensei. E dormi de novo.

Quando abri os olhos mais uma vez, ouvi um ronco. Achei que mamãe finalmente pegara no sono e voltei a dormir também, perfeitamente serena. Não sei por quanto tempo dormi, mas de repente acordei, tomada por uma terrível angústia. Meu coração me dizia que algo não estava bem. Mamãe roncava como antes, mas não era o ronco de alguém que dorme tranquilamente. Não, ela estava estendida de costas, de olhos fechados e respirava com muita dificuldade pela boca. Na garganta alguma coisa gorgolejava. Então a sacudi e chamei. Ela abriu os olhos e me fitou de uma forma enlouquecida.

— Mamãe, está me ouvindo?

A mesma expressão e depois seus olhos foram se fechando de cansaço.

Meu Deus, ela não me vê, não me ouve, ela está morrendo. Tinha a testa fria, as mãos e os pés também, os pulsos mal batiam. Corri para buscar ajuda. Vizinhos vieram. Acenderam o aquecimento. Esquentaram garrafas. Deram algo quente a ela, café com açúcar e não sei qual vitamina. Tudo em vão. Mamãe cerrou forte os dentes. Quando tentaram forçá-la a tomar o café, ela nada engoliu. Eram seis da tarde. Os vizinhos se foram, sugerindo que eu tentasse de qualquer jeito fazer com que ela bebesse. Passei aquelas últimas horas sentada ao lado de sua cama. Ela não recuperou mais a consciência e morreu tranquilamente, sem que eu notasse. No entanto, estava à sua cabeceira. É como as pessoas morrem de esgotamento.

6 de março

Às 15h, fui ao correio e enviei o telegrama a Jenia. Depois fui ao cinema Molodiojny, mas hoje não vendiam entradas. De lá fui ao teatro Mikhailovski, e soube que Kira foi evacuada há duas semanas. Fui então à casa de Galia. Morria de medo de não encontrar ninguém em casa. Mas não foi o caso.

O avô de Alik abriu a porta para mim. Tinha os olhos vermelhos de chorar. Sua mulher, Iúlia Dmitrievna, havia morrido três dias antes. Depois Galia veio: emagreceu muito. Kira chegou. Galia e eu fomos então buscar Alik na creche.

Receberam-me como se eu fosse da família. Todos estavam contentes de me ver. Galia me apertou contra o peito e me deu um beijo. Como me senti bem!

Amanhã transportaremos Iúlia Dmitrievna.

Galia e seu pai insistem afetuosamente que eu vá morar com eles. Prometem me ajudar de todas as maneiras que puderem. E se forem evacuados, me levarão com eles, como se eu fosse sua filha. Na verdade, eu não esperava que me recebessem assim, nem encontrar tanta simpatia e afeto. A desgraça em comum aproxima as pessoas. O avô de Alik, amigo e conhecedor da natureza, é pessoa de notável bondade. Imediatamente recuperei o gosto pela vida. Não estou sozinha. Encontrei amigos. Que felicidade! Que felicidade!

Fiquei desolada por Iúlia Dmitrievna. Assim como seu marido, era uma pessoa bonita e gentil.

Galia teme que o pai não sobreviva. Não pode ser, não é possível. Tenho a impressão de que o pior já passou e quem viveu o que vivemos e se manteve, continuará vivo. É isso o que eu acho.

Ah, como o destino é cruel!

7 DE MARÇO

Levantei-me às 8h. Logo depois das 10h, juntei minhas coisas mais indispensáveis numa mochila, coloquei-a num trenó e fui para a casa de Galia. Éramos três a transportar Iúlia Dmitrievna ao hospital Kuibychev. Kira, a irmã de Galia, foi para casa, e eu voltei com Galia. Estava um tempo excepcionalmente luminoso e ensolarado. O sol brilhava vivamente e nos aquecia como na primavera. Havia inclusive pedaços de gelo que derretiam e escorriam. Primavera, primavera, apareça logo! Depois fui com Galia ao meu refeitório, onde pegamos quatro sopas grossas e salaminho. De lá fomos à loja do 28 da minha rua e tive sorte. Acabavam de começar a distribuir uvas-passas e a fila não era enorme. Galia foi para a casa dela com a sopa e fiquei na fila das passas, para depois ir encontrá-la. Juntas serramos, do lado de fora, uma tora gigantesca e a rachamos. Depois Galia foi buscar Alik e acendi o fogareiro.

Quando voltou, Galia pôs a chaleira para ferver para o pai. Ele ficou deitado o dia inteiro, tem uma deficiência cardíaca e um problema de estômago decorrente de seu estado nervoso. Afinal, é um golpe duro perder a companheira da vida inteira! Depois botei minha sopa para esquentar. Comi às 18h30. Galia é tão incrível que insistiu que eu pegasse uma fatia de pão, isso agora é até possível, já que eles têm a cota de pão de Iúlia Dmitrievna.

Depois tomei chá com uvas-passas e pão e me senti bastante satisfeita. Amanhã será 8 de março. O Dia da Mulher. Galia vai ficar em casa. É uma amiga de verdade. Agora vou me deitar. Estou com muito sono.

13 DE MARÇO

"Há frio e sol, que manhã linda!..."[123] A chegada da primavera se faz cada vez mais notar. O sol nos aquece como se já estivéssemos nessa estação. O vapor emana da neve, as pedras de gelo choram, mas à sombra o frio se mantém impiedoso.

Agora estou morando com Galia e cuido do seu pai doente, ajudo na limpeza o tanto que posso. Hoje o seu pai está melhor do que ontem, e não perdemos a esperança, Galia e eu, de que se recupere. O descontrole nervoso continua a provocar problemas de estômago, e ele está muito enfraquecido. Galia sai com Alik às oito da manhã e volta às seis da tarde. O dia inteiro fico sozinha com o seu pai, que dorme a maior parte do tempo. Fico livre para fazer o que quiser.

Agora, por exemplo, são duas horas da tarde. Estou sentada diante da janela e escrevo. O sol primaveril ilumina todo esse pequeno cômodo. De fato, tudo poderia estar bem, não fosse esse vazio lancinante no estômago. Tenho tanta vontade de comer que é literalmente insuportável. Vivo agora com trezentos gramas de pão e uma sopa. O pão durante o dia e dois pratos de sopa à noite, às 19h: é só o que como. Nesses últimos dias, enfraqueci consideravelmente e emagreci. Não sei se sobrevivo. Mas tenho tanta vontade de viver. Tenho que me virar para ir o mais rápido possível para a casa de Jenia. Aí estarei salva.

As noites em que tomo uma sopa rala sem pão (não consigo fazer o pão durar até a noite), e ao meu lado na mesa há muito pão, um pote de açúcar, e Galia cortando grossas fatias, que come salpicadas de açúcar, são noites de tortura para mim. Sei que não é bom ser invejosa, mas, afinal, acho que Galia poderia me dar todo dia um pedacinho de pão sem que isso de forma alguma a prejudicasse. Na verdade, ela recebe agora, além de seus quinhentos gramas, mais setecentos: trezentos da mãe e quatrocentos do pai (que atualmente não tem comido pão). Não é possível que ela coma tanto pão, e certamente faz poucas torradas, então esse pão se acumula no armário (sempre fechado à chave). No final, o resultado é bem triste. Alguém enfraquece a cada dia por ter fome e no armário há pão mofando.

123 Citação de "Manhã de inverno", de Púchkin (1829).

É claro, esse pão não me concerne absolutamente, não é meu e sim de Galia. E Galia não é minha parenta, não tem por que se preocupar comigo, mas... um pequeno "mas". No lugar de Galia, eu teria pena e daria um pedacinho de pão. Meu coração não suportaria semelhante situação. Por nada no mundo serei eu a pedir primeiro, sou orgulhosa demais para ficar mendigando. Mas como Galia não propõe por conta própria, espontaneamente? Sabe muito bem que estou faminta. Trezentos gramas de pão para um dia inteiro é muito pouco. Preciso tanto comer que tenho pontadas e cãibras no estômago. Meu Deus, ah meu Deus, ouça-me, preciso comer, compreenda que passo fome! Estou muito infeliz.

Senhor! Quando tudo isso vai ter fim?

16 DE MARÇO

Estamos em 16 de março, ou seja, já na metade do primeiro mês da primavera, e faz um frio medonho. No sol é agradável, mas assim que ficamos na sombra é um gelo.

Por enquanto, estou morando com Galia. O avô está pior a cada dia. Não vai aguentar muito tempo. Já está com dificuldade para falar, a língua não o obedece mais (como Aka e mamãe, três dias antes de morrer). E há outro sinal que anuncia um fim rápido: a sensação de sede (lembro-me de Aka e mamãe).

Ontem quase pegou fogo em tudo. Aconteceu à noitinha. O vizinho do apartamento 27 nos procurou e pediu a Galia um machado para arrebentar a porta de um apartamento, pois batia havia uma hora sem que ninguém abrisse. Estava preocupado, temendo que algo tivesse acontecido, pois lá dentro estava apenas a sua mãe, idosa e fraca. Galia passou ao vizinho o machado, a porta foi arrombada e ele entrou. O apartamento estava repleto de fumaça e à entrada da cozinha jazia o cadáver meio calcinado da mãe. Debaixo dela, o piso já ardia. O sofá e a coberta tinham queimado, e se chegássemos dois minutos mais tarde, tudo estaria em chamas. Por felicidade descobrimos o início de incêndio, chamamos com urgência os bombeiros e buscamos água nos diversos apartamentos. Apagamos tudo e levamos para a neve os tecidos que ainda queimavam. Nesse ínterim os bombeiros chegaram, retiraram todo o piso e o caso foi encerrado.

Sim, foi sorte escapar, pois poderíamos todos ter sido queimados. Na pior das hipóteses, teria sido possível, é claro, saltar pela entrada principal, mas como fazer isso com o avô? Não teríamos, as duas sozinhas, força para carregá-lo, nem se podia esperar ajuda dos outros. Antes que os bombeiros chegassem, a fumaça teria tempo de sobra para asfixiá-lo.

Se o filho não tivesse ido visitar a mãe, ou se chegasse um minuto mais tarde, estava tudo acabado. Na verdade, era para ele ter ido no dia seguinte, e foi por acaso que passou antes. Há acasos felizes como esse na vida.

Kira me propõe o tempo todo que eu me registre como morador provisório na casa deles. Mas não quero, não consigo me decidir.

Apesar de não encontrar em Galia o carinho e atenção que esperava, mesmo assim, não estou decepcionada, como imagina Kira. Entendo Galia. Tem que cuidar de um moribundo e se preocupar com o filho. E, além do mais, está sozinha. (A irmã não ajuda em nada.) É algo pesado e ela fica irritada, mesmo tentando se controlar. Porém, logo tudo vai mudar. O avô vai morrer. Galia estará aliviada e livre de uma preocupação que a sobrecarrega. De um jeito ou de outro vamos enterrá-lo, e então verei se posso continuar a morar com ela. Só então tomarei minha decisão, pois não consigo ainda escolher uma coisa ou outra.

18 DE MARÇO

O pai de Galia morreu esta noite. Era um homem tão correto e bom...

Ontem fui buscar meu almoço no refeitório um pouco mais tarde, e não havia mais nada. Fiquei a ponto de chorar: esperei na fila por duas horas, inutilmente. Do colégio fui à loja e consegui, sem a menor demora, cem gramas de carne. Segui então de volta para casa: nenhum telegrama me esperava. Levei ao mercado um samovar de cobre, mas ninguém quis comprar. Por outro lado, não pude resistir e comprei nove cartões-postais, ao preço de três por um rublo. Fazia um tempo maravilhoso de primavera, com uma brisa suave, sem frio nem mesmo à sombra. Voltei em casa, peguei todas as minhas coisas e fui de novo ao mercado. Tinha tanta vontade de comer que resolvi trocar a qualquer preço meu cantil de alumínio por pão, apesar do arrependimento que teria depois. De repente, vi mais cartões-postais à venda: não pude deixar de examiná-los para escolher alguns. Eram tão bonitos que não tinha como resistir. São cartões coloridos, com diferentes paisagens, a maioria do exterior, tão bonitos que não podia parar de olhar, e comprei quinze, a um rublo cada um. Se eu contasse a alguém o que fiz, seria xingada de todos os nomes possíveis e imagináveis. E mereceria. É uma besteira imperdoável gastar dinheiro num momento como o que atravessamos, e com simples cartões-postais. Mas isso me dá tanta satisfação e alegria. Em lugar nenhum é possível comprar cartões-postais assim: são de fato antigos e, além de tudo, vêm do exterior. Como não aproveitar semelhante oportunidade? E que prazer dá a sensação de possuí-los. Realmente, por cartões-postais tão maravilhosos, não lamento o dinheiro gasto. Agora tenho 34 novos cartões-postais.

Comprei então quinze cartões e troquei meu cantil por 250 gramas de pão. Quando cheguei em casa, Galia já tinha tido tempo de acender o fogão. Eu não tinha carne para cozinhar e não jantei. Tomei água quente com pão e fui me deitar. À noite, dormi como uma pedra e tive bons sonhos. Sobretudo com Gricha Khaunine: éramos amigos e passeávamos nas montanhas da América, montanhas assustadoras, mas nossa viagem terminava muito bem. De manhã, acordei e ouvi Galia no cômodo ao lado, chorando e dizendo: "Papai, papaizinho, está dormindo, não é? Vai acordar?". Imediatamente compreendi. Corri até ela, abracei-a e a cobri de beijos.

21 DE MARÇO

Meu querido diário, bom dia, voltei para conversar. Sinto-me agora muito bem e escrevo estas linhas por causa do excesso de sentimentos agradáveis em mim.

Claro, ainda estamos em guerra, claro, ainda passamos fome. Mas a vida segue. Tudo isso que temos que suportar é provisório. Não vale que fiquemos nos lamentando.

Adeus, nostalgia e tristeza,
Olho com coragem ao longe![124]

Assim que a guerra acabar, me mudarei do meu quarto para outro em Moscou. Imagine, vou viver a dois passos de Jenia! Ao mesmo tempo, terei um quarto meu, um lugar meu. Tudo na minha casa será do meu jeito e não de outro. Meu quarto será confortável e bonito. Será um cantinho cheio de vida. Diante da janela, haverá aquários em uma mesa, com tufos inteiros de algas de todo tipo e outras plantas aquáticas, com peixinhos nadando e formando grupos coloridos. À noite, os aquários serão iluminados com pequenas lâmpadas elétricas. Com isso, quando as cortinas estiverem fechadas, os aquários darão a mesma impressão de conforto do dia, quando estão totalmente iluminados pela luz natural. Todo o restante do espaço livre na beirada da janela e na mesa será enfeitado com vasos de plantas. Haverá diferentes plantas de interior: gerânios, lírios e toda espécie de vegetal. Acima estarão presas gaiolas amplas com aquilo de que mais gosto — os passarinhos. Terei um pisco, um canário, um pintarroxo, um canário-belga e pardaizinhos comuns. Farei com que se acostumem comigo e que sejam bem amestrados. Um terrário com camundongos brancos, talvez também com os comuns cinzentos e camundongos-do-mato, terá um lugar à parte. Bom, haverá ainda outros animais. Não preciso de gato nem cachorro. Todos os meus sentimentos e minha afeição, apesar dos que guardo por mamãe e Aka, serão transferidos para os meus pequenos locatários. A fidelidade deles vai substituir o carinho e o amor maternos. Oferecerei assim toda a ternura do meu coração, e serei retribuída. Tenho certeza disso. Essas pequenas criaturas são muito gratas e sentem perfeitamente como nos comportamos com elas.

Estamos no mês de março. É primavera. A neve derrete, os pardais piam. Está agradável ao sol, sente-se no ar o cheiro de esterco e da terra que se aquece. É o cheiro da primavera. São dias de céu limpo, sem nuvens, mas ainda gela.

124 Citação aproximada de *O conde de Luxemburgo*, opereta de Franz Lehar.

Encontrei na casa de Galia o primeiro volume de *A história natural*, de Franklin.[125] Seus livros são excelentes. Vou lê-los e tomar nota no meu diário. Como quero encontrar em algum lugar galhinhos e ramos para ver o mais rapidamente possível as primeiras folhas da primavera. Quando me ponho, afinal, a pensar na profissão que seguirei mais tarde, constantemente volto à zoologia. É uma especialidade que me apaixona mais do que qualquer outra. Ser zoóloga é o meu sonho mais profundo, e com o tempo isso vai se concretizar. Serei pesquisadora da Academia de Ciências, uma zoóloga. Serei enviada em expedição, percorrerei os quatro cantos do país e, quando voltar, darei minha contribuição ao tesouro comum do saber.

"Graças às suas observações, Franklin com naturalidade incita os leitores a verem os animais não como material científico ou máquinas úteis ao homem, mas como seres vivos, levando-nos a simplesmente observá-los tais como são. Tudo que ele mostra vem impregnado do mais natural amor pela natureza, no sentido amplo do termo, de amor pela verdade e pela justiça."

"Para compreender os animais, é preciso se colocar no ponto de vista deles, compartilhar seus sentimentos, alegrias e preocupações, ter prazer em conviver com eles."

"A história natural facilita não só o desenvolvimento intelectual, mas serve às vezes de consolo ao homem."

"Nos momentos de provação e desânimo moral, às vezes basta àquele que ama a natureza e a estudou fixar ao acaso o olhar numa flor, ouvir o canto de um pássaro, o zumbido de um inseto, e no seu coração a esperança renasce..."

22 DE MARÇO

Estou satisfeita com meu dia de hoje. Ontem à noite grelhei pão e deixei uma fatia para esta manhã. Eu a dei a Galia. E ela me ofereceu outra quando estava dando de comer a Alik na sua caminha. Graças a essa fatiazinha de pão grelhado,

125 Esse livro de Jonathan Franklin foi publicado em russo em 1862.

pude deixar para comprar pão somente à tarde. Às dez da manhã, primeiro fui à minha loja, recebi meus duzentos gramas de açúcar em pó e cinquenta gramas de carne. Voltei para casa, parti a lenha, acendi o fogareiro menor, cozinhei a cola com carne, tomei um prato cheio de sopa bem quente e me senti plenamente satisfeita. Depois esquentei água, lavei a louça e me lavei. Às quatro da tarde voltei para a casa de Galia. De novo passei por umas bancas na rua. No meio de coisas avulsas espalhadas, vi uma raridade, simplesmente uma raridade, as obras completas de Brehm,[126] em quatro grossos volumes em uma preciosa e linda encadernação. É de fato uma edição excepcionalmente rara.

— Quanto custa esta miragem?

— Está realmente uma pechincha! Somente 170 rublos ou seiscentos gramas de pão.

A vendedora me mostrou um dos livros por dentro: inúmeras fotografias e quadros pitorescos que me deixaram muito tentada. Cheguei à casa de Galia às 16h, mas ela não estava, apesar de termos combinado que eu viria às 15h e ela já estaria lá. Precisei esperar por mais de quinze minutos na cozinha. Brehm não me saía da cabeça e finalmente, quando Galia chegou, tomei a firme decisão de comprar os livros por trezentos gramas de pão e cem rublos. Mas até eu sair, comprar pão e voltar ao mercado, a vendedora tinha ido embora. Andei em volta e não a encontrei. Foi como perdi Brehm.

O dia de hoje é idêntico ao de ontem. "Frio e sol. Manhã linda." Talvez ainda consiga comprar o Brehm. Ela certamente não o vendeu ainda, vou voltar lá.

23 DE MARÇO

O tempo está ameno hoje, inclusive à sombra. O céu só se cobriu de nuvens no fim da tarde. O sol desapareceu. Galia hoje reorganiza os cômodos do apartamento. Eu continuo a sonhar com pássaros e com o momento em que finalmente poderei viver como quiser. Sonho com dias em que será possível

126 Alfred Brehm (1829-1854), zoólogo. O livro em questão é *Vida ilustrada dos animais*, publicado na Alemanha entre 1864 e 1869. Teve várias edições em russo, entre 1866 e 1915. (N. d. T. F.)

escancarar a janela, tirar a proteção de compensado e aquecer tudo ao sol. Sonho com o verão.

Que chegue logo, logo, o verão! Os dias quentes. As plantas verdes, as árvores verdes, as flores, os pássaros, os insetos. Meu Deus, como tenho vontade de ver tudo isso! Não há de ser nada, Lena, paciência, um pouco de paciência. O tempo não para. Só avança. E tudo chega à sua hora. O mês de maio vai chegar. E depois o verão com suas chuvas e dias abafados. E tudo vai ficar bem.

24 DE MARÇO

Ontem fui em casa, comi galantina, bebi um pouco d'água, arrumei os cartões-postais num álbum que Galia me deu, e voltei para a casa dela. Parece que a primavera finalmente chegou. Não gela mais. Houve um aumento brusco da temperatura. Ontem à noite fazia 1°C. Uma neve fina e em flocos começou a cair sem pressa, e um vento suave alisava o rosto habituado ao gelo. Há poças por todo lado, a água escorre dos telhados, as pedras de gelo se partem fazendo barulho.

Hoje o tempo é o mesmo, a gente realmente não tem vontade de ir para casa. O céu está fechado por nuvens, caem alguns flocos que nem se percebem. Em breve sol e calor vão se associar e será a primavera de verdade. Tudo ficará bem.

25 DE MARÇO

Há apenas dois dias não gela mais e a neve derreteu quase toda. Tem uma umidade horrível no ar. O vento é brando, mas muito úmido. Caem torrentes de água dos telhados. Riachos e rios inteiros escorrem pelas ruas. É terrivelmente escorregadio. Em muitas ruas os trilhos do bonde já estão liberados.

Perdi Yakov Grigorievitch. Geralmente ele vai embora às nove da manhã, mas hoje, não sei por quê, saiu às oito. Amanhã é dia de descanso dele. Só poderá então começar a preencher as formalidades a partir do 27. Nessas condições, os dias 28, 29, 30 e 31 bastam para acertar tudo como se deve.

Sobre a questão do quarto na casa de Galia, pedi conselho a Rosalia Pavlovna, que conhece bem esse tipo de caso. Tudo vai depender de Galia. Ela tem um quarto a mais que vai ter que colocar à disposição do administrador do prédio, pois não pode pagar o triplo do seu valor,[127] e então me cede o cômodo. O principal, diz Rosalia Pavlovna, é conseguir que a administração me registre como moradora. E quando esse novo quarto estiver definitivamente atribuído a mim, só terei que pôr meu próprio quarto antigo à disposição do administrador do meu prédio. E ponto final.

Para ser sincera, é verdade que meu quarto atual é bastante bom. É amplo, quente e claro. Tem uma vista ampla. Vejo um bom pedaço de céu. As janelas dão para a rua. O problema, contudo, é que é grande demais para mim e no verão só recebe sol no final da tarde.

Já o quarto de Galia foi realmente feito para mim. Tem uma área de dez metros quadrados. O teto é baixo, a peça é quase quadrada, quente e, sobretudo, ensolarada o dia inteiro, o que é essencial para mim, que sou apaixonada pela natureza. Meu futuro canto para viver precisa de sol mais do que tudo. Estou cansada da vida solitária e vou morar com Galia. Realmente, é claro, essa mudança faz sentido.

Mas outra questão se coloca. O que fazer dos meus móveis? Pois sou proprietária de um aparador tão grande e tão bonito! De carvalho, além de tudo. Que pena ter que me separar de um móvel assim! Mas não posso fazer nada, vou precisar vendê-lo. Transportar um objeto tão enorme é extremamente difícil e, de qualquer maneira, o aparador seria grande demais para o meu novo quarto.

Conto vender o aparador por no mínimo seiscentos rublos. Com esse dinheiro, vou poder comprar de Galia uma mesa e um armário, pois ela, justamente, tem a intenção de se desfazer desses móveis. Com a soma que vai sobrar, poderei também provavelmente conseguir uma cama e um pequeno sofá. E mais outros objetos. Isso mesmo, vamos em frente!

127 O valor dos aluguéis era regulamentado desde 1926. A norma relativa à área era de 5,5 a 5,7 m^2 por pessoa. O preço do metro quadrado em Leningrado era de 44 copeques. Operários e funcionários com salário inferior a 125 rublos gozavam de uma redução e pagavam apenas 25 copeques o metro quadrado. Estudantes usufruíam de reduções particulares. Áreas superiores à norma sofriam uma tarifa especial.

30 DE MARÇO

"Não à toa o inverno geme, seu tempo já passou — a primavera bate à janela e o expulsa da casa."[128]

A neve cai pesada, venta forte. Lá fora há uma terrível tempestade de neve. À tarde tenho que voltar ao serviço do trabalho obrigatório, a partir das 14h.[129] Quem sabe a tempestade terá se acalmado. Hoje é o quarto dia dos trabalhos obrigatórios de limpeza da cidade, retirando a neve. Assim será até 8 de abril. Depois disso Yakov Grigorievitch vai encontrar um trabalho para mim.

128 Início de um poema de Tiútchev (1836).

129 Os primeiros grupos de trabalho voluntário em massa aos domingos para a limpeza da cidade, em 8, 15 e 22 de março, não deram o resultado esperado. As autoridades de Leningrado tomaram então a decisão de mobilizar todos os cidadãos capazes de trabalhar ("homens de 15 a 60 anos e mulheres de 15 a 55 anos") para a execução dessa tarefa, de 27 de março a 8 de abril. A obrigatoriedade foi em seguida prolongada até 15 de abril. Estudantes e alunos tinham que trabalhar seis horas por dia. Numa carta para V. Miliutina, de 7 de abril de 1982, Lena Mukhina contou o quanto isso foi difícil: "Eu não tinha força alguma nos braços. Tanto que não conseguia quebrar o gelo com um pedaço de ferro nem recolhê-lo com uma pá e retirá-lo. Por isso fui aproveitada como 'cavalo': outros enchiam de gelo e neve uma banheira metálica obtida não sei onde, e várias pessoas (entre as quais eu) eram atreladas com cordas e puxavam essa banheira até o canal da Fontanka. O caminho a ser percorrido era longo e difícil. Puxávamos com as últimas energias que nos restavam. É preciso que se diga: éramos explorados à exaustão. Na Fontanka, à frente do teatro Górki (onde mamãe Lena teve o seu último emprego!), os mais fortes descarregavam o gelo e a neve no canal. No caminho de volta, tentávamos caminhar o mais lentamente possível para conseguir descansar. Chegávamos ao pátio, a banheira imediatamente voltava a ficar cheia e nós, os 'cavalos', puxávamos de novo nossa carga até a Fontanka. Quantas viagens de ida e volta fazíamos num dia? Não me lembro. Mas me lembro perfeitamente de que, quando esse tormento acabou e pudemos ir para casa, não pude subir meus três andares como um ser humano, com as duas pernas, por não ter força, e subi a escada de quatro... Que crueldade obrigar todos aqueles que miraculosamente continuavam vivos após um inverno de fome terrível como o que atravessamos, pessoas mais mortas do que vivas e que mal se aguentavam nas pernas, a efetuar um trabalho fisicamente puxado, a quebrar gelo, compactá-lo e lançá-lo com uma pá. Apenas os que estavam tão fracos que nem conseguiam sair da cama eram dispensados do trabalho. Quem, de um jeito ou de outro, conseguia se pôr de pé era obrigado a participar, sob pena de não receber seu cartão de alimentação no mês seguinte. Quantas pessoas não perderam a vida por causa desse trabalho! Deixaram ali suas últimas forças, estavam tão fracas que morriam. Mas compreendo: tal crueldade foi necessária para que não houvesse uma epidemia na primavera".

31 DE MARÇO

Tive muita sorte hoje. Fui trabalhar às oito da manhã e às onze fui dispensada. O administrador do prédio[130] havia dado uma tarefa específica: encontrar as três placas de esgoto e limpá-las da neve. "Depois disso podem ir para casa", disse ele. E foi o que fizemos.

Realmente tenho sorte. Assim que fiquei livre, fui à loja do 28, consegui sessenta gramas de óleo de girassol, comprei pão e estou de barriga cheia.

1º DE ABRIL

Acabou o mês de março. Hoje é o primeiro dia do segundo mês da primavera. Começa o mês de abril.

Bom dia, mês de abril, você, que vem antes do mês de maio, o que traz para mim?

Por agora, nada mudou. Não aumentaram a ração de pão. Recebi um cartão de racionamento de pessoa dependente. Ontem à noite, Yakov Grigorievitch veio me dizer que devia me apresentar hoje, às 11h, no 25 da 10ª Linha,[131] onde ele estaria. Saí de casa às 9h30. Resolvi deixar para comprar pão na volta, mas mudei de ideia, achando que talvez tivesse que deixar meu cartão para ser trocado, e por isso comprei meus trezentos gramas na esquina da rua Lechtouk.[132] Tinha comigo um canivete e logo cortei o pão em duas partes: uma em pedacinhos, que resolvi comer no caminho, guardando a outra para o trabalho, para comer com óleo. Mas comi o primeiro pedaço antes de chegar à ponte do Neva, pois o pão estava tão saboroso e macio que derretia imediatamente na boca. No final das contas, chegando perto do 25 da 10ª Linha, só me restava a quarta parte do pão.

130 Um decreto de 1937 transmitia a administração dos imóveis às autoridades locais, que, em cada prédio, designavam um administrador encarregado da gestão e da conservação.

131 As "Linhas" são ruas perpendiculares ao Neva, no bairro da ilha Vassilevski. (N. d. T. F.)

132 Corruptela, usada desde o século XVIII, do nome de Jean Armand de Lestocq, que teve importante papel na Rússia, à época da imperatriz Elisabeth I.

Yakov Grigorievitch tinha me enviado à direção para que eu registrasse meu pedido, mas, quando cheguei, o chefe que consultei me disse que não receberiam pedido algum até o dia 8. De forma que fui até lá para absolutamente nada, exceto pelo fato de agora conhecer o caminho. Tive muita dificuldade e vim me arrastando no percurso de volta. Cheguei à uma da tarde e imediatamente fui à administração do prédio para informá-los de que não teria forças para trabalhar hoje. Em casa, fui logo para a cama. Rosalia Pavlovna veio às três e me deu um salvo-conduto para o refeitório da esquina da avenida Zagorodny com a praça Nakhimson. Isabella Abramovna é quem o havia dado para me entregar, pois tem um salvo-conduto adicional. De imediato fui para lá e foi justamente Isabella Abramovna que me recebeu, a quem calorosamente agradeci. Não havia sêmola, apenas sopa de ervilha e chouriço. Consegui obter duas porções de chouriço e uma sopa. Com esse salvo-conduto, na verdade, nos dão apenas uma sopa e um prato principal.

Bom, agora estou salva. Tenho um salvo-conduto para um refeitório.

O tempo hoje está suave. Desde cedo o céu se mostra totalmente limpo. A neve derreteu toda no lado ensolarado da rua. No final da tarde, o céu ficou uniformemente cinza.

Tenho um belo quarto, gosto dele sobretudo porque grande parte da janela é ocupada pelo céu e isso é muito agradável. É ótimo ter um lugar tão iluminado e amplo. Ah, posso viver nele maravilhosamente bem! Que belo recanto de vida vou poder criar, com o tempo ajudando, no beiral da janela. Peixinhos em aquários, vasos de flores e passarinhos em gaiolas. Queridos passarinhos, quando os verei finalmente? Nunca terei gato nem cachorro, apenas animais miúdos, principalmente passarinhos.

2 DE ABRIL

O tempo está encoberto desde a manhã. Cai neve grossa. Temperatura amena. Às 8h fui para o trabalho. Umas dez pessoas do nosso prédio tinham começado a retirada da neve. Após uma hora de trabalho, porém, metade delas havia desaparecido. E às 10h restavam apenas duas moças da minha idade, uma mulher e eu. Vim embora também, era 12h15. O tempo está agradável e bonito. Só essa neve que é irritante, pois a gente passa o tempo todo se sacudindo para fazê-la cair da roupa.

Hoje estou em plena forma. Com força nos braços. É o resultado de um prato de sopa. É verdade que ontem comi, além disso, duas rações de chouriço. Hoje, assim que estiver liberada, irei à cantina.

Nevou o dia inteiro. Tudo voltou a ficar branco como em pleno inverno.

A neve branca e macia
Gira no ar
E suavemente na terra
Ela cai e se espalha.

Tudo sob a neve
Voltou a ficar branco
No entanto, é na primavera
Que agora estamos.[133]

Hoje, no refeitório, teve sopa de macarrão, purê de ervilhas e croquetes de carne. Com um salvo-conduto, podemos ter só uma porção de tudo. Foi o que fiz. Com a sopa, o purê e metade da carne, preparei três pratos de sopa. Fiz torradas e fui comê-las já enfiada na cama.

Agora estou de barriga cheia. Posso descansar o quanto quiser. É bem melhor trabalhar na primeira equipe, para depois estar livre. Que felicidade poder estar deitada na cama, ler e ouvir rádio.

3 DE ABRIL

Resolvi ir trabalhar hoje a partir das duas da tarde. Restam cinco dias de trabalho a cumprir, sem contar o de hoje. Recuperei forças e posso trabalhar de

133 Citação revista, é provável que intencionalmente, de um poema de Ivan Surikov (1841-1880), "O inverno".

verdade. Quando se trabalha com gosto, sem se limitar a cumprir o horário exigido, o tempo passa sem que a gente perceba.

Então irei ao meio-dia à cantina, almoço e depois vou trabalhar. Voltarei às oito e me deitarei logo. Acho que será bom dessa maneira.

Hoje o tempo está bom, mas o céu cinzento, sem neve. Acabo de plantar dois grãos de ervilha. Está frio no quarto, mas não quero utilizar a última lenha que me resta. Sinto falta de açúcar, espero que não demorem a fornecer.

Como tenho vontade de fazer alguma coisa. Ler, talvez? É muito chato viver sozinha. Ninguém com quem compartilhar as ideias, preocupações, tristezas. O diário, no entanto, me ajuda muito nesse sentido. E tenho outro consolo: o retrato de mamãe na parede. Minha mamãe querida e tão amada exala tanta bondade! Como o destino é cruel!

4 DE ABRIL

Ontem voltei do refeitório às 14h. Parece que só liberam os pratos para viagem a partir das 13h. Trouxe sopa de ervilhas e macarrão. Comi tudo ao chegar em casa e fui para o trabalho. Trabalhamos até as 19h. Pela primeira vez, carreguei e descarreguei um caminhão. É bem difícil, mas, por outro lado, dei uma volta de caminhão.

Está um dia claro desde cedo, sem uma nuvem. Um friozinho. Afinal, é normal: ainda gela no mês de abril. Hoje distribuem cereais na loja. Amanhã, açúcar. Pela manhã fui à padaria e combinei com um menino de capturar um pequeno camundongo para mim. Em troca darei cem gramas de pão. Pelo menos será um ser vivo. Não me sentirei mais tão só. Dividirei com ele tudo que eu comer. Na verdade, camundongos são onívoros. Será que precisam de muita comida?

Tenho ainda cinco dias de trabalho. Pouco importa, passarei por isso de qualquer maneira. Tomara que chegue logo o momento em que será possível ter passarinhos.

Rua Marat, 29, apartamento 8. Elizavieta Gueorguievna Peskova. Veterinária.

10 DE ABRIL

Há tempos que não escrevo! Desde 4 de abril. Nesse meio-tempo, muita coisa aconteceu. Tantas que nem estou em estado de buscá-las na memória. Direi apenas, resumindo, que nesses últimos dias quase fui em definitivo para a casa de Jenia, mas me atrasei por apenas um dia e perdi a chance. Agora foi interrompida a evacuação,[134] que só será reiniciada quando o lago Ladoga estiver liberado do gelo. Nos últimos dias, até o 6, era possível partir livremente, bastava se inscrever para o próprio dia. Só soube no dia 6 e me apresentei pela primeira vez no centro de evacuação[135] para me inscrever. Não havia muita fila. Resolvi me inscrever para o dia 7 e partir. Mas ao descobrir que só aceitavam inscrições para o dia 7 no próprio dia, e que eu teria então que voltar, saí da fila, pois não podia partir no 6, sem ter ainda nada preparado. Preferi, no entanto, não adiar muito a partida e ir no dia seguinte. Resolvi que venderia tudo o que pudesse, faria minha mala à noite e me inscreveria no dia seguinte para o trem das cinco da manhã.

Para começar levei a máquina de costura ao depósito de vendas. Não tinha tempo para esperar que fosse vendida e me propuseram 96 rublos de imediato. Achei muito pouco. Pelos meus cálculos, tinha que vendê-la por no mínimo 125 ou cem rublos, não menos. Decidi ir ao mercado. Na rua, uma mulher de aparência intelectual me chamou. Disse a ela que venderia a máquina por duzentos rublos. Ela quis examiná-la e fomos até a minha casa. Tendo examinado, me propôs 150 rublos. Aceitei, pois não queria perder a primeira oportunidade que surgia, tendo que carregar para não sei onde tal peso. Ao saber que eu me preparava para partir e queria vender tudo, ela começou a escolher coisas. Primeiro livros, depois louça e roupas. Pagou tudo e disse que voltaria em poucos minutos para buscar a máquina. Veio com uma vizinha. Só no fim da tarde as duas foram embora. Compraram todo tipo de coisa por 570 rublos. Depois passei por Yakov Grigorievitch e combinamos que ele me

134 Na verdade, a evacuação sobre o gelo, atravessando o lago Ladoga, só terminou em 15 de abril.

135 Dois centros de evacuação funcionavam em Leningrado: na estação Finlândia e num antigo cinema, o Zviozdotchka. Uma loja funcionava na estação Finlândia, onde as pessoas que partiam podiam comprar roupas quentes.

daria quinhentos rublos, e tudo que restasse no meu quarto depois da minha partida seria dele.

Não dormi à noite e, pela manhã, minhas coisas estavam empacotadas. Na véspera tinha tomado a decisão de ir ao refeitório logo que abrisse e utilizar todos os tíquetes de que dispunha para cereais, pegando tudo o que fosse possível.

E foi por isso que acabei não partindo. Quando cheguei no centro de evacuação, ao meio-dia, havia uma fila imensa. As inscrições estavam no auge, mas só para o dia 9. Decidi me inscrever para o 9. Às duas da tarde, porém, pararam de aceitar inscrições, dizendo que estava encerrado por aquele dia. "Voltem amanhã às nove." E foi o meu segundo erro: acreditei e não voltei mais ao centro no mesmo dia. Acontece que às cinco eles retomaram as inscrições para o dia 8, e pessoas que estavam comigo na fila voltaram a essa hora e se inscreveram. Encontrei-as no 8 e já tinham preenchido o documento. Como é irritante! Meu terceiro erro está no fato de que nesse dia cheguei lá às 8h e a fila já era longa. Quando nos distribuíram as senhas, peguei o número 236. E só dez pessoas foram inscritas nesse dia. Continuei na fila até as 14h, fui embora, voltei às seis da tarde e fiquei no empurra-empurra até as 20h, sem que ninguém mais fosse inscrito.

Por causa dessa amarga experiência, não dormi nada na noite de 8 para 9, apesar de exausta dos últimos dias. Assim que amanheceu fui para lá. Peguei meu lugar na fila às cinco da manhã, com o número 78. Se nesse dia tivessem aceitado inscrições, eu teria sido incluída e, é claro, teria partido, mas, outra vez, ninguém foi inscrito. Fizemos fila um dia inteiro, para no final nos dizerem que não aceitariam inscrições naquele dia, sem saber informar quando voltariam a aceitar. Os mais desesperados, pessoas que, como eu, já haviam vendido o que tinham, absolutamente tudo, e tinham empacotado suas coisas, se licenciado — alguns tinham inclusive devolvido seus cartões de racionamento —, resolveram permanecer ali até o fim do dia, não importasse o que acontecesse, para a eventualidade de restarem vagas num comboio. Mas fomos severamente comunicados de que a evacuação tinha sido provisoriamente interrompida por causa da chegada dos dias quentes da primavera e da grande sobrecarga dos últimos comboios. Nada mais pudemos fazer senão ir embora.

Vi-me aos tropeções na rua e tive dificuldade para me arrastar até em casa. Era um belo dia de primavera, fazendo 13°C ao sol. Rios de água gorgolejavam no meio-fio. Pardais piavam e no céu azul e claro gritavam pássaros de asas vermelhas. Mas nada disso me alegrava e, pelo contrário, me deixava ainda mais furiosa. Houvesse gelado um pouco mais e talvez eu tivesse conseguido partir. Que decepção: vendera tudo, meu quarto estava de cabeça para baixo, e, principalmente, havia recebido de Górki o telegrama há tanto tempo esperado: "Aguardamos você. Jenia. Niúra". Achei ter me despedido em definitivo de Leningrado e, pronto, nada feito! Cá estou agora com meus trezentos gramas de pão e sem mais direito a cereais.

Bom, o que posso fazer? É o meu destino. Vamos esperar o mês de maio.

Ontem à noite fui à casa de Yakov Grigorievitch, contei tudo a ele e pedi que encontrasse um lugar para mim na sua cooperativa. Ele já falou de mim e o seu chefe mandou dizer que poderia me receber no dia 10. Mas nesses últimos dias me esgotei tanto, estou tão exausta que mal me aguento nas pernas. Hoje, dia 10, não tenho condições de ir até lá. Irei amanhã. Hoje preciso dormir bem para me recuperar. Sobretudo por serem ainda duas da tarde e já ter comido todo o meu pão, sem ter nada para comer até amanhã. E amanhã poderei novamente contar com meus trezentos gramas de pão e só.

Será difícil a vida para mim. Meu quarto se tornou completamente estranho, e as coisas que ficaram são também estranhas, não tenho vontade nem de encostar nelas. Eram coisas das quais já tinha me despedido e seriam deixadas aqui.

Lá fora não resta o menor sinal do inverno. O tempo está cinza desde cedo; durante o dia todo a primeira chuva da primavera bateu de leve nos vidros da janela e me fez sentir uma mortal melancolia. Desapareceram os trenós e voltaram as carroças. Essa chuvinha que cai me deixa tão triste! Meu olhar percorre o quarto vazio e tenho vontade de desaparecer na terra.

Sou infeliz, infeliz! Ninguém dá a mínima para mim. Estou sozinha no mundo.

"Vergonha! Melancolia! Ah, triste sina a minha!"

"E a felicidade estava tão perto, tão perto, tão perto!!![136]

136 Citações tiradas de *Eugene Onegin*, de Púchkin, na versão da ópera de Tchaikóvski. A segunda é aproximada.

11 DE ABRIL

Tempo feio. Um dia triste e cinza. Yakov Grigorievitch me avisou que, com relação ao trabalho, preciso esperar dois ou três dias. A desolação e o desespero me corroem. Por volta das 15h fui ao refeitório e consegui uma porção de purê de ervilhas. Em seguida passei pelo centro de evacuação para me informar, nunca se sabe... Confirmei que não abriram novas inscrições hoje, mas havia pessoas esperando, há quem ainda tenha esperança. Pelo que disseram, deduzi ser provisória a interrupção. Os comboios estão sobrecarregados. Voltando para casa, encontrei duas colegas da turma do ano passado no colégio. Contei minhas desgraças e elas me garantiram que a evacuação continuará e poderei partir. Despediram-se me desejando boa viagem.

Minha esperança se reforçou. Minúscula, mas é sempre uma esperança. Dentro de três ou quatro dias talvez retomem as inscrições e então... adeus, Leningrado! Iria embora agora mesmo. De modo que preciso estar pronta. Ainda preciso arrumar e empacotar melhor minhas coisas. Preciso reexaminar tudo e deixar aquilo de que preciso menos. O ideal seria tentar colocar tudo numa só mala, uma mala e uma mochila, pois contam histórias terríveis de roubos que acontecem na estação, ainda mais que estarei sozinha, sem ninguém com quem deixar minhas coisas.

Estou disposta inclusive a partir sem nada, contanto que possa sair desta maldita e desastrosa cidade de Leningrado. Aqui o que me espera é a morte. Partir é minha salvação. Esperemos, então!!!

12 DE ABRIL

Desde ontem o tempo melhorou. Hoje o dia está excepcionalmente quente e ensolarado. Os telhados estão completamente secos.

Peguei no refeitório uma sopa de ervilhas e salaminho. Comprei pão e o esfarelei junto com o salaminho na sopa. Depois acrescentei água e cozinhei uma nova sopa. Estou de barriga cheia. Mas acabei comendo todo o meu pão. E são só três da tarde. Estou sentada à frente da janela e olho o céu azul, os telhados das casas vizinhas inundados de sol, e tento em vão enxergar nem que seja um pardal. Não há nenhum.

Meu relógio voltou a funcionar. Amanhã ou depois de amanhã irei trabalhar com Yakov Grigorievitch. Terei uma carteira de trabalho e poderei comprar quinhentos gramas de pão. Dentro de uma semana, uma semana e meia, provavelmente, a evacuação será retomada e logo irei embora. Ontem, soube por um militar de alta patente que a evacuação foi provisoriamente interrompida porque o gelo ficou frágil e faziam hoje a última entrega de mercadorias com caminhões passando por cima dele. Depois as cargas vão chegar a Leningrado por barcas e, para isso, navios quebra-gelos terão que abrir uma passagem. Ou seja, chegarão carregadas a Leningrado: por que partiriam vazias? Transferência de população em barcaças vai substituir a via sobre o gelo, e as inscrições voltarão a acontecer. E poderei partir.

A angústia me corrói, a angústia me devora. Dói meu coração e me sinto sobrecarregada e esmagada. Estou sentada à frente da janela do meu quarto glacial, choro e berro, eu berro de angústia.

Mã... mãe, mã... mãe!!

Pedi a Rosalia Pavlovna um salvo-conduto para o refeitório do 42. Obtive duas sopas de macarrão. Sopas grossas e saborosas. Logo senti melhorar meu humor. Amanhã temos nova distribuição de cereais, e também fornecerão açúcar aos operários. Então, assim que estiver inscrita no trabalho, terei açúcar. De barriga cheia, nada é tão grave. Hoje, por exemplo, estou de barriga cheia. E, de fato, preciso de tanta coisa assim? Ao todo e contando tudo, sessenta gramas de cereais, ou seja, três sopas, e trezentos gramas de pão. Amanhã, se ainda for cedo para me encaixar no trabalho, nem por isso vou morrer. Posso conseguir no refeitório dois outros tíquetes para cereais e um para carne. Ou então comprar ervilhas numa loja, depois trezentos gramas de pão e, quem sabe, a vizinha me dê 150 gramas de pão em troca de algumas roupas. De forma que assim vou vivendo!

Ah, sim, ia esquecendo completamente que o jornal diz que a partir do 15 de abril os bondes vão estar funcionando.[137] Tudo será mais fácil! Irei ao trabalho de bonde.

137 Os primeiros bondes para transporte de mercadorias voltaram a funcionar em 8 de abril para a retirada da neve. Cinco linhas transportando passageiros foram restabelecidas no dia 15.

Como tudo é estranho na vida. Depois de uma fraqueza tão inacreditável, uma crise de angústia que realmente me atormentou, descubro um fluxo de forças novas, uma vivacidade e alegria de viver extraordinárias. Há poucos minutos estava aqui a berrar de desespero. Agora tenho vontade de cantar e rir. Sinto-me tão bem que é um verdadeiro milagre.

ALGUMAS ADIVINHAÇÕES

Um campo branco, grãos negros, aquele que semeia compreende. (A escrita.)

Ela queima, derrete, sela todos os segredos. (O lacre de cera.)

Quatro patas, dois bigodes, é turbulento e boêmio. (O gato.)

No subsolo corre uma mocinha com garras que procura um jovem com uma cauda. (Uma gata e um camundongo.)

Era uma vez sete irmãos com a mesma idade, mas nomes diferentes. (Os dias da semana.)

Nada no mundo é mais rápido. (O pensamento.)

Quando o campo inteiro está unido por laços. (Quando o campo está lavrado.)

Às vezes semeio, às vezes colho, me sacio e alimento os outros. (O lavrador.)

Qual é a criatura que alimenta os homens e ilumina as igrejas? (A abelha.)

Um bandido chega a uma aldeia que ele não conhece, com uma faca e fogo. Não degola os habitantes, nem suas casas incendeia, mas pega todos os seus bens. (O apicultor recolhendo o mel das colmeias.)

Escura, miúda e doce, as crianças adoram. (A cereja.)

Na primavera, todo belo, ele traja um vestido florido; chegado o inverno, envolve-se de simples mortalha. (O campo.)

Que planta é essa que até os cegos reconhecem? (A urtiga.)

Não tem braços, mas conhece a arte da construção. (O pássaro.)

Ela não perde a cor no outono, não morre no inverno. (A conífera.)

Não é um pássaro, mas tem asas. (A borboleta.)

Elas avançam sem ter pernas. (As estações do ano.)

Pequena, corcunda, ela revirou todo o campo. (A foice.)

Vai ao campo sobre os pés e volta do campo de costas. (A grade de esterroar.)

Ele nem doente está, mas se veste com uma mortalha. (O inverno.)

Esse avô construiu uma ponte, sem machado nem tesouras para lenha. (O inverno.)

No inverno ela aquece, na primavera embolora, no verão morre, no outono se anima. (Uma árvore.)

A ÁRVORE[138]

Na escola ressoavam barulhentas
As correrias e as risadas das crianças...
Não foi então para estudar
Que elas se reuniram hoje.
Não, a árvore de Natal
Está sendo iluminada hoje,
E seu colorido elegante
Alegra a criançada.
Os brinquedos chamam a atenção.
Aqui um cavalo, ali um lobo,
Ou também um trenzinho,
Uma trompa de caça.
E lanternas e estrelas
Que brilham como diamantes!
E nozes douradas.
E a uva transparente!
Abençoados sejam,
Aqueles cujas mãos bondosas
Enfeitaram essa árvore
Para as pobres criancinhas presentes!

138 Poema de Alexei Plechtcheev (1825-1893).

PROVÉRBIOS

Para a festa de Cristo, não é pecado dar sapatos a quem anda descalço. Deve-se viver e não ser mesquinho: divida com o necessitado.

A ÁRVORE DE NATAL

(Lenda antiga)

Era noite de Natal, a noite em que nasceu o menino Jesus. Um anjo silenciosamente voava acima das árvores, das flores e das plantas, anunciando o nascimento da santa criança. A natureza inteira se alegrava. "Vamos saudar o Menino. Levaremos frutos deliciosos, ofereceremos as mais perfumadas flores", diziam as plantas. E partiram. Uma estrela brilhante as guiou. Um modesto e pequeno pinheiro também as seguiu. Ao chegar, ele se pôs com tristeza de lado e chorou: não tinha com que alegrar o santo Menino. O anjo viu tudo e, lamentando o pobre pinheirinho, lançou-lhe uma estrela cintilante do céu. Ela caiu no seu topo e espalhou mil fulgores. O santo Menino viu aquilo e sorriu. Desde essa época, todo ano decora-se com luzes o pinheiro e fixa-se uma estrela no seu topo.

13 DE ABRIL

Copiei todos esses textos de um livro publicado em 1917, intitulado *O semeador (primeiro livro de leitura após o abecedário)*.[139] Eu o encontrei sem querer, na casa de uma vizinha. É um livro bem curioso. Minha mamãe estudou com ele à sua época.

Gosto muito dessa ideia de que naquele tempo, desde a mais tenra idade, ensinava-se às crianças a amar os pais, a natureza e a fazer o bem. Tenho vontade de guardar na memória certas páginas desse livro. Poderia, na verdade, pedir para ficar com o livro inteiro, mas só posso levar comigo uma quantidade tão mínima de coisas. De livro apenas um herbário — e sem a capa, além de tudo, pois era pesada demais. E também um álbum de pássaros

139 Cartilha escolar de Klavdia Lukachevitch (1859-1931), publicada entre 1907 e 1917.

e *Os pássaros na natureza*. Não posso levar mais nenhum livro. Por isso quero copiar no meu diário os trechos que me agradam mais. Por enquanto, tenho tempo. De um jeito ou de outro, preciso passar o dia de hoje, e amanhã provavelmente já será possível começar o trabalho. Está um dia ensolarado, com céu limpo. Pena que sopre um vento frio.

Podem se dar conta disso?! Estamos em 13 de abril. É o mês de abril, estamos na primavera. A natureza inteira desperta. Mas não a vejo. Bom, mais um tempinho e parto para Górki, onde faz mais calor. Lá também o céu é azul e, como aqui, o sol brilha. Podem imaginar? Vou, de verdade, ver o Volga! O Volga, o Volga! Serão novas impressões, novas pessoas, novos encontros, uma nova vida. Ah, espero partir logo desta maldita cidade de Leningrado! Sem dúvida é uma bela cidade, uma cidade magnífica e sou extremamente ligada a ela. Mas não posso mais vê-la e menos ainda amá-la. Cidade onde tive que passar por tanta provação, onde perdi tudo que tinha. Cidade onde fiquei órfã. Cidade onde descobri todo o horror da solidão. Realmente, desta cidade, do seu nome, me lembrarei a vida toda com um aperto no coração. Em breve, muito em breve, partirei daqui e para sempre, assim espero.

Acabo de ouvir pelo rádio que Gricha está entre as pessoas condecoradas. Podem se dar conta? Gricha vai receber 100 mil rublos de prêmio. Trata-se de Gricha Bolchakov, um amigo de juventude da mamãe.[140]

Passei o dia com trezentos gramas de pão e 140 gramas de ervilhas. Amanhã terei apenas trezentos gramas de pão. Será que realmente vou conseguir começar a trabalhar amanhã?

Hoje fiz minha mala. Dobrei umas cem vezes minhas coisas e acabei obtendo o resultado que queria. Duas bagagens: uma mala e uma trouxa. Além do mais, vou poder pôr a trouxa dentro da mala e terei apenas um só volume. Pus na mala todo o necessário para comer e ainda sobrou espaço. Mas não vou preenchê-lo, pois nunca se sabe o que posso precisar colocar: pão, sala-

140 Grigori Bolchakov (1904-1974), cantor de ópera.

minho ou outras provisões. Conseguem imaginar? Tudo está correndo bem, é difícil de acreditar. Estou sozinha, parto para outra cidade e tenho dezessete anos. É, ao mesmo tempo, assustador e ótimo. Ótimo por sentir agora o que nunca senti antes. Uma sensação de total liberdade, liberdade de pensamento e de ação. Não estou ligada a nada nem a ninguém. Farei o que bem entender. Estou vivendo um momento crucial da minha existência. Cabe a mim escolher como agir, qual caminho tomar na vida e escolher de uma vez por todas. Posso ficar aqui, ir trabalhar, viver sozinha no meu próprio quarto. Mas não suporto essa solidão, isso de estar cercada de pessoas estranhas, pessoas que me olham com indiferença. Não e não! Se fosse um pouco mais velha, talvez escolhesse esse caminho, justamente. Mas não me sinto ainda inteiramente adulta, e também não mais criança, é claro. Não, sinto que é cedo demais para viver de forma totalmente independente: ainda preciso de ajuda de fora. Além disso, tenho vontade de me encolher nos braços de alguém. Quero que a solicitude e o amor de quem amei, e que o destino tão impiedosamente arrancou de mim, sejam ao menos um pouco compensados.

Sei que na família de Jenia e Niúra não serei uma estranha. Não quero de forma alguma incomodá-las, não farei a menor exigência. Compreendo isso perfeitamente bem. Entrarei na família apenas provisoriamente, ganharei dinheiro e colocarei na reserva comum.

Com o tempo, tentarei encontrar um quarto para mim e viver de forma independente, sem incomodar ninguém. Que época feliz será! Preciso, custe o que custar, viver até lá!

15 DE ABRIL

Hoje os bondes voltaram a circular. Que alegria!

17 DE ABRIL

Estamos já em 17 de abril. Hoje vendi meu relógio por 125 rublos e 250 gramas de pão. Eis como passei o tempo: ao meio-dia fui ao refeitório e tomei uma sopa de batatas e aletria. Depois fui ao bufê e tomei dois copos de chá sem mais nada. Às três da tarde comprei meu pão, me sentei ao sol na avenida Nevski, de frente para a pracinha redonda, e comi. Às 17h fui embora e me reinscrevi na administração do prédio para um novo cartão de racionamento.[141] Voltei à avenida Nevski, onde vendi meu relógio. Vim para casa às 19h. Nos últimos dias tem feito um tempo esplêndido. O sol brilha e faz calor. Meu quarto agora fica ensolarado no final da tarde, por mais ou menos duas horas. Talvez aumentem a ração de pão no dia 20 e haverá distribuição de cereais, açúcar e gorduras. Hoje consegui uma caixa de fósforos. Meus pertences estão empacotados e, assim que retomarem a evacuação, vou embora no mesmo dia. Hoje encontrei Iya Ossipova na cantina. Disse ter ouvido no conselho distrital que as evacuações recomeçarão depois do dia 20.

Anteontem troquei com um militar um pequeno tapete bordado de estrelas por duzentos gramas de pão. Tive que passar na casa dele e, no caminho, soube que acabava de chegar de Vologda havia dois dias. Disse que as pessoas evacuadas eram muito bem alimentadas e que, em geral, tudo era gratuito para elas.

Ontem apareceu um broto de ervilha no vaso. Agora há moscas na rua. Já vi muitas formigas. Vendem-se ramos de salgueiro. Os botões das árvores nos jardins estão inflados. As aves gorjeiam em alvoroço. Não temos por agora alertas aéreos nem tiros de artilharia.

18 DE ABRIL

Faz um tempo lindo. As gralhas começaram a construir ninho. Eis como passei o dia: às 11h fui à loja e comprei cinquenta gramas de salaminho. Depois comprei trezentos gramas de pão, fui à cantina, tomei duas sopas de ervilhas. De lá fui ao bufê e tomei dois copos de chá com pão e salaminho. Senti-me bem satisfeita. À partir das 15h, não comi mais nada. Mas estou de barriga cheia. Amanhã haverá distribuição de cereais. Poderei obter cem

141 Para evitar fraudes e cartões falsos de racionamento, eles eram renovados mensalmente.

gramas. Além disso, soube que, havendo algum doce no bufê, posso ter cinquenta gramas com o quinto tíquete. Às 20h, fui à casa de Sofia e pedi que me conseguisse kefir. E tive sorte, pois ela me deu uma garrafa de meio litro por 75 rublos. Não chega a ser kefir e sim um "iogurte gordo de leite vegetal", como vem escrito no rótulo. Mas esse iogurte de leite de soja é muito nutritivo.

19 DE ABRIL

Faltam uns dez dias para o 1º de maio. Vou morar em Leningrado ainda por, digamos, uns quinze dias no máximo. Esses quinze dias vão passar como se fossem um minuto. Ainda esta quinzena a passar, talvez menos, dez, onze ou doze dias, e adeus, Leningrado, para sempre.

Eis meu dia de hoje. Às 10h, comprei meus trezentos gramas de pão, voltei para casa e dividi o pão em diversas partes: o miolo esfarelei e misturei ao kefir. Obtive uma pasta muito nutritiva e bem saborosa. Passado o meio-dia, fui ao bufê e tomei dois copos de chá com pão e geleia de mirtilo, que consegui com o quinto tíquete. Do bufê fui ao refeitório e tomei um prato de sopa. Uma boa sopa, com não sei qual gordura, aletria, ervilhas, feijões de soja e diferentes grãos. Do refeitório fui à minha loja, onde comprei sessenta gramas de ervilhas secas. Em seguida, completamente saciada, sentei-me ao sol, em frente à loja de zoologia. Vendi ali uma bacia de tamanho médio por 21 rublos. Às 17h, voltei para casa, comi um pedacinho de pão com geleia e um pouco de ervilha. Depois fui ao bazar. Pedi que avaliassem um leque: ofereceram-me setenta rublos. Só as luvas de verão de lãzinha fina foram estimadas em cem rublos. No caminho de volta, vendi-as por sessenta rublos, e perto da padaria vendi uma bacia pequena por seis rublos. À noite, por volta das 20h, irei à casa de Sofia, levarei uma garrafa e quem sabe ela me dê outra também hoje. Quero que dure mais tempo essa segunda garrafa, uns três dias. E depois conseguirei acumular ainda algum dinheiro para uma terceira. E então distribuirão às pessoas dependentes óleo e açúcar. E dessa maneira aguentarei até o mês de maio. E daí... adeus, Leningrado!

O tempo está maravilhoso, bonito e quente.

Minha programação para amanhã: sair às 11h, ir ao bufê, comprar pão, tomar dois bons copos de chá com pão e geleia, e de lá ir ao refeitório tomar um prato de sopa, com mais pão. O pão que sobrar levarei para casa e vou logo dividi-lo. À noite comerei esse pão com kefir e depois me deito.

20 DE ABRIL

Um dia realmente magnífico. Não de um mês de abril, mas de verdadeiro verão. No sol faz calor e à sombra, 15°C. Com suave brisa. Depois das 11h fui ao bufê, comprei pão lá mesmo e tomei duas xícaras de chá forte e escaldante, com pão e um restinho de geleia. Depois segui para a cantina, onde uma certa senhorita Katia, bem moça, que controla os tíquetes, pessoa realmente adorável, me deu o que pedi e que não correspondia exatamente aos meus tíquetes, que são para uma data bem afastada. Deu-me, mesmo assim, o que eu queria por ser cheia de bondade, e por esse motivo todos ali gostam muito dela. Na cantina, tomei um prato de sopa e peguei outro de carne. Era fígado e gostei muito. Tão saboroso, um bom pedaço por um rublo, para o qual se contam cinquenta gramas de carne e cinco gramas de gordura. E sem roubo, pois ainda acrescentam uma colher de sopa de um verdadeiro caldo de carne. Saindo da cantina, fui para casa, deixei um pedacinho de fígado e de pão que tinham sobrado e saí para passear: fui até o cinema O Colosso, comprei um ingresso e finalmente vi o filme *A valsa do champanhe*.[142] É magnífico. Tive, de repente, tanta vontade de ser como os heróis do filme, viver no luxo, me cercar dos mesmos esplendores e do mesmo conforto. Divertir-me como eles com música, bailes, festas e as mais diversas atrações. Isso sim é vida! Luxo, belas mulheres, com trajes decotados que estão na última moda, homens impecavelmente vestidos, de cabelos alisados, restaurantes, diversões, jazz, danças, esplendor, vinho, vinho e amor, amor, beijos infindáveis e vinho! Avenidas ruidosas e cheias de tumulto, lojas luxuosas e iluminadas, automóveis resplande-

142 Comédia musical de Edward Sutherland (1937). O cinema O Colosso ficava em um antigo edifício da Assembleia da Nobreza.

centes, publicidades, publicidades sem fim. Publicidades por todo lugar, em todas as esquinas, publicidades brilhantes, que giram, chamativas. Confusão, barulho, gritaria, uma vida simplesmente agitada, e tudo num ritmo só.

Essa guerra nos excluiu por muito tempo das diversões de todo tipo. Na verdade, entretanto, pouco antes da guerra começávamos a imitar muito os americanos. Em muitas áreas. Nós, soviéticos, gostamos imensamente de tudo que vem do exterior. Para dizer a verdade, nada temos que seja propriamente soviético e tudo tomamos dos estrangeiros. Gostamos de burburinho e de brilho fácil, nos vestimos de acordo com a última moda, principalmente americana. Nossos espetáculos e diferentes atrações são igualmente americanos, na maioria. E o jazz! Os jovens daqui adoram jazz. Todos esses foxtrotes, tangos e canções de amor de todo tipo. A publicidade, principalmente nos últimos tempos, começava a ocupar um espaço importante, inclusive aqui. A publicidade no rádio, sob forma de pequenas estrofes acompanhadas de música. E nas ruas, aqui, tudo era exatamente como lá fora. A limpeza, a ordem, policiais em todas as esquinas, uma fila ininterrupta de carros brancos e resplandecentes. Trólebus, lojas iluminadas, deslumbrantes, com variadas mercadorias em abundância. Essa guerra nos mergulhou por muito tempo no retrocesso. Mas estou convencida de que, assim que ela terminar, tudo, pouco a pouco, voltará ao que era antes e voltaremos a aperfeiçoar nossa vida seguindo o modelo estrangeiro, sobretudo o da América.

Saindo do cinema, eu quis ir ao bufê, mas já estava fechado, e andei então até a rua Ligovskaia procurando outro, mas que também estava fechado. Na falta do que fazer, perguntei se ela (a mulher que trabalha no bufê) não me venderia pão por 22 rublos. E infelizmente ela aceitou e pegou meu dinheiro. Comprei um delicioso pedaço de pão, denso, macio, fresco e perfumado. Na mesma noite comi todos os trezentos gramas. Mas amanhã não terei pão. Bom, me arranjarei de um jeito ou de outro. Os canhões antiaéreos não param de trovoar esta noite e, de vez em quando, há uma tal metralha que é um horror, simplesmente.

Vai acontecer alguma coisa amanhã!

21 DE ABRIL

Está um dia lindo, desde cedo. Temperatura suave, 16ºC à sombra. Algumas nuvens apareceram em seguida. No final da tarde, o céu escureceu, o sol se ocultou e caiu uma chuva fina. Uma ligeira umidade e garoa.

Hoje, na cantina, tomei duas sopas, uma de ervilha, outra de aveia, e três copos de chá no bufê. O único problema é não saber se vou conseguir o kefir: às 19h irei à casa de Sofia. Ai, ai, ai, aquela tal chuvinha ficou bem agressiva. Densa, cai oblíqua e chicoteia a janela. Mas o que é isso? Uma trovoada.

Uma trovoada, uma trovoada! Hurra! A primeira trovoada. A primeira tempestade! Que barulho agradável. Um barulho celestial. Nada a ver com a canhoneada da defesa antiaérea nem com os tiros de artilharia.

Fiquei extremamente feliz. Pois é, sobrevivi até a primeira tempestade. Uma tempestade, uma verdadeira tempestade! Nem consigo acreditar.

De que tenho tanta vontade? Nem eu mesma sei exatamente. Vontade apenas de que aconteça alguma coisa que seja boa para mim, algo especial. Que o mês de maio chegue logo, logo! Tenho tanta vontade de partir, partir daqui o mais rápido possível, vontade de comer à saciedade pelo menos uma vez, a ponto de ficar com a barriga cheia. Estou tão cansada de levar essa existência meio faminta. Pois dia a dia me subalimento, em permanência. Mesmo que tente afastar da cabeça qualquer pensamento sobre comida. Mesmo assim, toda noite, tenho uma enorme vontade de comer. Agora, por exemplo, tenho cãibras no estômago, exatamente, cãibras. Poderia comer de tudo, qualquer coisa.

Fui à casa de Sofia. Ela não tinha o kefir. Comprei, por 1,20 rublo, trezentos gramas de pão e resolvi ir à pracinha Ekaterininski para comer. Sentei-me e devorei quase tudo. Restou apenas um pedaço para fazer as honras amanhã no bufê. Mas amanhã, de qualquer forma, por nada no mundo vou comprar pão com antecedência. Preciso acabar com isso de uma vez por todas. Vou me deitar! E é mais um dia que se vai.

22 DE ABRIL

No fundo da alma, hoje, tenho uma péssima sensação, muito ruim! Nem sei por quê, mas a angústia me corrói e me devora. Deus do céu, a meu redor só tenho pessoas desconhecidas, estranhos, apenas estranhos, ninguém que me seja próximo. Todos passam com indiferença, ninguém quer saber que eu existo. Ninguém se preocupa comigo. Por exemplo, a primavera começou, ontem estourou a primeira tempestade, tudo segue seu curso, e ninguém, além de mim, nota que mamãe não está mais aqui. O inverno pavoroso a levou. O inverno acabou, não volta tão cedo, mas mamãe não voltará nunca mais. Minha querida, meiga, bem-amada Jenia, pode entender o quanto isso é difícil para mim?

Escrevo estas linhas de pé, diante da janela aberta. Uma brisa morna me acaricia, o sol me aquece. A meu lado tenho uma vasilha com água. Os novos brotos de alga são de um verde vivo, dezenas de pequenas dáfnias, de ciclopes e outros minúsculos seres vivos que acabam de nascer se agitam. Num vaso ao lado ergue-se orgulhosamente, expondo-se aos raios de sol, um jovem rebento de ervilha. E quando olho a meu redor... Sim, apesar de tudo, é bom viver neste mundo. Sem dúvida é bom, mas é preciso estar de barriga cheia. Não passo fome, mas não me sinto também satisfeita, e esse é o pior dos estados. Vou ficando diária e permanentemente subnutrida, e isso é uma tortura. Meu Deus, se pudesse contar com pelo menos um dos conhecidos de mamãe. Talvez lhe pedisse algum dinheiro. Afinal, com dinheiro pode-se comprar um pouco de pão. Deus do céu!

Quando verei os membros da minha família? Quando poderei, enfim, me sentar à mesa para almoçar, com a sensação de estar entre os meus, de não ser uma estranha? Participar de uma refeição na companhia de outras pessoas e não só ficar olhando os outros comerem?! Meu Deus, conceda-me essa graça! Permita-me encontrar Jenia, ver Lida, Dania, Niúra.[143]

Senhor, faça isso por mim! Eu te suplico!!

143 Lida e Dania são filhos de Vladimir e Niúra Mukhina (para a casa de quem Lena quer ir, em Górki).

Estamos em 22 de abril. Até o mês de maio, restam os dias 23, 24, 25, 26, 27, 28, 29 e 30: ao todo, oito. Que dias terríveis! Os piores da minha vida.

Ontem, esqueci de dizer, quando fazia a fila do pão na Ligovka, vi uma borboleta-tartaruga de verdade.

Meu querido e precioso amigo, meu diário, tenho somente você, meu único conselheiro. É a quem confio todas as minhas tristezas, preocupações e dores. E só peço uma coisa: conserve minha triste história nas suas páginas e mais tarde, quando for necessário, conte minha história aos membros da minha família para que eles saibam de tudo isso, se assim quiserem, é claro.

Hoje à tarde fui ao refeitório e peguei duas sopas. Preparadas com macarrão, mas não muito espessas. Emprestei a uma mulher a minha colher, para que tomasse sua sopa, pois havia esquecido a dela. Para agradecer, ela pôs no meu prato um belo pedaço de margarina de óleo de coco. Pesquei-a de volta na sopa, mas ela já estava se derretendo. Depois ganhei um tíquete para cereais, por ter deixado que alguém utilizasse o meu salvo-conduto. Há um bom tempo não destacam meus tíquetes, pois Katia nunca os pede. Dizem que esse refeitório vai fechar em definitivo no 25, pois todos estão muito insatisfeitos com ela. Fazem críticas severas. Eu, no entanto, me sinto perfeitamente satisfeita. E acho o pessoal daqui muito bom. Depois fui ao bufê da Ligovka, onde comprei meu pão. Somente lá o entregam com dois dias de antecedência. Por isso há uma fila grande, nem tanto pelo chá, mas pelo pão. É um pão muito bom e vantajoso. No caminho de volta, passei pela avenida Nevski e entrei num Gastrônomo.[144] Havia pouquíssima gente. Sentei-me confortavelmente num cantinho, onde comi o macarrão dos meus dois pratos de sopa, com óleo e pão, como se deve. Finalmente fui até o bufê que há na rua Raziezjaia. Entrei na fila de espera, que era longa. Eram 15h30 e o bufê abria às 16h. As pessoas faziam fila nem tanto pelo chá, com certeza, mas pela distribuição de açúcar em pó: cinquenta gramas para pessoas dependentes, mas somente com o quinto tíquete, que eu já utilizei. De

144 Loja de alimentos. (N. d. T. F.)

qualquer forma, precisei esperar por muito tempo, e afinal consegui dois copos de chá, e como me restava um pedacinho de pão, cortei-o ao meio e espalhei meu resto de margarina, comendo-o inteiro ali mesmo.

Saindo do bufê, meu estômago estava cheio de líquidos e eu tinha a impressão de ser a criatura mais insignificante e infeliz do mundo. Foi ruminando esse forte sentimento de tristeza que segui até o lugar onde funcionava antes o centro de evacuação. Estava deserto e calmo. Sentei-me num banco e não pude mais conter as lágrimas. Depois de chorar até minha alma, esbarrei, indo embora, em não sei qual cidadã que, respondendo à minha pergunta sobre a data para as novas inscrições, disse: volte nos primeiros dias de maio.

Assim, toda esperança de poder ir embora antes do mês de maio desapareceu para sempre.

Meu Deus! Faltam oito dias para o mês de maio. Que assustadores dias de fome!

À minha frente está o telegrama: "Esperamos por você. Niúra. Jenia". Chorei amargas lágrimas. Niúra... Jenia. São seres vivos que me conhecem. E não só me conhecem, mas sabem da minha desgraça, sabem de tudo. Gostam de mim, preocupam-se comigo. São pessoas da minha família, entre todas essas que me são estranhas, estendem uma mão afetuosa para me ajudar. Mão que se encontra longe, longe demais. Por isso as lágrimas me sufocam.

Todos que poderiam me ajudar estão longe. Gricha, se estivesse em Leningrado, não me ajudaria? Claro que sim. Poderia me dar algum dinheiro, pois agora tem muito. Kira também me ajudaria. Mas todos estão longe. Estão longe e não podem me dar apoio agora. E estou necessitada, realmente, de apoio imediato. Antes de 1º de maio. Para que consiga viver estes oito dias. Para isso, porém, ninguém virá me ajudar.

Esperamos por você! Que maravilhoso calor emana dessas palavras! Esperamos por você! Meus queridos, quando os verei? São os últimos dias que vivo aqui em Leningrado, mas não vivo, me arrasto. Diariamente arrasto um pesado fardo. Conto cada hora, cada minuto, cada segundo. Mas o tempo avança tão devagar, infelizmente. É de chorar. O que posso fazer para que o tempo avance sem que eu perceba? Eu sei: precisaria, para isso, provisoriamente esquecer a questão da minha partida. Mas é impossível! Impossível!!

25 DE ABRIL
Bom dia, meu querido diário. Até que enfim volto a pegar o lápis. Nesse meio-tempo aconteceram muitas coisas. Para começar, o tempo mudou. Os dias luminosos e ensolarados se sucedem, mas sopra bem forte um vento glacial. O Neva carrega o gelo do lago Ladoga. Ontem à tarde, os alemães voltaram a se lembrar de nós. Houve um terrível alerta aéreo, que se prolongou por mais ou menos duas horas. Durante o alerta, houve assustadores tiros de artilharia. Hoje, um novo alerta durou uma hora e meia. O refeitório da avenida Nakhimson foi fechado, mas Rosalia Pavlovna soube com antecedência e conseguiu para mim um salvo-conduto para outro refeitório, na rua Pravda. Fui lá hoje pela primeira vez. Apesar da longa fila, o menu era bom e variado.

Hoje, por exemplo, havia o seguinte:

• Sopa de ervilha bem espessa — por um tíquete de vinte gramas de cereais.

• Purê de ervilha — por um tíquete de quarenta gramas de cereais.

• Mingau de soja — por um tíquete de vinte gramas de cereais.

• Raviólis de soja — por um tíquete de vinte gramas de cereais e cinco gramas de gorduras.

• Almôndegas de carne — por um tíquete de cinquenta gramas de carne.

• Salaminho — por um tíquete de cinquenta gramas de carne.

Peguei um mingau de soja e comi lá mesmo. Depois fui à padaria da rua Ilyitch, mas não davam coisa alguma com o tíquete do dia 27. A padaria na esquina da rua Gorokhovaia com o bulevar Zagorodny também não dava alimento algum com data do 27, então tomei a firme decisão de não sair dali sem conseguir pão. A qualquer preço, precisava comprar trezentos gramas de pão. E deu certo: às 18h comprei 250 gramas de pão a 4,5 rublos cada cem gramas.

Que felicidade! São 19h30 e estou plenamente satisfeita. E para o pão do 27, meu tíquete continua válido. Meu sonho se realizou: superei um obstáculo. Amanhã posso ir a qualquer padaria e comprar qualquer pão de trezentos gramas. Não é uma felicidade? É, e das grandes!

A respeito da evacuação, ainda sem novidade alguma. Não se sabe se reiniciarão antes da metade do mês de maio. Resolvi ir ao colégio antes do anúncio da evacuação. Acontece que, para todas as séries, as aulas recomeçam a partir de 3 de maio[145] e demonstram muito cuidado com todos que estudam. É uma disposição do nosso querido Stálin: preservar a vida dos alunos que ficaram em Leningrado. Receberão boa alimentação. É a ordem que veio da administração do colégio, que Rosalia Pavlovna me mostrou, pois foi ela mesma quem a datilografou.

Alimentação para os alunos que vão estudar

As crianças fornecem seu cartão de alimentação e todos os tíquetes são destacados. A criança obtém os seguintes produtos:

Gorduras: 200g
Açúcar: 300g
Desjejum na escola:
1. Kasha. 2. Chá
Almoço na escola:
Escolha entre dois ou três pratos
Distribuição de pão
Para crianças até 12 anos:
– 300g na escola
– 100g para levar para casa
Para crianças acima dos 12 anos:
– 400g na escola
– 100g para levar para casa

Ração cotidiana de produtos alimentícios para cada criança:
1. Pão: 400-500g
2. Carne: 50g
3. Gorduras: 50g
4. Cereais: 100g

145 As aulas iam das 8h30 às 16h ou 17h, e os alunos recebiam duas refeições quentes por dia. Na verdade, as aulas só recomeçaram em 4 de maio.

5. Açúcar: 30g
6. Legumes: 100g
7. Farinha de trigo: 20g
8. Farinha de batata: 20g
9. Leite de soja: 50g
10. Chá: 10g (mensal)
11. Café: 20g (mensal)

As crianças consideradas particularmente enfraquecidas durante a visita médica receberão alimentos suplementares.

A administração do colégio

O que está acontecendo? Os canhões antiaéreos voltam a trovejar. Ah, os malditos alemães nos sobrevoam de novo. Como rugem esses carniceiros.

Continuando, as aulas se limitarão exclusivamente a revisar o que já foi visto. Ou seja, cada série revisará as aulas da série precedente. Nós, na penúltima série, a antepenúltima. Não haverá prova alguma na primavera. Na verdade, não será um colégio, mas uma espécie de dispensário[146] para os alunos de Leningrado. Considera-se perdido este ano escolar. Os estudos só reiniciarão de verdade depois das férias de verão.

Ah, esqueci de dizer que hoje, indo à cantina, encontrei Vovka. Meu Vovka. Como mudou! Está completamente seco, emagreceu assustadoramente. Está agora no dispensário. Tem a intenção de voltar a estudar.

Meu querido Vovka. Mesmo que fosse um monstro, não deixaria, nem por isso, de amá-lo.

146 Centros médicos em que era possível conseguir uma alimentação "reforçada". Alguns eram reservados à elite soviética.

26 DE ABRIL

Tudo está branco, coberto de neve.
Neve nas ruas e nos telhados.
A pracinha, uma vez mais, está toda branca.
Porém, pode-se ver, não é uma neve de inverno.

Uma hora já se passou desde o meio-dia e os telhados já tiveram tempo de secar. Fui expressamente à rua Gorokhovaia procurar pão e tive sorte. Um pão macio, leve como tecido, e por isso veio um pedaço bem grande. Trouxe-o para casa e depois fui à cantina. Tinha pouca gente hoje. Peguei dois mingaus de soja e salaminho. Estou agora sentada, com as pernas sob a coberta e ouço rádio. Penso no que devo fazer: se o gelo do lago Ladoga está se dispersando agora, isso quer dizer que, no mês de maio, haverá evacuação por via fluvial e posso aproveitar para ir imediatamente para a casa de Jenia; ou fico aqui, volto ao colégio no mês de maio, tento recuperar um pouco a saúde e parto mais tarde? Realmente não sei o que fazer. De um lado, tenho vontade de voltar à sala de aula, me sentar na minha carteira com meus colegas, rever meus cadernos e livros, é grande a tentação. Do ponto de vista da alimentação, nem preciso dizer! Pela manhã, chegamos ao colégio e nos dão chá quente e algo doce, assim como pão e manteiga. Ah, ia esquecendo: no desjejum, nos dão mingau, um mingau quente na manteiga, e depois chá. Estudar de barriga cheia é um prazer. Algumas aulas e vamos para o almoço. Podemos levar parte do almoço para casa e comer a outra parte lá. O mesmo acontece com relação ao pão.

Tudo isso, sem dúvida, parece muito bom. Mas, agora, o lado ruim. Quando eu voltar para casa, ela vai estar deserta. À minha volta terei apenas estranhos que não se preocupam comigo. Sem falar dos ataques aéreos e dos tiros de artilharia. Arriscar de novo a vida? A qualquer momento podemos ser mortos. É apavorante. Quero viver. O que fazer? Meu querido diário, que pena que não possa me dar nenhum conselho.

Por outro lado, posso deixar tudo isso e partir. No caminho serei bem alimentada. Acabarei chegando a Górki. Acharei a rua Moguilevitch. Estou andando nessa rua. Tenho numa mão a minha mala e na outra, uma trouxa. O coração está prestes a explodir de tanto nervosismo. Finalmente o nº 5, apartamento 1. E estou entre os meus. A meu redor, não são pessoas estranhas, mas todos fazem parte da minha família. Ali estão Jenia, Niúra, Lida, Serioja,[147] Dania. Estaremos juntos à mesa e serei um indiscutível membro da família. Viva a família!

Senhor, que felicidade isso vai ser!

O que devo fazer?

E depois? Isso mesmo, e depois? Trabalharei com Lida. Ela vai me mostrar a cidade. Iremos juntas a todo lugar. Depois virá o verão, um magnífico verão. Tudo em volta vai estar verde e o Volga, o esplêndido Volga, estará correndo diante de meus olhos. E a guerra vai ter seu fim. Irei a Moscou com Jenia. Bom dia, Moscou, bom dia, minha bela! E daí, depois de ter sido uma leningradense, serei uma moscovita. E ponto final com Leningrado.

Isso mesmo, é isso, não tenho dúvida, vou partir. O que são para mim um chá com açúcar e meio quilo de pão, comparados à solidão? Adeus, adeus, solidão! Quero ir para a casa de vocês, meus longínquos parentes. Jenia, você ouve meu coração bater, ele quer saltar do meu peito, deseja ir vê-la, Jenia.

De coração e alma, com todo o meu ser, já estou em Górki. Todos os meus desejos, todas as minhas aspirações têm um só objetivo: abraçá-los e beijá-los o mais rápido, o mais rápido possível! Abraçá-la bem forte, Jenia! Pois para mim você é uma terceira mãe. Senhor, Senhor! Será que me ouve? Permita-me chegar sã e salva a Górki! É a única coisa que peço.

Górki, Górki, Górki... É lá, é em Górki que quero estar o mais rápido possível!!!

Amanhã conseguirei chá, óleo e açúcar. Não deixarei de ir ao bufê e tomar dois copos de chá com açúcar, e comer pão com manteiga.

147 Serioja é filho de Evghenia (Jenia) e Piotr Jurkov (tio de Lena).

27 DE ABRIL

Novo alerta aéreo e tiros de artilharia. O segundo alerta do dia. O céu está limpo, o sol brilha. Imagino como será o 1º de maio. É óbvio, até lá não terei conseguido ir embora. No entanto, alguns tiveram sorte e partiram. Eles vão viver. Enquanto eu... Permanece uma incógnita.

Faltam pouquíssimos dias para o início da evacuação. Será possível que eu esteja condenada a morrer? É horrível. Esperar a morte a qualquer momento, por um obus de artilharia ou uma bomba. Os primeiros dias de maio serão provavelmente também assustadores.

Que estupidez mais decepcionante morrer pouco antes de partir, depois de passar pelos horrores do inverno, com fome e frio. Como seria injusto por parte do destino se, depois de sobreviver até a primavera, depois de ver essa novíssima planta nascendo, eu fosse obrigada, já tendo inclusive feito a minha mala, a dizer adeus à vida.

Insisto, realmente não quero morrer!

Talvez sejam estas minhas últimas linhas. Pedido importante: quem encontrar este diário, por favor, envie ao seguinte endereço: E. N. Jurkova, rua Moguilevitch, 5, apartamento 1, Górki.

28 DE ABRIL

É bom viver na expectativa de alguma coisa. Nos últimos dias, foi essa expectativa que me manteve viva. Não, a espera de jeito nenhum me deixa ansiosa. Não tenho pressa. Sei que tudo vem a seu tempo. É algo interessante que me aguarda, uma viagem até outra cidade. Partirei de trem e atravessarei o lago Ladoga de barco. Aliás, nunca vi o lago Ladoga. Depois, novamente o trem, com baldeação em Vologda. E outro trem até Górki. Uma viagem bem atrativa. No caminho, serei alimentada gratuitamente e receberei muito pão. Tudo isso me espera, e faltam poucos dias para o início da viagem.

Depois uma nova vida começa. Ah, que curiosidade. Tudo é tão desconhecido à minha frente que tenho vontade de saber o que me espera. Mas paciência, Lena, paciência, tudo vem no tempo certo. Já estamos no 28. Amanhã será 29 e depois 30. Como devo me alimentar nos próximos dias? Não de maneira particularmente intensa.

Hoje, por exemplo, minha alimentação consistiu de trezentos gramas de pão, cinquenta gramas de óleo — que me restavam — e 150 gramas de uvas-passas. Amanhã terei trezentos gramas de pão, cem gramas de salaminho e 75 gramas de queijo. Dia 30 terei trezentos gramas de pão, meio litro de vinho e 250 gramas de arenque. E dia 1º poderei novamente ir ao refeitório para comprar mingau e sopa, sendo que, talvez, a partir do 1º aumentem a ração de pão. Depois, provavelmente partirei. Em todo caso, até lá estarei saciada, e mais ainda no dia de partir. Que bom, que alegria quando a expectativa nos faz viver!

Hoje já tivemos dois alertas aéreos. De manhã cedo e à tarde. O tempo está cinzento, frio. Não faz sol. No entanto, os pardais gorjeiam alegres. Na pracinha à frente da minha janela, a grama ficou verde com a relva nova do mês de maio. Minha ervilha cresce não a cada dia, mas a cada hora. Está tão bonita! Elegante, reta, com folhinhas verdes e regulares. Os raminhos que coloquei num vidro com água logo ficarão verdes também. Os botões já abriram. Ou seja, tudo estaria bem, não houvesse os alemães. Por causa deles, temo muito este 1º de maio.

Bom, esperemos que tudo se arranje, de uma maneira ou de outra.

Em breve, muito breve, fecharei minha mala, depois pegarei o bonde da linha 9, acomodando-me à frente. Pagarei minha passagem, a da bagagem, e atravessarei as ruas que conheço até a estação Finlândia, que também conheço. Assim será... O apito soa, o trem parte. Passaremos por cima da ponte sob a qual tantas vezes, sozinha ou com mamãe, passei pegando a linha 20. Adeus, Leningrado! As pessoas na parada do bonde nos olham. O que pensam? Algumas provavelmente nos invejam e outras dizem: "Já vai tarde, sobrará mais pão para nós!". À esquerda, vejo os prédios do Instituto Clara Zetkin para a Proteção da Infância.

Foi lá que trabalhamos, mamãe e eu, por dois meses. Uma moça vestida de avental branco e lenço branco passa pela alameda, carregando papéis. Quantas vezes, como ela, tomei essa alameda, levando algum boletim médico.

A única diferença é que fiz isso no inverno, tudo estava coberto de neve, enquanto agora estamos na primavera, é o mês de maio. As árvores já estão em flor, você vê? Nas encostas da via férrea, tussilagos fazem brotar suas primeiras flores charmosas e amarelas. Adeus, Leningrado!

O céu vai estar azul, muito azul e, acima de nós, brilhando ao sol, aviões dão voltas. São da nossa patrulha aérea. O trem corre cada vez mais rápido. Como é agradável. Abro minha mala e corto uma fatia grossa de pão. Olho pela janela enquanto como. Sinto-me plenamente satisfeita. Na estação, antes de partir, deram-nos uma boa porção de sopa de macarrão. Uma sopa grossa, como era grosso o purê de ervilhas, do qual nos serviram uma panela inteira. Ainda guardei um pouco. Deram-nos também oitocentos gramas de chouriço e um quilo de pão. Para ir até o lago Ladoga. E lá novamente nos darão comida quente.

É admirável! Em pensamento já saí de Leningrado. E na verdade estou sentada, com as pernas sob uma coberta quente. O rádio martela suas frases monótonas, os bondes tocam suas campainhas, os raros automóveis buzinam. Não estou com a barriga muito cheia. Para dizer a verdade, bem que comeria algo, qualquer coisa. Mas nada tenho. Nem uma migalha, nem uma uva-passa. Acabei comendo tudo. Bem, é melhor não pensar em comida por agora.

Lena, amanhã você volta a comer. Por hoje já comeu e basta. Pense um pouco, comeu em quase duas horas uma quantidade de passas, 150 gramas. Minha pobre, minha pobrezinha! Não se aflija, garota, anda esfomeada nesses últimos dias, mas, a partir de 1º de maio, irá de novo à cantina. Isso mesmo! E logo no primeiro dia, sem erro, pegarei uma sopa e duas porções de purê de ervilhas. Tomarei a sopa lá mesmo e os purês em casa. Depois, no final da tarde, comprarei meu pão. E será realmente uma alegria.

29 DE ABRIL

Hoje o dia passou sem que eu nem notasse. Levantei-me depois das 11h, pois até então tinha ficado sentada na cama, costurando. Desci o lixo, trouxe água, vendi por cinco rublos um livro de Griboiedov. Depois, peguei um bonde da linha 9, fui ao terminal e voltei até a rua Gorokhovaia. Comprei pão a 1,70 rublo. Um ótimo pão. Fui à minha loja, onde comprei 75 gramas de queijo. Um queijo notável, a dezenove rublos o quilo. Fresco e macio. Fiquei na fila para comprar vinho. Levei para casa o pão e o queijo, peguei uma garrafa para o vinho, voltei à loja e obtive um quarto de litro de vinho rosé suave a 28,20 rublos o litro. De volta em casa, me enfiei debaixo do cobertor e comi. Fiz durar por uma hora, beliscando pedacinhos minúsculos. Depois das 17h, voltei à loja e soube que no final da tarde haveria arenque e salaminho. Restava-me apenas um rublo. Escolhi alguns livros e os vendi na rua bem rapidamente. Juntei vinte rublos. Voltei para casa, costurei, acabei o queijo, do qual só restava mesmo um pedacinho pequeno. Às 19h voltei à loja para ficar na fila e conseguir salaminho a dezenove rublos o quilo, mas não foi possível, e recebi, no lugar, fatias de salsichão de carne a onze rublos o quilo. Muito bom.

Amanhã terei arenque e cerveja. Dizem que amanhã, com os novos cartões de alimentação, poderemos conseguir pão branco, em vez de pão preto. Mas agora preciso dormir, preciso dormir! O dia me deixou exausta. Fez muito calor, tempo ensolarado e, espantosamente, não vimos os carniceiros. Nossos canhões antiaéreos trabalharam com afinco. Soube pelo rádio que, só nesses três últimos dias, nos arredores da nossa cidade, os canhões antiaéreos derrubaram 71 aviões nazistas. Nada mal para um começo.

Amanhã já será dia 30. Que felicidade! Meu dia de partida se aproxima a cada hora. Na fila ontem para o salaminho, conheci uma senhora idosa, que mora no nº 17, apartamento 5. Chama-se Mikhailova. Encontra-se só e deve ir para Vologda, onde mora sua filha, que tem dois filhos e é casada com um militar. Ela propôs então irmos juntas. Para mim, tanto faz. Pode até ser vantajoso. É uma vovó bem meiga e bondosa. Posso levá-la comigo, será útil no caminho e em Vologda poderei passar na casa de sua filha e tomar um chá, ainda mais que, segundo a boa senhora, é bem perto da estação. Ela pediu que passasse na casa dela quando fosse me inscrever. Bom, é claro, não me custa nada e ela prometeu me oferecer um chá.

30 DE ABRIL

Depois das 11h, Lena foi à administração do edifício buscar seu cartão de alimentação. Mas não conseguiu nesse dia. A responsável pelo escritório, Tatiana Viatcheslavovna, achando que Lena encontrara um trabalho, não a inscreveu na lista das pessoas dependentes. Disseram-lhe que passasse no fim da tarde, por volta das 17h ou 18h. Lena foi à loja e teve a grande infelicidade de saber que a cerveja e os arenques haviam acabado. O gerente prometeu que teria cerveja um pouco mais tarde, mas não arenques, e que ela devia pegar o que ainda havia. Lena então comprou 250 gramas de peixe salgado. Ela conseguiu uma brema quase inteira, apenas o rabo tinha sido cortado.

Lena voltou para casa e comeu o peixe com imenso prazer. A brema era bem gorda e tinha um sabor extraordinário. Lena primeiro resolveu comer apenas a metade e reservar a outra para a noite, com pão branco. Em seguida, porém, terminada a primeira parte, ela atacou a segunda com mais apetite ainda. Gastou nessa notável atividade quase três horas. É compreensível que, depois de comer essa iguaria salgada e sem pão, Lena teve uma tremenda sede e bebeu quase todo o conteúdo da chaleira de cobre, com água não fervida. Depois ela passou pelo bufê e quatro copos de chá foram despejados no seu recipiente. Voltou para casa e tomou o chá quente com restos de peixe, no lugar do pão. Em seguida se deitou e dormiu por uma horinha. Depois de se levantar, desceu de novo até a loja para comprar cerveja, mas não havia, e, tendo conseguido sal, levou-o para casa. Passou antes no escritório do administrador do prédio, mas a porta estava trancada com cadeado. Já tinha passado das 18h. Lena ficou na fila para comprar cerveja e esperou com as outras pessoas que a cerveja chegasse até as 23h, quando foram avisados de que, mesmo se chegasse, a cerveja só seria distribuída na manhã do dia seguinte. Cansada, Lena fez o caminho de volta aos tropeções. Era uma noite de lua bem clara e céu estrelado. "O que me reserva o amanhã?", ela se perguntou, entrando sob o cobertor.

À meia-noite, a Rádio Moscou entrou no ar a partir da praça do Kremlin, e os leningradenses ouviram novamente o carrilhão e os sinos da célebre torre. Há quanto tempo não escutavam o conhecido carrilhão: como era agradável ouvi-lo de novo! Depois de *A Internacional*, Lena dormiu profundamente até a manhã seguinte.

Resolvi agora escrever meu diário sob uma nova forma. Na terceira pessoa. Como uma narrativa. O meu diário poderá ser lido como um livro.

1º DE MAIO

Era 1º de maio. Lena não foi buscar cerveja às 6h, é claro. Pela manhã seu sono era particularmente profundo. Um pouco mais tarde, porém, ela acabou se levantando, dizendo a si mesma que não devia, afinal, perder a cerveja.

Lena saiu: era um dia de sol, de céu limpo. As bandeiras com cores vivas deixavam a rua muito elegante. Tinha-se a impressão de que uma orquestra ia começar a tocar e fileiras de manifestantes surgiriam do outro lado do bulevar. No entanto não, era apenas um dia de trabalho como outro qualquer. Neste ano, por iniciativa própria, os trabalhadores abriram mão do descanso do feriado e transformaram o 1º de maio numa jornada de trabalho e luta.[148]

Não havia cerveja na loja, o depósito não tinha feito a entrega. Lena voltou para casa, não tinha mais vontade de dormir e ficou ouvindo rádio. Estava com muita fome, mas quando receberia o novo cartão de alimentação? Talvez somente ao final da tarde. Oh, pouco importa: ela se consolou com a ideia de que hoje mesmo conseguiria seiscentos gramas de pão. E caso Rosalia Pavlovna pudesse conseguir para ela, antes das 17h, um salvo-conduto para a cantina, só pegaria pão para o dia de hoje. Na cantina, por sua vez, sendo um dia de festa, ela receberia um pouco mais. Lena decidiu, nesse caso, que pegaria três mingaus, uma sopa e um prato de carne.

O rádio sucessivamente transmitia canções de combate, marchas, novos slogans e poemas.

Lena se lembrou do 1º de maio do ano passado. Os alunos do colégio tinham ido à pé até a rua Borodinskaia para passear. Depois a neve começou

148 Por decisão do Conselho de Ministros e "em conformidade com o desejo dos trabalhadores", os dias 1º e 2 de maio não foram feriados.

a cair, uma neve tão forte que em pouco tempo as ruas ficaram impraticáveis: por todo lugar lama e neve derretida. Pouco a pouco as ruas se esvaziaram. Muitas pessoas voltaram às pressas para casa. Não era para menos! Estavam todos vestidos com roupas de primavera, mulheres e moças com casacos leves, homens e rapazes de paletó. Lena também vestia um casaco leve, sem galochas, e correu para casa para colocar um casaco de pele e galochas. Lembrou-se de que, ao chegar em casa, mamãe estava sentada costurando, enquanto Aka fritava bolinhos com uvas-passas. Lena tinha pressa, mas mamãe afinal a convenceu de esperar uns minutos e comer os primeiros bolinhos ainda quentes. E Aka lhe deu algumas passas para comer no caminho. Que época boa! Naquele tempo, Lena não lhe dava o justo valor. Achava normal aquele tipo de vida, sem vislumbrar nenhum outro. Ter perto dela Aka e mamãe, que a amavam loucamente, nada tinha de extraordinário. Tudo era para a pequena Alionuchka, como a chamavam. Era ela, Alionuchka, que ganhava sempre a melhor parte, a primeira a ter seu prato cheio. Mas a pequena Alionuchka não tinha consciência disso.

E só agora, tendo perdido Aka e mamãe, ela se dava conta do preço daquela vida que tinha. O que não daria para que aquela época voltasse! Mas era impossível, nunca mais voltaria a ver nem Aka nem mamãe, a não ser em sonho.

Agora, se porventura conseguir chegar até a casa de Jenia, valorizará como a coisa mais preciosa do mundo tudo que lhe lembrar a vida em família. Só o fato de ter direito a se sentar à mesa de Jenia e Serioja, tendo diante de si um prato, será para ela uma enorme felicidade.

Sem dúvida, aquela vida à custa de tanto esforço servira de lição, mesmo tendo sido tão dura. E agora, pensando naquilo tudo, Lena se dizia: "Isso te ensinará para o futuro e te fará apreciar cada migalha, saberás o preço de cada coisa, e será mais fácil para viver neste mundo".

"Para alguma coisa a desgraça serve", diz um provérbio russo cheio de sabedoria. É evidente, após semelhante "escola da vida", será daqui por diante mais fácil, para Lena, viver. E não só para ela. A vida depois da guerra será fácil, alegre e fértil para todos os cidadãos soviéticos que sobreviverem a esse período terrível.

* * *

Depois das dez, Lena voltou a descer ao escritório da administração do prédio e acabou por conseguir o seu cartão de alimentação. Foi então à loja e, sem precisar fazer fila, comprou meio litro de cerveja. Levou a cerveja para casa e saiu em seguida até a padaria mais próxima, onde era a antiga sapataria, e obteve 150 gramas de pão branco e 150 gramas de pão preto. O pão branco era fantástico, a 2,90 rublos o quilo, e o pão preto — pesado e de casca grossa — custou 1,10 rublo o quilo. Depois Lena foi à pracinha em frente ao seu edifício, sentou-se ao sol e comeu um pouco de cada um dos pães. O pão branco lhe pareceu mais saboroso do que qualquer bolo. E como! Não comia um pão branco desde novembro. A última vez tinha sido quando mamãe trabalhava ainda no hospital, de onde trazia às vezes um pedacinho. Mas não era de tão boa qualidade, acinzentado e pegajoso. Pão branco igual a este, ela não comia desde bem antes da guerra. Nunca, exceto talvez por ocasião de festas, comprava-se pão assim, redondo e tão branco, mas custando tão caro. Nos últimos meses antes da guerra, as três viviam bem modestamente. Havia pouco dinheiro em casa e, além disso, mamãe e ela tinham a intenção de guardar dinheiro, em junho e julho, para fazer uma viagem pelo Volga em agosto. De forma que o pão branco, para elas, se tornara uma mercadoria rara. Só comiam pão preto.

Flocos de aveia constituíam a alimentação básica naquele tempo. Comprava-se à vontade esse produto barato. Durante um mês inteiro, Aka diariamente preparou para o almoço uma sopa de aveia, espessa como um mingau, dois pratos cheios para cada uma, de modo que até Lena acabara se enjoando, tanto que tinha dificuldade para terminar um só prato. Para a noite, Aka fritava esse preparado, fazendo pães secos e grelhados. E isso se chamava viver na pobreza. Agora, tais lembranças só provocavam em Lena um riso amargo.

Depois de comer um pouco de pão preto e de pão branco, Lena decidiu dar uma volta, indo até o centro de evacuação. Estava deserto como da última vez, e ela soube, por três cidadãs que lá se encontravam, de um boato a respeito da evacuação, de que só em quatro ou cinco dias dariam informações. "Então, enquanto isso, volto ao colégio", pensou Lena, dirigindo-se já ao bufê. Na verdade, não esperava encontrá-lo aberto, mas passaria mesmo assim. No entanto estava e, depois de nem tanta espera, Lena tomou dois copos de chá escaldante, o primeiro com pão preto e o segundo com pão branco. Voltou para casa, guardou o pão branco e resolveu sair à procura de um bom pão preto. Passou por todas as padarias que conhecia, mas só encontrou, como se fosse de propósito, um excelente pão branco e um péssimo pão preto. Isso, porém, não abalou Lena, que andava sem se apressar, aproveitando com satisfação o lado ensolarado da rua, franzindo os olhos por causa da claridade. Ela sentia muito prazer com o calor, a luz e o alvoroço alegre dos pardais.

Note-se que esse 1º de maio foi excepcional, como se tivesse sido especialmente preparado para os festejos: céu totalmente limpo, o sol brilhando ao máximo e o calor era tanto que, mesmo à sombra, seria desagradável, não houvesse o sopro leve e refrescante de uma brisa suave. A rua parecia se inflamar com as inúmeras bandeiras vermelhas se agitando ao vento, e essa cor parecia se avivar ainda mais ao sol. O vermelho deslumbrava a vista. Os jardins, naquele dia, estavam repletos de crianças alegres e barulhentas.

Maio, o lindo mês de maio tinha chegado. Durante o dia ouviram-se tiros de artilharia. Bem fortes. Mas todos estavam tão acostumados que Lena nem prestou muita atenção. Costurou e ouviu um concerto transmitido pelo rádio, em homenagem ao dia festivo.

2 DE MAIO

O dia ontem transcorreu sem alertas aéreos. Mérito, é claro, dos nossos falcões stalinistas.[149]

Lena hoje se levantou depois das 11h. Nem sequer tivera tempo de se vestir e duas moças do escritório da administração do prédio vieram vê-la. Examinaram o quarto e fizeram observações a respeito da desordem reinante. "Se a comissão sanitária vier, pode te aplicar uma multa." Sem graça, Lena respondeu que podiam perfeitamente lhe aplicar uma multa, pois, de qual-

149 Em 18 de agosto de 1935 houve a primeira parada aérea na União Soviética e foi quando surgiu a expressão "falcões stalinistas", para designar os pilotos de caça.

quer maneira, não teria como pagar. Uma das moças deu de ombros e perguntou o que ela pretendia fazer do alojamento. E informando que o aluguel do mês de abril não havia sido pago, acrescentou que era preciso pagá-lo naquele mesmo dia. Lena prometeu que faria isso.

Foi ao escritório da administração e pagou os 17,40 rublos do mês de abril. Restaram-lhe cinco rublos.

Em seguida foi à cantina. Em frente à sapataria, ela por acaso encontrou Yania Jakobson. Mal tiveram tempo de se cumprimentar e Vera Vladimirovna, que era a professora de letras deles, apareceu. Começaram a conversar. Yania não tinha parado de estudar e continuava a seguir as aulas. Tinha bela aparência, estava rechonchudo e corado. Lena ficou bem surpresa de vê-lo em tão boa forma. Vera Vladimirovna tinha emagrecido muito, mas sem perder a alegria de viver.

Lena gostou muito de tê-los encontrado. Na cantina, ela pegou uma sopa de macarrão e duas porções de croquetes de soja. A sopa estava rala e sem graça, mas os croquetes estavam maravilhosos. Lena concluiu que o mais vantajoso era, sem a menor dúvida, pegar os croquetes. Para duas boas almôndegas de soja bem douradas e gostosas descontavam-se vinte gramas e mais cinco gramas de gordura. Deixando a cantina, Lena foi à pracinha e lá ficou alguns minutos. Depois saiu em busca de querosene para a lamparina e obteve meio litro. Em seguida se dedicou ao desconto dos tíquetes de cereais e achou que podia ainda utilizar um naquele dia, sendo perfeitamente possível pegar outra porção de torta de queijo branco. Dito e feito. Lena correu à cantina, mas não tinha mais torta, tampouco pratos de carne. Ficou por um momento ali pensando e resolveu pegar mingau de soja. Em seguida, foi à rua Gorokhovaia para o pão. Em todo lugar restava apenas pão a 1,10 rublo o quilo. Lena escolheu a loja em que o pão era mais seco. Voltou para casa, foi duas vezes buscar água e depois passou pela casa de Olia. Encontrou-a na cama. Lena parabenizou-a por ter recebido os tíquetes de alimentação e, ao saber que era o seu aniversário, desejou-lhe felicidades. Quis chamar Olia para que fossem juntas à pracinha por um momento, mas soube que haviam descoberto nela uma inflamação (ela sofre de tuberculose óssea) e que então não podia descer. Lena permaneceu por um tempo com ela. Aquele amplo quarto mergulhado na penumbra e entulhado de móveis preciosos não lhe agradava. Era um ambiente sombrio e frio. Lena tomou emprestado um livro de Olia, *Nas montanhas de Sikhote-Alin*,[150] e foi para a pracinha. A atmosfera estava abafada, e muitas crianças estavam no jardim. Seus gritos estridentes e risos ressoavam por toda a rua.

Lena se sentou num banquinho e tentou ler, mas viu que estava sem ânimo para isso. Ficou então observando as crianças em suas alegres correrias. Imaginou que, chegando à sua idade, teriam uma vida melhor e que, de forma geral, a juventude para elas seria feliz e radiosa. Não teriam que passar por tudo que ela fora obrigada a enfrentar. Seus parentes não morreriam, um logo depois do outro. Com certeza seriam mais felizes.

O sol se pôs, a temperatura caiu. Lena foi para casa e ferveu água no fogão a querosene para fazer chá. Há tanto tempo não acendia aquele fogareiro! Bebeu uma xícara de chá quente com pão e preparou uma sopa de peixe. Tinha ainda uns restos de brema, mais as espinhas e as escamas, e colocou tudo num recipiente de lata, fervendo na água. Obteve um caldo de peixe maravilhosamente perfumado, com sabor forte e agradável, e bebeu uma cumbuca cheia dele. Em seguida arrumou e limpou seus sapatos, pois precisa se apresentar corretamente vestida em público. No inverno passado, com os rigores do gelo, as pessoas não pensavam tanto na aparência. Mas agora era diferente. Os dias quentes de maio tinham começado e as pessoas passam a se enfeitar, a se cuidar melhor. Principalmente os jovens. Ressurgiam penteados da moda e chapéus, com os homens de terno e lenços sedosos. Lena tinha então vontade de também se vestir melhor, se sentir mais elegante. Percebeu o quanto era desagradável ver pessoas que se deixavam levar, continuavam a se vestir de qualquer maneira; era triste. Eram sobretudo os velhos, ou pessoas com todo tipo de doença e esgotadas. Lena, entretanto, mesmo que nos últimos dias tivesse dificuldade de pôr um pé à frente do outro, era sem dúvida uma mocinha que tomava muito cuidado com a aparência. “Deveria me vestir de forma mais chique”, ela pensava, e se afligia vendo que seus cabelos cresciam muito

150 Relato de Vladimir Arseniev (1872-1930), geógrafo e explorador, autor de *Dersu Uzala*.

lentamente: sem cabelos compridos ficava faltando alguma coisa. Os cabelos embelezam tanto as pessoas! Quando se olhava num espelho, com satisfação Lena observava que o seu rosto não era tão horrível quanto imaginava. O corpo tinha realmente emagrecido, era só pele e osso, nada mais restava de seus seios opulentos. Antigamente Lena sonhava em ser tão magra quanto Lida Klementieva e se sentia contrariada por ter seios grandes. Agora, entretanto, estava mais miúda do que Lida.

O dia se passou com calma, sem alertas nem tiros de artilharia.

3 DE MAIO

Desde cedo o céu se cobriu de nuvens e os inimigos não deixaram de aproveitar as circunstâncias. Antes das 9h já havíamos tido dois alertas aéreos. Nem um nem outro, porém, durou muito tempo e, aliás, nada tiveram de tão terrível. Logo após o sinal da sirene, os canhões antiaéreos começaram a ressoar furiosamente e depois pouco a pouco se acalmaram, passando a se ouvir no céu o poderoso rugido dos nossos aviões de combate. Não houve o menor tremor, o que significa, na prática, que nenhuma bomba foi lançada. O inimigo provavelmente nem sequer chegou aos limites da cidade.

Lena se levantou após o segundo sinal de fim de alerta. Durante a noite, tinha dormido maravilhosamente bem e tido belos sonhos. Foi correndo buscar pão, tomou uma xícara de chá frio, e esperou tia Sacha para pedir a tina e o balde. Já eram 11h30, e como tia Sacha não chegava, Lena foi à cantina. Tinha muita gente lá e o principal é que não liberavam almoços sem os novos salvo-condutos. Mas Lena viu uma colega na fila, do seu colégio no último período. Graças ao seu salvo-conduto, ela pegou para Lena um mingau de soja e duas almôndegas de carne. Na cantina, estavam entregando pão para o dia 5 de maio: Lena não se conteve e pegou mais trezentos gramas de pão. Já em casa ela o comeu, esquentou água, se lavou, vestiu roupas limpas e foi ao colégio para a visita médica. Estava friozinho lá fora, caía uma chuvinha miúda, o céu estava completamente encoberto. Precisou ficar na fila por uma hora para a visita médica. Finalmente, dona de um certificado com a menção "Em boa saúde", Lena voltou para casa, ferveu água para preparar duas xícaras de chá, cortou pequenas fatias do pão que restava e espalhou por cima pequenos pedaços da almôndega que havia guardado. O resultado ficou muito saboroso. Amanhã as escolas reabrem. Mas as aulas no colégio de Lena só recomeçam no dia 5. Amanhã, às 16h, haverá a assembleia geral dos alunos. Lena ouviu no rádio um programa para os alunos e o achou bem instrutivo. Soube que as atividades do colégio foram totalmente reformuladas. Os alunos passarão a maior parte do dia nas escolas, mas com menos aulas. Para as últimas séries, a rotina diária terminará às 17h30, com não mais que cinco aulas por dia. Começarão às 8h30 e um lanche será distribuído ao meio-dia. Os alunos receberão chá quente com açúcar e um mingau. Voltam às aulas, que serão interrompidas para um recreio de uma hora. Os alunos das últimas séries farão a refeição às 16h da tarde e depois disso voltam às atividades nos diferentes grupos. O fim das aulas será às 17h30, quando todos poderão voltar às suas casas. Receberão cem gramas de pão, um pouco de gordura e açúcar. As aulas serão inteiramente voltadas à revisão do que se estudou anteriormente. O ano letivo terminará em 1º de julho. Os alunos passarão o verão em colônias especialmente organizadas, onde poderão ter descanso, se divertir e trabalhar em diferentes sovkhozes direcionados ao plantio de legumes.

Lena gostou muito disso tudo e teria de bom grado ficado em seu querido colégio se não tivesse pessoas da família que também lhe eram tão caras. Pois logo em seguida se lembrou, com um aperto no coração, de não ter ninguém da família ali. Sim, ela devia partir. Talvez a vida em Górki fosse pior para ela, do ponto de vista da alimentação, mas, apesar disso, devia ir. Mesmo sendo dispensada de pagar os estudos e a alimentação — e Rosalia Pavlovna prometera fazer todo o possível nesse sentido —, mesmo nessas condições, desistiria de tudo para estar perto de Jenia.

E provavelmente naquele momento Jenia já se preocupava e aguardava a chegada de Lena, que estava presa em Leningrado. E já estavam no dia 3. Era preciso diariamente esperar que a evacuação fosse retomada, e somente agora Lena se colocava uma questão que a atormentava. Devia partir logo no início da evacuação ou estudar por uma semana no colégio e recuperar um pouco de forças? Lena resolveu partir com Tonia, sua colega, a mesma que tinha conseguido um almoço para ela na cantina. Tonia e sua mãe, justamente, também se preparavam para ir embora. O pai tinha enviado uma carta: está na frente de batalha e aconselhava que partissem o quanto antes, pois, dizia ele, ainda teriam muito sofrimento a passar em Leningrado e deviam partir o mais depressa possível. De forma que o melhor, para Lena, seria partir na companhia de Tonia e de sua mãe, que ela de certa maneira conhecia, e a viagem seria melhor a três. Eis, no entanto, o que perturba Lena: admitamos que no dia 5 ela entregue o seu cartão no colégio e que a partir do 5 anunciem uma remessa de cereais, açúcar e gordura. E se a evacuação afinal começar somente no 8 ou 9? O que vai acontecer, nesse caso? Lena, nesses dias, não terá no colégio tanto açúcar e gordura quanto teria na loja, se não devolver o cartão. Uma vez mais, porém, não se pode adivinhar. Devia ter ainda à sua disposição duzentos gramas de gordura e trezentos gramas de açúcar. Quem sabe deixariam precisamente os tíquetes para a primeira distribuição e isso significaria que, até o dia de partir, ela poderia obter nas lojas açúcar e gordura, podendo, além disso, se alimentar no refeitório do colégio até o dia da partida. Talvez também o colégio pudesse conceder a Lena um certificado para que na loja lhe entregassem imediatamente a totalidade dos duzentos gramas de gordura e dos trezentos gramas de açúcar. Seria formidável, pensou Lena. De fato, antes de partir, alimentar-se no colégio e, logo antes da viagem — para a estrada, se podemos assim dizer —, obter duzentos gramas de gordura e trezentos gramas de açúcar: o que se pode sonhar de melhor?

Mas o sonho é uma coisa e a realidade é outra. Lena achou melhor decidir mais tarde, sendo besteira quebrar a cabeça com coisas que não podia adivinhar.

O dia hoje começou úmido e triste, mas Lena se sentia leve: ao contrário do 1º de maio, que foi um dia lindo mas em que o seu coração estava pesado.

4 DE MAIO

O dia foi estranhamente frio e cinzento. Com violentas lufadas de vento glacial. Insinua-se por todo canto e de maneira tão forte que é difícil andar na direção contrária. Quando um vento sopra assim, o melhor é ficar em casa e por nada neste mundo sair. Razão pela qual Lena se limitou a ir correndo à cantina.

Tomou uma sopa de repolho e sêmola. Nem pôde comprar pão, pois não estava sendo liberado com a data do 6, de forma que, saindo da cantina, correu ao colégio. Já havia começado a assembleia geral. Lena teve tristes notícias: primeiro, as aulas só começariam em 15 de maio e o refeitório só funcionaria a partir do dia 8. Em segundo lugar, os alunos das últimas séries só receberiam quatrocentos gramas de pão e trinta gramas de gordura por dia. Lena encontrou Micha Iliachev. Estava irreconhecível, a ponto de dar medo. Ninguém mais do penúltimo ano estava presente, além de Tonia. Tonia e ela combinaram que, se a evacuação tivesse início em 15 de maio, elas partiriam logo nos primeiros dias.

Lena voltou para casa. Preparou um pouco de sopa com o mingau que restava e se acomodou para remendar umas meias de seda preta. Precisava se apressar. De fato, a qualquer dia as inscrições para a evacuação podiam ser retomadas e havia um monte de coisa a fazer. Tinha que costurar, remendar e lavar tudo que levaria. Durante o inverno mamãe e ela estavam fracas demais e deixaram de lado muito do que tinham que fazer. Era inverno, gelado, mas agora estavam na primavera e seria uma vergonha se apresentar com roupas sujas, rasgadas e ter as mãos imundas.

Além do mais, Lena é jovem e o principal patrimônio de uma jovem é a sua pureza espiritual e corporal. Foi o que Rosalia Pavlovna lhe dissera na noite anterior, quando conversaram, ambas sentadas no quarto. Lena concordou plenamente com esses argumentos de Rosalia Pavlovna:

"Sua tia Jenia vai reagir de maneira completamente distinta caso você se apresente com seus trajes já meio surrados, é verdade, mas limpos, costurados, remendados, com todos os botões no lugar, e se você mesma, de maneira geral, demonstrar uma aparência bem cuidada. Vai olhá-la com respeito e dizer: 'Apesar dos sofrimentos por que passou, essa moça conseguiu conservar um aspecto humano'."

Foi o que disse Rosalia Pavlovna.

E Lena teve vontade de, justamente, se apresentar bem a Jenia, tomando essa atitude já no primeiro dia, de estar impecável em todos os pontos, limpa e asseada. Teve vontade de se vestir não luxuosamente, mas com bom gosto.

"Nunca um homem se apaixonará por uma borralheira. Homens verdadeiramente de qualidade apreciam antes de tudo, numa mulher, esses atributos: a limpeza corporal e espiritual. Deve reinar ordem no quarto de uma jovem, sem apresentar o menor grão de poeira, tudo deve brilhar. As janelas têm que ter cortinas, mesmo que remendadas e feitas do tecido mais comum. Se estiverem impecavelmente limpas e bem brancas, serão mais bem-vistas do que cortinas mais caras, só que sujas e rasgadas."

Lena concordava de cabo a rabo.

No final da tarde, o céu clareou um bocado e, pouco antes do crepúsculo, o sol reapareceu. Foi um crepúsculo muito bonito, como se línguas de fogo lambessem o horizonte.

5 DE MAIO

Hoje, Lena nada comeu além de pão, mas a fome não a afligiu tão dolorosamente, já que permaneceu em casa o dia inteiro, sentada na cama, remendando meias. Pela manhã escapuliu para ir buscar o pão e o comeu à uma da tarde, passando depois a separar meias, escolhendo, para ajeitar, as que se encontravam em melhor estado e serão levadas. Fez isso repetidamente.

Desde cedo o tempo esteve ensolarado mas frio. Em geral, a temperatura se manteve suave, mas o vento glacial penetrava em tudo. No final da tarde, o céu se mostrava límpido. Alguém do colégio foi até a sua casa para avisar que no dia seguinte, ao meio-dia, haveria uma assembleia de alunos das últimas séries. Lena assinou a lista e a examinou. Tamara não se encontrava, mas Vovka estava inscrito. Lena se alegrou muito com a ideia de vê-lo no dia seguinte.

O rádio, porém, a deixou bem contrariada, pois desde a metade do dia funcionou com interrupções. Em seguida anunciaram tiros de artilharia na região. Depois do anúncio do término dos tiros, começou um concerto que de repente parou e o rádio ficou mudo. É interessante constatar que, durante esse alerta, Lena não ouviu troca alguma de tiros. É verdade que os canhões antiaéreos deram alguns, mas pouquíssimos. Foi realmente estranho. Lena resolveu ir no dia seguinte ao centro de evacuação com Tonia, após a reunião no colégio. Poderia descobrir alguma coisa, daí compraria pão em seguida e dedicaria o restante do dia à costura etc. Precisa se apressar, pois não sabe quando a evacuação terá início e deve deixar tudo em ordem o mais depressa possível, deixando suas coisas arrumadas para estar totalmente pronta e partir. Para não perder nem um dia, se inscrever e ir embora assim que a evacuação recomece. Sua única e exclusiva meta, de fato, é a de estar o mais rapidamente possível na casa de Jenia, em Górki. As aulas só começarão em 15 de maio. O mais provável é que Lena parta antes. A cantina, ao que dizem, funcionará a partir do 8, o que a desapontou muito. Terá que viver mais dois dias unicamente de pão. E trezentos gramas de pão são insuficientes para que deixe de se sentir quase faminta. Mas não há outra solução. Lena contou com todo cuidado os tíquetes de alimentação e se convenceu de que, se pegar mais qualquer outra coisa na cantina, terá um gasto suplementar de cereais, correndo o risco de ficar sem almoço no colégio — e todos tinham sido particularmente avisados, na reunião, para tomar cuidado nesse sentido.

Se a evacuação pudesse começar amanhã mesmo! Nesse caso, já no dia 7 Lena partiria, e a fome desapareceria de imediato. Mas não, são apenas sonhos. É preciso tentar parar de pensar em comida, dizia Lena para si mesma, sentindo que o mal-estar apertava a sua garganta, com a execrável sensação de vazio no estômago. Mas como não pensar em comida, ouvindo o barulho do fogão a querosene e da tampa da panela na casa dos vizinhos, do outro lado da parede? Lena ouve as colheres e as facas, identifica até mesmo o pão crocante sendo cortado.

É uma tortura sentir fome e engolir saliva espessa.

6 DE MAIO

Caiu neve à noite, mas derreteu de imediato. Tempo cinza: continua a soprar um vento, mas menos frio. Pela manhã, Lena comeu o seu pão e leu um livro. Estava errada Olia, ao dizê-lo desinteressante. Lena gostou muito. São exatamente histórias como aquelas, de *Nas montanhas de Sikhote-Alin*, as suas preferidas. Ao meio-dia ela foi ao colégio. A assembleia das últimas séries (as três últimas) se passou na sala do diretor. Quinze alunos ao todo estavam presentes. Dentre os que Lena conhecia, estavam Nina (Lena se confundiu, chamando-a de Tonia), Galia Kuznetsova e Micha Iliachev. Vovka não apareceu. O próprio diretor presidiu a reunião. Confirmou que as aulas seriam reiniciadas a partir do 15 e que dependia dos alunos das últimas séries a organização da defesa do colégio contra os ataques inimigos. Na verdade, são os alunos a única defesa do colégio. Então, logo ele dividiu os que estavam presentes em grupos. Lena e Nina ficaram no grupo de intercomunicação. Em seguida, o diretor declarou que já em 8 de maio eles seriam inscritos numa ordem de missão como combatentes do grupo de autodefesa. A partir do dia 10, quando o refeitório passasse a funcionar, eles começariam o seu serviço. Pode-se imaginar o efeito que todas essas notícias produziram em Lena. O refeitório só funcionará a partir do 10 e não do 8. E ter o papel de agente de intercomunicação, mal se aguentando nas pernas! É verdade, ela enfraquecera muito nos últimos dias. Subir a escada até o seu terceiro andar se tornara um esforço exaustivo, exigindo dela as últimas gotas de energia de que dispunha. Só estava conseguindo superar os últimos degraus se agarrando no corrimão. Quando ela vai à rua — e tenta, de maneira geral, sair o mais raramente possível, mas quando, mesmo assim, tem que ir a algum lugar —, procura andar o mais depressa que consegue, quase correndo, pois se andar lentamente as pernas começam a se embaralhar e ela corre o risco de cair a qualquer momento.

Saindo do colégio, Lena já foi à cantina. No dia de hoje isso foi particularmente difícil. Tropeçava como um bêbado e não devia passar uma boa impressão a quem porventura a observasse. No refeitório nem havia tanta gente assim. Lena pediu à mulher que estava na fila a seu lado, e tinha um salvo-conduto, que pegasse um mingau para ela. Mas após alguns minutos Nina chegou e a mãe dela não tinha vindo à cantina. Lena foi para a fila reservada à entrega dos pratos. Nina pegou para ela duas porções de macarrão. No momento de ser servida, Lena conseguiu trocar uma das porções de macarrão por um purê de ervilhas, enquanto Nina preferiu as duas porções de macarrão. Saindo da cantina, as duas correram até o centro de evacuação e isso porque, na fila, souberam pelas pessoas em volta que a evacuação começaria no dia 10, talvez até mesmo no dia 7, estando as inscrições para partir sendo registradas, ao que diziam, desde o 5. Recuperaram ânimo e, com o coração aos saltos, correram até o centro. Amarga decepção! Não havia uma vivalma, o lugar estava deserto, nenhum aviso no quadro, nada. Lena foi para casa, comeu um pouco de macarrão frio e purê de ervilhas, acendeu o fogão e preparou uma panela inteira de sopa. Estava ótima. Devorou a metade da panela e guardou a outra metade para o dia seguinte. Tinha pegado dois pratos prevendo que não iria ao refeitório no dia seguinte.

Depois do almoço, Lena ficou sonolenta e apática. Não tinha vontade de se mover, de pensar, nem de fazer o que quer que fosse. Era difícil até movimentar um dedinho. Mas compreendia perfeitamente que dias frenéticos viriam. Seria a evacuação, ela teria com que se ocupar. Precisava correr e preparar a bagagem. Além disso, no fim de tarde da véspera, Lena tinha ido à casa de Yakov Grigorievitch, e ambos combinaram que na noite do dia 6 ele a informaria sobre a compra dos seus móveis e outros objetos. Se tudo se resolvesse, fariam isso juntos no 7, pois ele não trabalhava nesse dia.

Logo mais, à noite, Lena irá à sua casa, levando o fogareiro de aquecimento, e terá mais notícias.

Yakov Grigorievitch pediu que Lena coloque de lado tudo que pretende levar, arrumando uma parte das coisas num baú e outra parte numa trouxa. Superando a apatia, ela se forçou à ação, apesar da grande dificuldade. Independentemente disso, sentiu uma sede tremenda: a sopa estava salgada demais e ela teve que buscar força em seu âmago para ir pegar água. Botou para ferver a chaleira e, para compensar os esforços, tomou à saciedade um chá bem forte e quentíssimo. Há muito o que fazer nos dias seguintes. Muita roupa para lavar, pois tudo que vai levar está sujo. E tem coisas ainda a remendar e costurar.

Dez de maio. Uma data em que se baseiam tantas esperanças. Lena já se decidiu a pedir desligamento do colégio, é claro. Agora acredita que em breve, muito em breve, dirá adeus a Leningrado. Ouviu dizer que se prevê uma distribuição de gordura. "Amanhã vão provavelmente anunciar açúcar", pensou, lambendo os lábios de prazer com a ideia de que, em pouco tempo, estaria tomando chá de verdade com docinhos e pão com manteiga.

Tomou a decisão de logo na manhã seguinte correr ao centro de evacuação para saber o que se passava, para depois terminar a transação com Yakov Grigorievitch, carregar dois baldes d'água, cortar lenha miúda e lavar roupa. Dia 8, à uma da tarde, ela irá ao colégio pedir seu desligamento das listas e encontrará Nina para combinar o que farão nos dias seguintes.

7 DE MAIO

Lena se levantou por volta das 10h. Primeiro foi à sua loja de hábito e obteve noventa gramas de óleo de girassol. Seguiu depois até o centro de evacuação. Disseram que voltasse no dia 10. Lena passou pela padaria, comprou trezentos gramas de pão e voltou para casa. Mal se preparou para o desjejum, bateram à sua porta: recebeu uma convocação do escritório da administração do prédio. Lena devia se apresentar a uma comissão, no bureau de recrutamento, às 11h. Comeu às pressas, tanto que migalhas de pão se espalharam pelos quatro cantos do cômodo e óleo se derramou no chão e no seu casaco. Lena se dirigiu ao bureau de recrutamento com a convocação. Inutilmente tentava adivinhar o motivo da convocação e o objetivo da comissão.

Ao chegar, avisaram-lhe que fora mobilizada para o grupo de defesa antiaérea local e disseram que passasse à sala ao lado, para ser examinada por uma comissão médica. Lena ficou tão assustada que, quando lhe pediram nome e sobrenome, foi incapaz de articular uma palavra e, apesar de muito esforço para se controlar, caiu em pranto. O médico acalmou-a dizendo que não chorasse desde já, pois provavelmente seria dispensada por conta da deficiência visual. Lena respondeu que não era esse o motivo da sua reação e que, na verdade, se sentira totalmente incapaz de se controlar. O oftalmologista chegou pouco depois e Lena foi a primeira a ser examinada. Declarada inapta, estava de novo livre e voltou para casa. Comeu seu pão com óleo, esquentou a sopa e com muito prazer tomou um prato e meio de sopa grossa, saborosa e, principalmente, bem quente.

Saiu em seguida à procura de Yakov Grigorievitch, mas foi informada de que ele estava no trabalho. Voltou então ao remendo de suas meias, até baterem à sua porta. Abriu e uma moça bem magra, de estatura mediana, usando óculos, tendo na cabeça uma touca de pele marrom, calçando botas e vestindo um paletó e calças de lona impermeabilizada, entrou. "Lembra-se de mim?", perguntou sorrindo. Lena olhou para ela: mas é claro, era Verotchka, Vera Miliutina,[151] a colega, a amiga de mamãe!

151 Vera Miliutina (1903-1987), pintora de Leningrado. Foi cenarista de teatro. Durante a guer-

Lena disse que entrasse, ela se sentou no baú e Lena se pôs a seu lado. Vera não demorou muito, mas as duas tiveram tempo de conversar bastante. Lena fez um resumo da sua vida em geral: como tinham passado o inverno as três, depois sem Aka e então mamãe também morrera. Vera realmente entendeu Lena.

— Pobre garota! Imagino tudo por que passou! Não tem importância, falta pouco tempo para deixar de sofrer, logo vai partir, e queira Deus que tudo corra bem no caminho. Uma nova vida vai se abrir para você, assim que estiver com Jenia.

Era tão agradável para Lena saber que em Leningrado havia pelo menos uma pessoa que lhe era próxima, uma amiga de sua mamãe.

E ela se preocupou, querendo saber como Lena viajaria, se sozinha ou acompanhada, e quando Lena disse que não partiria sozinha, e sim com uma colega e a mãe dela, Vera se tranquilizou. Mas perguntou:

— Como é a mãe de Nina? Forte, e não frágil demais? É preciso ter companheiros de viagem com os quais se possa contar.

E fez muitas perguntas mais, pedindo detalhes, cheia de solicitude. Quis saber se carregaria muita bagagem e se, de imediato, contava com algum dinheiro. Se tinha amigos, se alguém a ajudava. Insistiu para que tomasse cuidado e não comesse demais nos dois primeiros dias, para não arruinar a saúde por causa de um mingau qualquer.

Acontece de muitas pessoas, no caminho, adoecerem e morrerem, se lançando em cima da comida, se empanturrando, o que causa um efeito nefasto num organismo exaurido por longa subnutrição.

— Faça esforços sobre-humanos com você mesma, mas controle-se sobretudo com o pão. Você sabe que na estação vão lhe dar um quilo de pão e há quem coma tudo no mesmo dia. Não faça isso! Um amigo meu morreu no caminho apenas por ter comido demais: empanturrou-se de sêmola e comeu uma quantidade enorme de pão. Controle-se e não deixe também que os

---

ra, criou cartazes de propaganda e fez uma série intitulada *A ermida durante o bloqueio*. Foi graças à sua correspondência que se pôde localizar o paradeiro de Lena.

outros comam demais. Pois é de dar raiva morrer dessa maneira, nada mais estúpido. Escapar de bombas e obuses, no meio de mil mortos, e morrer por uma porção de mingau a mais!

As palavras de Vera tocaram diretamente o coração de Lena. Não, ela não queria morrer assim tão estupidamente, e prometeu a si mesma seguir os conselhos de Vera e evitar nos dois primeiros dias a abundância tentadora de alimentos. Não tinha a menor vontade de morrer por causa de um mingau. Sem dúvida seria um esforço doloroso, um obstáculo a mais a ser superado.

Vera contou que trabalhava como artista, era pintora. Tinha um cartão de alimentação graças à sua atividade, mas não era suficiente. Felizmente seu trabalho infernal lhe dava o direito de se alimentar num refeitório especial, com tíquetes especiais. Perguntou a Lena se não haviam sobrado pincéis de sua mãe, e com prazer Lena deu a ela todos que encontrou, assim como os tubos de tinta e outros instrumentos, dizendo que, para ela, era bem mais agradável saber que aqueles objetos de sua mamãe estariam não nas mãos de um Yakov Grigorievitch, que era um desconhecido, mas com uma pessoa para quem não seriam simples artigos, e sim uma lembrança.

Lena deu a ela também, como recordação, uma foto de mamãe ainda aluna do ensino médio e outra sua, assim como o livro *O pequeno capitão*. Despediram-se de maneira muito calorosa e fraterna, com promessas de voltarem a se ver. Vera prometeu voltar no dia seguinte, por volta das 17h.

Lena ficou muito comovida com a consideração demonstrada pela amiga de sua mãe. Vera quase não tinha dinheiro com ela, mas deixou-lhe, mesmo assim, vinte rublos e dividiu um pequeno pedaço de pão que guardava no bolso. Prometeu ajudar no possível.

— Espere-me amanhã. Pode ser que eu venha de mãos vazias ou talvez consiga trazer algo para comer. Na pior das hipóteses, dividimos meu pão.

E beijou carinhosamente Lena, para quem esse beijo foi um momento extraordinário. Como o encontro tinha sido bom e afetuoso!

Valia a pena esperar o dia seguinte. Em primeiro lugar, era um dia a menos na expectativa da partida, além disso, estaria encontrando uma pessoa próxima, e depois iria à cantina. Para o dia seguinte, Lena resolveu utilizar um tíquete para cereais ou um tíquete para carne. Independente disso, no dia seguinte seriam distribuídos açúcar e chocolate, em princípio. Mas Lena escolheria balas no lugar do chocolate, cinquenta gramas de açúcar e cinquenta gramas de balas, e pegaria o resto depois. Assim sendo, no dia seguinte ela poderia tomar chá adoçado com açúcar e pão grelhado. "Amanhã já será 8 de maio", pensou Lena, olhando pensativamente pela janela.

O tempo esteve cinzento o dia inteiro. E frio. Os tiros de artilharia cessaram, mas tinham sido bem intensos. Ouvia-se claramente o barulho dos obuses e as explosões abafadas. Até de noite Lena remendou meias.

Endereço de Vera Miliutina: rua Nijegorodskaia, 23a, apartamento 42, Leningrado.

8 DE MAIO

Lena se levantou às 10h, como sempre. Foi à loja e obteve cinquenta gramas de chocolate e cem gramas de balas. Depois comprou pão, voltou para casa e preparou um festim. Fez chá e tomou duas xícaras com pão torrado ao óleo, acompanhado de chocolate e balas. Em seguida foi à cantina, com a esperança de encontrar Nina Katocheva, mas ela não estava lá. Lena não tinha um salvo-conduto, sem o qual nada podia comer, mesmo assim lhe deram comida, sem pedir que o apresentasse. Pegou sêmola, comeu um pouco ali mesmo e levou o restante para casa, juntando água para fazer uma sopa que rendesse mais. Depois foi ao colégio, onde pediu para ser retirada das listas.

(Varvara Pavlovna Jarkova pediu que fosse ver uma amiga dela em Górki.)

De novo em casa, Lena preparou a sopa e a tomou.

9 DE MAIO

Na noite de ontem se passaram muitas coisas interessantes para Lena. Por um bom tempo esperou Vera Miliutina, que prometera passar por volta das 17h e não passou. Lena já tinha perdido toda esperança de voltar a vê-la quando de repente ela chegou, e não sozinha, mas com uma cidadã que foi apresentada como amiga. Vieram mais ou menos às sete da noite. Lena ficou bem tocada por Vera ter trazido num recipiente um pouco de sopa e um minúsculo pedaço de pão, assim como uma carta e trinta rublos da parte de Kissa, dez rublos da parte do tio Serioja[152] e dez rublos dela própria. Lena agradeceu calorosamente. Vera explicou que a amiga ali presente era uma eventual compradora de objetos de casa, pelos quais podia pagar com pão. A mulher — de aparência muito agradável, tamanho mediano, cujos modos deixavam que imediatamente se visse ser uma intelectual — começou se interessando pelo baú e perguntando se Lena queria vendê-lo: pagaria por ele trezentos gramas de pão, naquele dia mesmo. Lena pensou um pouco e concluiu que estava livre para fazer o que bem entendesse: Yakov Grigorievitch não poderia de jeito nenhum reclamar da venda daquilo que ainda pertencia a ela, caso isso lhe parecesse mais vantajoso. Resolveu que, no presente caso, não o levaria em conta e concordou, tirando do baú tudo que já havia colocado dentro. Deixou num canto todas as roupas que tinha arrumado na véspera à noite, com tanto esforço.

E foi quando a nova compradora revelou todo seu gosto por brechós: precisava ver sua alegria revirando aquelas roupas velhas que para Lena já não tinham o menor interesse. As saqueadoras se esmeraram no garimpo por um bom tempo e no final ambas pegaram um monte de roupas, para grande surpresa de Lena, que achava já ter vendido tudo que era possível vender. Na verdade estava contente de que tudo aquilo não caísse nas mãos de Yakov Grigorievitch, ideia que sempre lhe desagradou. Vera pegou três chapéus de Aka e os experimentou. Os três lhe caíam muito bem. Ela se virou para juntar uma quantidade considerável de coisas para Kissa. Lena ofereceu de lembrança um broche em formato de pequena águia e, além disso, Vera levou as pinturas de mamãe, um molde de costura e maquetes de brinquedos que haviam restado. E para terminar, a amiga resolveu levar também o movelzinho em que se guardavam pequenos objetos, e de que ela gostava tanto. O resultado de todo esse "saque" foi que Lena ficou com o direito de ir à padaria e comprar meio quilo de pão. Uma boa coisa para ela, que foi pessoalmente comprá-lo na loja perto do cinema Pravda. O pão estava bom, seco e macio, com a massa

152 "Tio Serioja", isto é, Serguei Glazunov, foi o segundo marido de Mathilde Miliutina-Hugo, avó de Vera Miliutina. Kissa era a mulher de Serguei Senatorski.

bem fermentada. No caminho, encontrou Olia, que passeava em roupas de verão e trazia uma grande torrada de pão na boca. Olia perguntou por que não ia visitá-la e Lena prometeu que passaria. Olia pediu que levasse alguma coisa para ler. Lena informou que em breve as evacuações recomeçariam, perguntando se Olia pensava partir ou ficar. A amiga disse não ter intenção de partir naquele mês, pois já havia comprado pão com antecedência, além de outras coisas, de forma que Lena ficou sem entender direito o que ela estava querendo dizer.

Somente tarde da noite as convidadas de Lena se foram. Ficou combinado que talvez Vera voltasse, mas que, se não fosse o caso, Lena iria à casa dela, por volta das 19h. Vera desenhou um mapa mostrando como chegar sem dificuldade. Deu duas cartas a Lena, para amigos em Górki, e insistiu para que fossem entregues pessoalmente, contando a eles o que acontecia em Leningrado. Deixou claro que alguns desses amigos eram pessoas influentes, que poderiam ser úteis e ajudá-la, garantindo que tomariam conta dela e que, de uma maneira ou de outra, poderiam protegê-la.

Já com a amiga de Vera, Lena combinou que a esperaria no dia seguinte às 10h, para que ela e o marido pegassem os objetos comprados.

Exausta com tantos acontecimentos, Lena comeu um pouco de pão com óleo de girassol e sal, indo em seguida se deitar. Dormiu um sono profundo e, quando acordou de manhã, imediatamente pegou o pão e se esforçou para comê-lo quase todo antes de chegar sua nova amiga da véspera com o marido, deixando só um pedacinho para a sopa. É surpreendente constatar a que ponto a representação que se tem do tempo é enganosa algumas vezes. Lena teve a impressão de que tinham se atrasado e chegado mais tarde do que a hora combinada, sendo já umas 11h, e ficou muito espantada em saber por eles que eram apenas nove da manhã. Incomodou-a muito descobrir que estava enganada. Com a ajuda do marido, a nova amiga levou o baú e disse que voltaria dentro de uma hora para pegar a prateleira. Lena tentou voltar a dormir, mas não conseguiu. Tentou ler, sem melhores resultados. Tinha só uma ideia na cabeça: a sopa que estava em cima do armário. Mesmo contrariada consigo mesma, Lena se levantou, acendeu o fogão a querosene e esquentou a miserável sopa, depois de acrescentar um pouco d'água. Era uma sopa de aveia com um pedacinho de nada de carne, tão gorda e espessa que, mesmo acrescentando boa quantidade de água, rendeu dois pratos fundos de sopa e mais a metade de um terceiro. O querosene mal deu para esquentá-la e o pavio já começava a queimar. Desnecessário mencionar o prazer que foi para Lena tomar a sopa de carne, bem quente e saborosa, como não tomava igual havia muito tempo.

Depois ela leu um pouco e em seguida resolveu se arrumar para ir à padaria, mas enquanto fechava a porta sua nova amiga chegou para buscar a prateleira. Conversaram e Lena soube que era casada com um responsável pelo Instituto de Coreografia,[153] ao que parece, e que Vera lhes devia a vida, a ela e ao marido, pois tinham lhe conseguido acesso a um dispensário. Era graças a eles que ela podia almoçar num refeitório sem tíquetes de racionamento. E que eles próprios, aliás, deviam a vida ao seu cachorro, que, morto, os alimentara por um mês inteiro. Como Lena e sua mãe, o casal havia também utilizado muito a cola de marcenaria para se alimentar, além de muitos outros produtos.

Lena perguntou se a nova amiga não lhe conseguiria um salvo-conduto para uma cantina, e ela prometeu consultar o marido, propondo dar acesso a Lena ao refeitório do Instituto de Coreografia, mas Lena recusou. Pelo que ouviu, Lena acabou entendendo que ela era casada com o diretor do instituto e que eles viviam lá provisoriamente, pois o apartamento onde moravam tinha sido bombardeado. O instituto seria evacuado tão logo começassem as operações. Por isso seu marido sabia com precisão que seriam reiniciadas no dia 10, segundo as previsões.

Disse ainda que talvez conseguisse falar com o marido e fazer que Lena pudesse partir com eles, junto aos alunos do instituto, o que seria bem melhor para ela. De maneira geral, muito foi prometido a Lena, que podia de fato esperar uma grande ajuda.

Depois a amiga se foi, dizendo que tudo que viesse a saber ou pudesse fazer por Lena, seria transmitido a Vera, quando esta passasse para vê-la. Lena

153 O Instituto de Coreografia se tornou Academia de Balé Russo, junto ao teatro Mariinski. (N. d. T. F.)

foi então à loja, onde obteve, com o tíquete que restava, cinquenta gramas de açúcar, e comprou pão. De novo em casa, com restos de madeira compensada botou água para ferver no fogão e tomou cinco xícaras de chá quente e doce, com pão. Depois ficou lendo e somente então teve gosto com a leitura de seu livro, que lhe pareceu extremamente interessante. Lendo, mordiscava minúsculos pedaços de pão, nos quais colocava um pouco de açúcar. Terminado o pão, Lena acabou com o açúcar e, feliz, sentiu estar "satisfeita".

Passou então a contar suas economias, confirmando possuir 250 rublos. Lembrou-se de que no dia seguinte devia pagar o aluguel do quarto pelo mês de maio, e assim poderia passar pela casa de Sofia para se informar a respeito do kefir. Se possível, compraria uma garrafinha. Fez mais uma coisa ou outra e resolveu ver a hora. E pela segunda vez se enganou. Tinha a impressão de ser umas 18h e não passava das 16h.

Sentia-se bastante sonolenta e pensou em tirar um pequeno cochilo, mas mudou de ideia. Enrolou-se dos pés à cabeça numa coberta e mergulhou em reflexões. Examinou com cuidado um mapa de geografia, analisando em seus menores detalhes o itinerário do percurso que faria, imaginando como tudo aquilo terminaria e que seria realmente simpático poder viajar com as jovens dançarinas. Talvez tivesse a oportunidade de encontrar Galia Tchernoyarova.[154]

Sendo o marido daquela mulher uma personalidade tão importante, vai certamente poder organizar as coisas da melhor maneira para Lena, se assim quiser. Provavelmente terão um vagão ou vagões especiais reservados, com a possibilidade de não ter que se preocupar com a bagagem, além de maior facilidade para receber comida. Ainda por cima, seria mais alegre viajar com moças da sua idade. É verdade que a preocupação com a bagagem e a comida podia realmente estragar a expectativa criada com aquela expedição formidável.

Era agradável para Lena ter consciência de ser, agora, uma simples questão de tempo e que os maiores obstáculos tinham ficado para trás. Sentiu-se livre como o vento. Não estava ligada a nada nem a ninguém, sem também dever a quem quer que fosse.

154 Galina Tchernoyarova, cantora de ópera.

Era agradável ter consciência de sua total liberdade. Fazer o que quisesse por dias inteiros e esperar o momento de partir. Só o que tinha a fazer era esperar. Do dia 20, em todo caso, não passaria. O mais provável seria o dia 15 ou 16. E nestes últimos dias, ela não vai mais estar sozinha, tem amigas: Vera e Kissa. Estar com elas é como estar em família. Não devemos nos lamentar e sim olhar com ânimo para a frente — e tudo será maravilhoso.

10 DE MAIO

Ontem, precisamente às sete da noite, Lena se vestiu, pegou o bonde e foi à casa de Vera. Facilmente encontrou o endereço. Foi muito bem recebida e levada para perto do aquecedor de ferro fundido. Gostou muito do apartamento de Vera, que mora atualmente com o velho tio Serioja e Kissa numa antiga casa de madeira de dois andares, da qual ela ocupa dois cômodos, um com uma janela e outro com duas, tendo à sua frente árvores e arbustos. Esta casa e algumas outras parecidas dão para um pequeno pátio atravessado por uma calçada. Nas laterais, há um gramado com arbustos e árvores. É muito agradável e contrasta com as ruínas das construções em pedra da vizinhança. O fato é que Vera mora bem ao lado da estação Finlândia e a estrada de ferro passa logo atrás da casa em frente à sua. Por isso o lugar sofreu muito com bombas lançadas sobre a estação e que eventualmente caíam em volta. O local aparentemente tão calmo e charmoso é, na verdade, assustador. Das construções em pedra ao redor, de ambos os lados do pequeno jardim, restaram apenas montes de ruínas. Vera e o tio Serioja moravam justamente em um desses prédios, à direita da atual moradia.

Lena se sentia tão bem ali que não tinha vontade alguma de ir embora. Acabou resolvendo passar a noite. Tomaram chá. Vera ofereceu umas "migalhas", como disse, de pão e uma colherinha de açúcar com um pouco de ácido cítrico. Em seguida arrumaram uma cama para Lena, em cima de um baú bem alto, o que a divertiu muito, pois lembrava um beliche de trem expresso. Contente ela se despiu e se enfiou sob um edredom. Já pegando no sono, teve a impressão de estar num vagão, com a cama que se movia, e até sentiu um agradável balanço. Isto vinha do fato de Lena, nesse dia, ter sentido certa vertigem. Estava na expectativa da viagem e bem ao lado da estrada de ferro, onde rugiam locomotivas, e tudo isso criou a ilusão de estar viajando.

Não dormiu muito bem: logo acima da sua cabeça se dependurava um alto-falante e o som forte do metrônomo[155] incomodava. De manhã foi acordada por Vera e lavou bem o rosto e as mãos com sabão. Depois Vera cortou lenha na soleira da casa e Lena foi à padaria comprar pão, ajudando depois a guardar a lenha, enquanto Kissa preparava chá. Fazia um dia magnífico, com o vento dispersando as nuvens e o sol voltando a iluminar a terra. Abriam-se espaços azuis entre as nuvens, os passarinhos cantavam, juntando-se aos apitos inspiradores das locomotivas. Tudo parecia cheio de encanto e a chamá-la: pé na estrada, pé na estrada!...

Lena tomou pela manhã cinco xícaras de chá com ácido cítrico e açúcar que Kissa ofereceu. Em seguida, ficou por algum tempo examinando a coleção de livros infantis de Vera. "Cada louco com sua mania", como se diz. Kissa, por exemplo, adora padrões de bordados, linhas e belos tecidos. A paixão de Lena são os cartões-postais, os pássaros e outros animais. A de Vera é muito estranha: ela compra e coleciona livros infantis, principalmente aqueles para crianças bem pequenas. Tem uma grande quantidade, alguns antigos, que pertenceram à sua mãe, mas também outros recentes, como *O ratinho estúpido* e *O Terema* etc.

Tio Serioja foi se deitar para descansar. Kissa está sentada, escrevendo uma carta, e Vera trabalha: desenha nas próprias salas o Hermitage de agora, depois das bombas e obuses, passando em seguida a limpo os desenhos, já em casa. Cumpre uma tarefa histórica, descrevendo, com seu pincel de artista, as marcas criminosas dos malditos nazistas. Isso entrará para a história. Vera, aliás, é excelente artista e seus desenhos são magníficos. Cada um, então,

155 Quando não havia transmissão, ouviam-se no alto-falante as batidas de um metrônomo: o ritmo lento indicava "Tudo calmo na cidade", e o ritmo rápido anunciava "início de tiros de artilharia contra a cidade", com um locutor que pedia à população que se dirigisse a um abrigo. Para os ataques aéreos o anúncio era feito por um locutor, seguido do som de uma sirene, no rádio. Indicava-se o fim dos alertas aéreos com um som de clarim, seguido do aviso do locutor. (N. d. T. F.)

estava ocupado com o que tinha a fazer, mas Lena rapidamente notou, com pena, que o exame dos livros era muito cansativo e deixou de lado essa ocupação. Foi tomada por uma espécie de apatia, sem vontade de mover membro algum, sentindo as pálpebras pesadas, vertigem e um extremo torpor. Não se sentia nada bem. Mas tentou disfarçar para que ninguém percebesse. Começou a recolocar os livros nos seus lugares e, quando se movimentou, sentiu as pernas vacilarem. "O que está acontecendo? Será que estou doente?", afligiu-se. Estava triste e melancólica. O sol se escondera, o tempo estava novamente cinza, e nisso a sirene funesta começou a gritar, anunciando um alerta. Durou uma hora e quando acabou Lena se arrumou, se despediu de todos e foi embora. Passou em casa, pegou alguns recipientes e seguiu para a cantina. Fez demorada fila para acabar indo embora de mãos vazias, pois não havia mais purê de ervilhas, nem macarrão ou almôndegas de carne, restando apenas mingau de soja, também quase no fim. Em quantidade insuficiente para Lena, em todo caso. Além disso, a controladora era novata e, de qualquer forma, nada lhe teria fornecido sem um salvo-conduto. Lena comprou na loja sessenta gramas de ervilha e preparou um purê em casa. Não chegou a ser um purê nem era uma sopa, mas algo no meio do caminho. As ervilhas, em todo caso, tinham inflado e estavam macias e friáveis, podendo ser facilmente mastigadas. Tomou três porções, e esse prazer bastou por todo o fim do dia. Completamente exausta, deitou-se cedo. À noite, houve novo alerta aéreo, de curta duração. Pouco antes do escurecer, o sol fez uma aparição e iluminou o triste cômodo revirado de cabeça para baixo, os montes de coisas e de livros, com o urinol cheio no meio de tudo aquilo, mas Lena não tinha coragem de descê-lo com suas imundícies. O dia tinha sido triste e desolador. "Amanhã alguma coisa vai acontecer", ela pensou, pegando no sono.

11 DE MAIO

Lena despertou por volta do meio-dia e logo foi à rua. Primeiro resolveu passar pelo centro de evacuação. A ideia de que as coisas pudessem já ter começado por lá, quem sabe as inscrições, a atormentava muito. O tempo estava agradável, o sol brilhava, mas o centro continuava deserto como nos dias precedentes. Lena perguntou à guarda que estava de serviço na entrada se havia alguma novidade a respeito da evacuação, e ela respondeu que nada aconteceria antes do dia 15. Lena logo sentiu o desânimo se abater sobre ela e imediatamente o sol, o céu azul e o calor deixaram de ser um prazer.

Dirigiu-se à casa de Maria Fiodorovna Bartachevitch. Teve sorte, pois a encontrou na escada, voltando do refeitório com uma panela cheia de macarrão. Foram até o quarto dela. Passaram por longos corredores, virando ora à esquerda, ora à direita, e Lena jamais teria encontrado o lugar se estivesse sozinha. Acabaram chegando ao quarto de Maria. Lena viu em cima da cama duas almofadas suas, bem limpas, lavadas e com fitinhas costuradas nos cantos. Foi agradável revê-las. Lá estava também o pequeno armário de Lena, com as prateleiras cobertas por paninhos bordados com bibelôs de porcelana, onde se encontrava o açucareiro azul de Aka. O quarto de Maria Fiodorovna transmitia uma impressão de grande conforto e aconchego. Havia um guarda-roupa com espelho, um piano de armário, uma escrivaninha, muitos livros e o piso coberto de tapetes. Maria Fiodorovna devolveu algumas correias a Lena e disse que o marido a autorizava, se ela quisesse, a usar o refeitório da instituição. Lena agradeceu muito. Foram juntas até lá e Maria Fiodorovna apresentou Lena à responsável, explicando que aquela jovem ali pegaria o seu almoço por algum tempo, por recomendação de Bartachevitch. Em seguida mostrou como entrar no refeitório sem salvo-conduto, assinou uma autorização e pediu que transmitisse seus cumprimentos a Vera, Kissa e ao tio Serioja quando os visse, dizendo a Vera em particular que aguardava a sua visita. Depois foi embora, acrescentando que, se Lena precisasse de alguma coisa, fosse vê-la. Lena ficou na fila, que não era grande, apenas sete ou oito pessoas. Olhou ao redor: era uma sala de pequenas dimensões, muito limpa, com duas janelas. Ocupando uma parte do recinto perto das janelas, havia quatro mesas cobertas por toalhas limpas. Vasos de flores enfeitavam as mesas como também os beirais das janelas, que tinham cortinas brancas impecáveis. Do outro lado da sala estava uma jovem, bem bonitinha e impecável, de avental branco e uma boina vermelha na cabeça. Tinha em volta dela três mesas e, atrás, um armário. Tudo ali era irretocável e extraordinariamente limpo. A sopa, a kasha, o macarrão, tudo estava em vasilhas de aço galvanizado que brilhavam de limpeza e eram fechadas com tampas. A moça trabalhava com cuidado e precisão. Havia no refeitório sêmola, 250 gramas, consistente e pura, macarrão, duzentos gramas, e sopa, bastante espessa, com cevadinha e massa. Entre os pratos de carne, havia salsichão. Lena pegou sêmola de trigo. No caminho de volta, comprou pão e, chegando em casa, comeu a sêmola com pão e isso bastou. Depois contou os tíquetes restantes e concluiu poder ainda comprar quarenta gramas de cereais por dia e pegar carne duas vezes. E isso até 15 de maio. Em seguida Lena foi buscar água e [...].[156]

16 DE MAIO

(Do 15 de maio.) Tem feito um tempo magnífico. Sol e temperatura suave, com 16ºC à sombra. Os gramados voltam a ficar verdes, despontam brotos em toda a vegetação. Tudo desperta na primavera, e os alemães se mantêm atentos. Tiros de artilharia e ataques aéreos se sucedem, várias vezes durante o dia.

Nesse momento, por exemplo, ocorrem tiros de artilharia. Lena foi à avenida Nevski. Queria trocar por cereais os duzentos gramas de pão comprados por noventa copeques. Assim que os tiros começaram, Lena atravessou a rua e se refugiou numa trincheira aberta na praça Catarina. Obuses passavam por cima de sua cabeça, um atrás do outro, assobiando com ritmo. As explosões não paravam. Tudo muito assustador. Inclusive os passarinhos que não paravam de cantar se calaram. Num momento de calma, Lena deu uma olhada para fora do abrigo e ficou estarrecida com o que viu. É incrível constatar como as pessoas se habituaram a arriscar a vida a cada instante. É como se ninguém sequer notasse os tiros de artilharia disparados. Os bondes circulavam, automóveis seguiam normalmente, pessoas caminhavam ou continuavam tranquilamente sentadas em bancos. Cada um entregue a seus afazeres, e Lena se sentiu um pouco envergonhada. Podiam achá-la um tanto estranha, refugiando-se daquele jeito numa trincheira. Foi então para casa. Os tiros de artilharia, aliás, já estavam mais fracos e em seguida pararam completamente.

156 Texto interrompido.

Hoje o sol não se mostrou durante o dia, mas está agradável, com o tempo inclusive meio abafado. Lena pernoitou outra vez na casa de Vera. Dessa vez, Vera e Kissa resolveram dormir um pouco mais, mas Lena não tinha sono. E como poderia ser diferente? Kissa havia lhe dado uma boa notícia. Assim que Lena havia chegado, no fim da tarde, Kissa perguntou em que ponto estava o seu projeto de evacuação. Lena contou a triste informação que tinha, de que a evacuação começaria após o dia 20 e as inscrições a partir do 18, mas que seriam evacuados primeiro os que estavam inscritos a título provisório como residentes em Leningrado, depois os inválidos de guerra e as mulheres com filhos abaixo dos 12 anos.[157]

Mas Kissa lhe disse: "Pois saiba, minha querida Lena, que já está inscrita conosco; fiz o pedido por você", e explicou tudo em detalhe. Hoje mesmo ela havia sido transferida, em regime de urgência, da rede de estrada de ferro para o centro de evacuação. Passou a trabalhar lá, tratando dos pedidos. Escreveu uma declaração em nome de Lena e a inscreveu na sexagésima posição. Agora Lena não precisa mais correr, se preocupar, se arrastar diariamente até o Instituto do Frio.[158] Basta que feche sua mala e espere o início da evacuação. Começará por volta do 20 e Lena poderá partir logo nos primeiros dias. Entende-se agora por que Lena se levantou tão cedo. Arrumou-se com esmero e se sentou para tricotar. Não viu o tempo passar. Todo mundo acabou se levantando. Lena correu para buscar pão. Ele estava totalmente úmido, mas Lena fez torradas magníficas, que ficaram de fato uma delícia. Todos tomaram chá. Tio Serioja ofereceu galantina a Lena, e Vera, um pedaço de manteiga. Em seguida Lena redigiu uma declaração, ditada por Kissa, e voltou ao tricô. Tinha muito prazer nisso, por ser algo que fazia bem, precisamente como

157 O Conselho de Guerra do front de Leningrado decidiu, em 18 de maio de 1942, retomar as evacuações a partir de 25 de maio. O projeto previa levar 300 mil pessoas para a outra margem do lago Ladoga, território sob controle soviético (chamado na época "Grande Terra"). Eram principalmente mulheres com dois filhos ou mais, deficientes, pais de operários e de empregados anteriormente evacuados, famílias de militares, crianças dos orfanatos, feridos e inválidos de guerra.

158 Era no Instituto do Frio de Leningrado que se produzia o leite de soja.

queria. Lena contava ir embora por volta das 11h30 para passar pela cantina, mas as coisas aconteceram de outra forma. Às 11h teve início um alerta aéreo que durou até as 12h25. Mesmo tendo corrido ao refeitório ao final do alerta, mesmo tendo pegado o bonde que passava e ter chegado bastante rápido, chegou atrasada e, é claro, nada mais encontrou.

Lena subiu para encontrar Maria Fiodorovna, que ficou feliz com a notícia da sua partida. Daí correu até o refeitório da rua Pravda, onde ficou na fila por duas horas e, resumindo, conseguiu purê de ervilhas e salsichão de carne. O purê era consistente e bom, o salsichão bem gordo, saboroso, nutritivo, e não era à toa que davam apenas trinta gramas de salsichão por um tíquete de cinquenta gramas de carne. Na cantina, Lena encontrou Nina Katycheva e soube que as aulas no colégio só teriam início no dia 20 e que continuavam sem dar comida aos alunos, além do refeitório não abrir antes do 18. Assim Lena nada havia perdido ao se desligar dos trabalhos do colégio. Pelo contrário, tinha sido vantajoso, estava totalmente livre e fazendo parte do grupo de defesa antiaérea local.[159] Da cantina, Lena foi pagar o seu aluguel do mês de maio e voltou a fazer tricô. Às seis da tarde desceu à sala da administração do prédio e recebeu um atestado indicando que nada devia e que a cooperativa não se opunha à sua partida. Era o único documento que uma pessoa dependente tinha que apresentar no centro de evacuação.

À noite, como nos últimos dias, Lena foi a seu novo alojamento saboreando de antemão o prazer de tomar um chá quente sabor cítrico, com pão torrado na manteiga. O tempo estava fechado, chovia. Como sempre a essa hora, foi preciso esperar muito pelo bonde. No final, dois chegaram ao mesmo tempo: o primeiro lotado e o segundo apenas cheio. Lena conseguiu entrar e foi sem problemas até a estação Finlândia. Enquanto atravessava a ponte, Lena novamente admirou, pela enésima vez, a beleza do Neva. Que imensidão, que largura, com as cores do crepúsculo e, sobre esse fundo, a fortaleza

159 Lena se contradiz, uma vez que, em 7 de maio, explica ter sido por causa da vista ruim que não ingressou nesse grupo de defesa antiaérea. (N. d. T. F.)

de Pedro e Paulo, a água tranquila como um espelho, e os navios de guerra amarrados no cais, os edifícios da outra margem, tudo refletindo na água do rio em seus mínimos detalhes. Lena não podia afastar o olhar daquele espetáculo, admirando tudo, pois logo iria embora e agora, tendo ainda a oportunidade de ver a beleza do Neva, queria imprimir na memória o espetáculo do rio. Não sabia quando voltaria a vê-lo, talvez somente dentro de muitos anos.

Havia convidados na casa de Vera: um amigo pintor e sua mulher. Ambos vinham do dispensário e gozavam agora de um regime alimentar reforçado. Foram, todos os dois, salvos da morte ao terem acesso a esse estabelecimento, pois estavam tão fracos que nem conseguiam andar. A mulher, além de uma distrofia de segundo grau, tinha também escorbuto. Mas agora se recuperavam e se preparavam para partir também, no dia 25 ou 27. Deviam ir para Rybinsk e tinham procurado Vera para ver se Kissa podia ajudá-los com os procedimentos.

Lena concluiu que seriam seus prováveis companheiros de viagem. Kissa prometeu fazer com que os três viajassem juntos.

O pedacinho de pão grelhado que Lena deixara ali pela manhã se revelou totalmente insuficiente e ela foi se deitar faminta e infeliz, com a firme intenção de ir à padaria no dia seguinte já às 6h procurar pão, mas acabou dormindo até as 7h e não sentia mais uma fome tão cruel a ponto de não poder esperar. Às 8h30 é que foi buscar o pão e às 9h as três tomavam chá. Vera deu a Lena duas colherinhas de sêmola e Kissa, um pouco de carne crua, pois haviam anunciado distribuição de carne e Kissa tinha ido pela manhã buscar, para ela e para Vera, um cordeiro sublime. Kissa e Lena se deliciaram com carne crua.[160] No lugar da manteiga, Lena espalhou no pão mingau de trigo-sarraceno, mas terminando a refeição sentiu que não estava nem um pouco saciada e comeu o pedaço de pão

160 Quarenta anos depois, Lena evocou esse episódio numa carta a Vera Miliutina: "No 1º de maio, como todo mundo, recebi uma fatia de pão branco, um pedaço de carne crua e açúcar em pó. E me lembro perfeitamente de que, saindo da loja, atravessei a rua, me sentei numa pracinha à frente do nosso edifício e fiz um sanduíche bem estranho (só agora parece estranho, não parecia na época): na fatia de pão branco coloquei a fatia de carne crua, salpicada com boa camada de açúcar. E comi com enorme prazer. Não poderia hoje em dia comer algo assim".

que havia deixado para o jantar. E tratou de ir embora, temendo que começasse novo alerta aéreo e ela mais uma vez chegasse atrasada à cantina. Mas não houve alerta e era dia de folga na cantina, de forma que Lena foi conseguir o almoço na rua Pravda. Pegou sêmola e sopa. Voltou para casa, misturou tudo, acrescentou água e botou para ferver uma panela inteira de sopa. Obteve duas tigelas de sopa e uma parte de prato principal (sêmola e um resto espesso de sopa de soja misturado às ervilhas), além de reservar sopa num frasco de vidro para a noite. Somente nesse momento sentiu estar de barriga cheia. Voltou a fazer tricô e não viu o tempo passar. Às cinco, o rádio voltou a funcionar.

Depois tiros de artilharia começaram. Ouviam-se explosões por trás da janela enquanto crianças pequenas falavam pelo rádio. Um concerto havia sido organizado para os combatentes que nos defendem. Com suas vozinhas desajeitadas, estridentes e inseguras, eram muito comoventes! Cantando, recitando poemas, tocando piano e violino. E do outro lado da janela as armas trovejavam, com os alemães querendo nos aniquilar, a nós e a esses pequenos intérpretes que tanto se esforçaram diante dos microfones. Tudo isso causou forte impressão em Lena. E um outro fato a deixou orgulhosa de sua pátria e de seus homens, a história da façanha de cinco marinheiros do Báltico. Eles combateram um grande número de tanques nazistas e lutaram até a última bala, impedindo o avanço daqueles monstros de aço. Mas as forças eram desiguais e os cinco corajosos homens se deram conta de não restar mais muito tempo de vida. Despediram-se então um do outro, se abraçaram pela última vez, se beijaram e sucessivamente com granadas presas a eles se lançaram sob as correias de aço dos carros de combate, explodindo-se ao mesmo tempo que os tanques. Armados de coragem morreram, mas os tanques do inimigo não passaram. Nunca a pátria esquecerá os seus nomes. Entrarão para a história e todos os povos da nossa pátria haverão de compor canções, contos e lendas em sua homenagem. Louvados sejam!

A batalha foi tamanha que esses cinco bravos
Lutaram contra os carros de combate do inimigo.
Lutaram com ousadia e temeridade,
Mas o inimigo era mais forte, a morte se aproximava.
Não, não chegara ainda o momento de morrer,

Era preciso até o fim cumprir o seu dever.
Tinham granadas no cinturão,
Mesmo que a mão direita nada mais pudesse.
Estavam feridos e o sangue escorria [...].[161]

18 DE MAIO

O tempo hoje está particularmente abafado e quente. Imensas nuvens de chumbo atravessam o céu, uma tempestade provavelmente vai cair. Em todo caso, vai chover. Um verdadeiro dia de verão. Árvores e arbustos verdejaram. Nos gramados dos jardins uma relva nova vai surgindo. Os habitantes de Leningrado desde já vão à periferia da cidade para recolher urtiga e azeda-miúda silvestres. É bom para Lena viver dias como este. Busca-se pão de manhã, passarinhos cantam, árvores verdejam, trens apitam, bondes tocam suas campainhas, um avião ruge no céu. É bom viver neste mundo luminoso. Pena por mamãe, que não conseguiu viver até esses dias tão bonitos, ela que tinha tanta vontade de ver os primeiros verdores da primavera.

Vera disse a Lena: "Querida Lena, que sorte a sua: verá o Volga num período tão bonito do ano e irá longe, muito longe. É realmente uma nova vida que começa para você. Lembre que o seu futuro se encontra inteiramente nas suas mãos. Não é algo grandioso?!". Sem dúvida, Lena tem sorte, é verdade, mas uma única e exclusiva coisa impede o completo gozo da felicidade, a falta de comida. Pudesse comer um pouco mais, o mundo pareceria mais bonito. Até pode se sentir feliz, mas resta no fundo uma melancolia e essa melancolia envenena qualquer prazer.

A melancolia... Lena não pode esperar que chegue o dia em que receberá na estação dois quilos de pão, kasha e sopa,[162] quando embarcará no trem e dirá adeus a Leningrado.

161 Texto interrompido.

162 Ao serem evacuados de Leningrado, os moradores devolviam, no local de trabalho ou de moradia, seus cartões de alimentação e recebiam no lugar bilhetes de viagem e de alimentação.

De manhã, Lena tomou chá com uma bala. Como são operárias, Vera e Kissa receberam individualmente cem gramas de chocolate e duzentos gramas de balas, e cada uma deu a Lena uma bala e um pedaço de chocolate. Graças ao prato de sopa que Lena tomou na véspera, sentiu-se satisfeita depois de comer pão e inclusive guardou um pedaço para a noite, mas pouco antes de sair não resistiu e comeu tudo, deixando apenas uma parte minúscula e um pedacinho de chocolate. Realmente, por mais que lute contra si mesma, por mais que tente enganar a fome, a verdade é esta: Lena, o tempo todo, se sente meio faminta.

Não liga para o que vai acontecer amanhã, contanto que esteja satisfeita hoje, ela concluiu, e pegou no refeitório duas porções de sêmola. Quatro tíquetes seus foram destacados. Na cantina, Lena comeu apenas uma colher cheia de sêmola quente e conseguiu levar o restante para casa, o que muito raramente acontecia. Logo, derramou a sêmola numa panela, acrescentou água e preparou uma sopa. Estava muito boa, espessa e saborosa. Lena tomou duas tigelas de sopa e depois um mingau feito com as sobras mais consistentes, porém nem assim teve a sensação de plenitude de quando estava realmente satisfeita. Por exemplo, se depois da sopa tivesse outra porção de mingau bem quente, provavelmente se sentiria bem. Mas tudo se passava de tal maneira que mesmo com o estômago cheio ela teria vontade de comer e teria comido ainda mais.

Kissa disse que se informaria no dia seguinte, 19, sobre a evacuação. Prometeu que faria o possível para que Lena partisse logo nos primeiros dias.

Na última noite houve um alerta aéreo. Os canhões antiaéreos trovejaram tão furiosamente que o imóvel inteiro foi sacudido e os vidros tremeram. Lena olhou pela janela: os inúmeros tentáculos azuis dos holofotes varriam o céu que o tempo todo se iluminava com relâmpagos de fogo. Quando terminaria o alerta? Lena não ouviu o sinal, se virou para o outro lado e dormiu, dizendo para si mesma: se me matarem, tanto faz. À tardinha, tinha havido uma tempestade com uma pancada d'água realmente terrível e mais tarde começaram tiros de artilharia apavorantes. Quem atirava? Nossos soldados ou os alemães? De um jeito ou de outro, os tiros eram tão perto que tudo sacudia e as janelas balançavam. Lena primeiro pensou serem os canhões antiaéreos, mas ao mesmo tempo anunciaram pelo rádio uma troca de tiros de artilharia.

22 DE MAIO

Aconteceu ontem algo curioso com Lena. Tinha saído da casa de Vera às 21h e esperou o bonde por bastante tempo. Quando finalmente chegou, estava muito cheio e o seguinte também. Lena então resolveu tomar a direção oposta. "Não faz mal, não estou com pressa. Vou até o ponto final e de lá chego tranquilamente em casa", ela pensou. No meio do caminho, soube que o bonde estava sendo recolhido à garagem. Desembarcou então e esperou outro na direção oposta, mas nenhum aparecia. Teve que seguir a pé. Deveria percorrer (somente até a casa de Vera), desde a avenida Murinski, cerca de 4,5 quilômetros. E isso ao final de um dia em que praticamente nada havia comido, afora os trezentos gramas de pão, pela manhã, e duas fatias de pão preto torrado que Vera havia oferecido com o chá, à tarde. Lena se pôs a caminho. Não andava, na verdade voava, voava a toda velocidade. Primeiro chorava e só pensava em percorrer o mais rapidamente possível a avenida Lesnoi. Andava inclusive de olhos fechados, para não ver o caminho que faltava percorrer. Mas pouco a pouco o espetáculo em volta fez com que esquecesse sua infelicidade. Era um belo fim de tarde de primavera. Havia no ar um aroma de plantas desabrochadas. O perfume era extraordinariamente agradável. Uma suave brisa soprava. No acostamento se estendiam arbustos, cujas folhinhas pegajosas acabavam de brotar. Atrás dos arbustos, até o barranco da rede ferroviária, estendiam-se encostas lavradas e plantadas com legumes. Ao redor de tudo isso, o ambiente e o silêncio eram fora do comum. Lena avançava aproveitando o fim de tarde primaveril, aspirando nos pulmões o ar maravilhoso, a fragrância perfumada da primavera, e não notou que havia chegado à ponte da estrada de ferro. Viu ali um caminhão cujo motor falhava, estacionando ao longo da calçada, enquanto o motorista fazia reparos ao lado. Após demoradas negociações o motorista aceitou levá-la em troca de uma caixa de fósforos e uma nota de cinco rublos que Vera havia lhe dado.

Depois uma outra cidadã se aproximou e o motorista também aceitou levá-la em troca de um pedaço de pão. A mulher pretendia ir a Cinco Cantos e os três acabaram entrando em acordo que ela fosse deixada na esquina do bulevar Liteiny com a rua Nekrassov. A mulher subiu na caçamba e Lena se acomodou ao lado do motorista: na cabine era quente e confortável. Avançaram como loucos, pois as ruas estavam desertas. De vez em quando passavam por transeuntes solitários. Lena disse ao motorista também precisar ir a Cinco Cantos e pediu que a deixasse o mais perto possível de lá. Ele concordou. Atravessaram uma ponte sobre o Neva e nesse momento o motorista mudou de ideia, não pegou o bulevar Liteiny e virou na segunda rua transversal. Explicou que sua garagem se situava à rua Koniuchennaia e que então seguiria a Fontanka, o jardim de Verão e o Campo de Marte, onde propôs desembarcá-las. Lena concordou e a outra cidadã teve também que descer lá, pegando em seguida a avenida Liteiny. Lena, é claro, saiu ganhando, pois foi levada até a esquina do Campo de Marte com o jardim Mikhailovski. Agradeceu seu salvador e correu para casa a toda velocidade pela Sadovaia, passando ao longo da praça Catarina, da rua Rossi e da rua Tchernychov. Tudo estava deserto e só se ouviam as passadas de alguns transeuntes solitários nas calçadas. Há tempos já havia tocado *A Internacional* no rádio quando Lena finalmente chegou em casa. Subiu com muita dificuldade a escada até o terceiro andar, abriu a porta do quarto, tirou a roupa e desabou na cama, dormindo profundamente. Dormiu como uma pedra até as 11h30. Levantou-se e correu ao Instituto de Coreografia para buscar seu almoço na cantina. No caminho, comprou pão. No exato momento em que começavam terríveis tiros de artilharia. Os obuses assobiavam uns depois dos outros acima de sua cabeça e explodiam do outro lado do Neva. Na cantina, Lena viu Maria Fiodorovna, que falou da saúde de Vera: contou que na véspera ela fizera um exame bacteriófago e estava muito enfraquecida. Estava no extremo desespero, sem poder ir trabalhar etc. Maria Fiodorovna pediu que transmitisse suas lembranças a Kissa e ao tio Serioja. Lena se viu obrigada a pedir um rublo, pois não tinha dinheiro suficiente. Pegou uma porção de massa e cinquenta gramas de carne.

Foi nesse momento que cessaram os tiros de artilharia e Lena se dirigiu à casa de Vera.

Ao chegar, tio Serioja se preparava para acender o fogão e esquentar seu almoço. Com a gordura que Vera ofereceu, Lena fritou seu macarrão, comendo-o com deleite, e depois tomou duas xícaras de chá quente com pão. Eram 14h30. Tio Serioja, em seguida, foi ao médico. Vera adormeceu e Lena ficou olhando os livros, pondo de lado os que gostaria de ler, e depois lavou um pouco de roupa. Quando tio Serioja voltou, Lena foi buscar água e o ajudou a transportar lenha para o depósito. Preparou-se para ir embora o quanto antes. Estava quente mas ameaçando chuva. Inclusive caía uma pequena garoa. Uma atmosfera primaveril. Com o calor, os passarinhos cantavam. Por todo lugar as árvores, as moitas e a terra estavam cobertas de folhinhas. Lena se sentia bem naquele momento e, ao ouvir o apito de uma locomotiva, se sentiu ainda melhor. Seria justamente num dia chuvoso como aquele que gostaria de embarcar num trem e partir para qualquer lugar distante, bem distante.

Quando terminou com a lenha, Lena se instalou confortavelmente junto de Vera no sofá e folheou os livros, ouviu rádio e conversou com ela. Depois Kissa chegou. Lena soube que seu chefe lhe havia dito que o primeiro comboio partiria em 25 de maio, e no trabalho eles tinham passado o dia a organizar as declarações que foram registradas para quatro itinerários. Os dois primeiros seguiam para o sul e os dois seguintes, para o leste. Lena e Boris Belozerov com sua mulher, Nina, iriam juntos no segundo comboio para o leste. A notícia deixou Lena muito feliz: as evacuações então começariam em 25 de maio e não num dia qualquer de junho, como era de se temer. Depois de tomar chá com torradas de pão preto, Lena se despediu e voltou para casa. Estava alegre e contente. O dia seguinte seria 23. E nesse dia, como dissera Kissa, teriam notícias mais detalhadas sobre a evacuação, pois o chefe de Kissa estaria mais bem informado.

25 DE MAIO

Hoje estamos já em 25 de maio. Parto dentro de alguns dias. Kissa disse ser bem possível que eu vá amanhã ou depois de amanhã. Mas estou tão fraca que nada mais faz diferença. Meu cérebro não reage ao que quer que seja, estou sempre meio adormecida. Enfraqueço a cada dia, o que sobrou de minhas forças se vai a cada hora. Há em mim uma total falta de energia. Mesmo a notícia de minha iminente partida me deixou sem qualquer reação. Palavra de honra, chega a ser ridículo, não sou uma inválida nem um idoso ou idosa, sou uma jovem com todo o seu futuro pela frente. Na verdade, estou feliz; na verdade, vou partir em breve. No entanto, olho para mim: com que me pareço?! Um olhar indiferente e melancólico, um andar igual ao de um inválido de terceira categoria, se arrastando com dificuldade, mal conseguindo subir três degraus. E não se trata de invenção nem exagero: nem eu mesma me reconheço. É literalmente o riso entre lágrimas. Antes, digamos há um mês, eu dolorosamente sentia fome durante o dia e minha energia se multiplicava, buscando algo para comer. Por um naco de pão adicional ou não sei mais o que fosse comestível, eu me dispunha a ir ao fim do mundo, mas agora nem fome consigo quase sentir. De maneira geral, não sinto mais nada. Já me acostumei, mas por que me sinto a cada dia mais e mais fraca? Será possível que uma pessoa não possa viver apenas de pão? É estranho.

Hoje me levantei cedo. Comprei pão e cheguei "em casa". O samovar de Kissa já estava pronto. Tio Serioja ainda dormia. Vera, Kissa e eu nos sentamos para tomar chá. É agradável sentar-se a uma mesa redonda com o samovar que chia, um enorme arranjo de frescos ramos verdes e um buquê de pequenas flores brancas que encantam os olhos. Deixei-as logo depois do chá, pois me restava um pedacinho de pão. Levei numa maleta esse pedaço de pão, meu tricô e um livro de Alexei Tolstói, *A máquina infernal do engenheiro Garin*. Lena pegou o segundo bonde que passou para ir até o cinema Pravda. Chegando lá, foi a uma pracinha e leu o livro.

A sua volta a natureza verdeja, os passarinhos se alvoroçam, constroem ninhos, crianças correm por todo lado, piam. Isso é ótimo. Em seguida Lena foi ao refeitório e, com seus dois últimos tíquetes de cereais, pegou um purê de ervilhas numa tigela redonda de lata. Voltou para a rua, sentou-se num jardim junto à cerca e lentamente comeu seu purê bem quente e saboroso. É estranho, antigamente nunca se fazia purê de ervilhas. Havia sopa de ervilhas, mas em refeitório algum era servido purê de ervilhas e nem as donas de casa o faziam. Em qualquer loja de alimentação sempre se encontravam ervilhas, que não eram caras. E bastante nutritivas, podendo-se comprar dois quilos e cozinhá-las. Nem se sabe o que fazer com tudo isso. De agora em diante, com certeza vou continuar preparando no almoço purê de ervilhas.

Terminado o purê, Lena tomou a direção de casa, atravessando os pátios de alguns edifícios e, num terreno baldio, ela notou uma suntuosa vegetação que acabava de surgir. Olhou mais de perto e viu se tratar de brotos de urtiga. Com 5 cm de altura, três folhinhas do tamanho de uma unha. Lena as arrancou e as guardou num saco. Chegando em casa, jogou-as numa panela cheia. Foi perguntar a tia Sacha como se fazia uma sopa de urtigas e ela estava justamente preparando uma. Na verdade é bem simples. É preciso, antes de tudo, fervê-las na água com sal, jogar na água fria, cortar em pedacinhos e novamente ferver. Lena decidiu que mais tarde, "em casa", prepararia uma sopa de urtiga com carne.

Lena Mukhina, 1955.

Posfácio
Em busca de Lena

Terá ela ido ou ficado? Terá ela morrido ou, apesar das dificuldades, sobrevivido? Neste último caso, qual terá sido o seu destino? São perguntas que fizemos assim que chegamos à última página do diário de Lena Mukhina.

Devemos antes fazer um levantamento dos elementos de que dispomos. Na verdade, bem pouca coisa: Lena é aluna do colégio nº 30 de Leningrado; morou no bairro da avenida Zagorodny e da praça Vladimir (praça Nakhimson, na época), das ruas Sotsialistitcheskaia e Raziezjaia com "mamãe" e Aka (sua antiga babá, sua avó?). Tem família em Górki (que voltou ao antigo nome, Nijni-Novgorod), com endereço indicado no diário. Conhecemos sua data de nascimento precisa, mas ignoramos seu patronímico[1] e endereço em Leningrado.

Imediatamente resolvemos pesquisar em diversas direções. Enviamos pedidos ao departamento encarregado do Cartório de Registro Civil em São Petersburgo (ZAGS), imaginando que se Lena fosse nascida nessa cidade conseguiríamos o endereço exato e saberíamos, nem que apenas graças ao regis-

1 Além do nome e do sobrenome, os russos têm um patronímico, que é o nome do pai, seguido do sufixo -uvitch/-evitch para os homens e -ovna/-evna para as mulheres. Esse patronímico é muito importante, pois a maneira mais bem-educada de se dirigir a alguém é chamando-o pelo nome e patronímico, sem utilizar o sobrenome de família.

tro dos moradores, se tinha ou não deixado a cidade. Paralelamente, buscamos informações no Arquivo Central de Documentos Históricos e Políticos de São Petersburgo, onde se encontra o original do diário: como ele chegou ali? A resposta não foi tão esclarecedora. Chegara ao Arquivo com outros documentos recolhidos desde 1962. Mas ninguém mais sabia dar qualquer outra informação a seu respeito ou sobre qualquer outro documento. Os arquivistas, entretanto, nos deram outra esperança. Em uma das seleções de material arquivado e recentemente publicado sobre o cerco de Leningrado encontram-se algumas páginas do diário de Lena Mukhina, com o seguinte *post-scriptum*: "Poucos dias depois, Elena Mukhina foi evacuada de Leningrado. Não se sabe o que ela fez em seguida". Perguntamos à autora dessa publicação, G. I. Ligovskaia, de onde havia tirado a informação e ela nos respondeu: "Um dos meus colaboradores, que trabalhava havia muito tempo no Arquivo, me disse". Mas quem era ele e quando foi isso? Impossível determinar. Mas então ela sobreviveu! Quisemos, no entanto, encontrar outros documentos que confirmassem a informação.

Recebemos então uma resposta do ZAGS de São Petersburgo. Infelizmente negativa. Lena Mukhina não havia nascido em Leningrado. Telefonemas a Nijni-Novgorod, para números encontrados via internet, também não obtiveram sucesso. A primeira etapa da pesquisa se revelou pouco produtiva.

Foi preciso de novo esmiuçar o diário, na esperança de detectar novas pistas. O estudo mais atento do original foi produtivo. Numa das páginas em branco, bem no final do caderno, encontramos uma anotação a lápis, claramente escrita por outra pessoa: "Bernatskaia E. N., 26 Zagorodny prospekt, apartamento 6, tel. 5.62.15". Imediatamente nos lembramos de uma frase do diário: "Escrevo na agenda de mamãe". Talvez E. N. Bernatskaia fosse "mamãe Lena"? A hipótese se confirmou quando, no *Livro de memória* do cerco, lemos um anúncio referente à morte de Lena Nikolaievna Bernatskaia, em fevereiro de 1942, e que havia morado no endereço indicado.

Mas por que tinham o mesmo nome e sobrenomes diferentes? Por que Lena frequentemente diz "mamãe Lena" e não simplesmente "mamãe"? Como explicar as duas menções à morte da mãe no diário, para depois se referir a ela como a alguém que vive? Possivelmente Bernatskaia não era a verdadeira mãe de Lena, e sim a mãe adotiva, tendo em julho de 1941 morrido a verdadeira mãe. A dedução pareceu lógica, mas era apenas uma hipótese.

A principal questão, entretanto, a do destino da jovem, permanecia um enigma. Pesquisar sobre Vera Miliutina nos arquivos — pintora de Leningrado a quem diversas vezes Lena se refere durante a primavera de 1942 e que, como registra o diário, efetivamente se preocupou e agiu para que ela pudesse ser evacuada — parecia uma pista interessante.

Um arquivo com a documentação pessoal de Vera Miliutina e seu marido, o musicólogo Alexandre Rozanov, é conservado no Arquivo Central de Literatura e Arte de São Petersburgo. Batendo os olhos no inventário em que estavam listadas mais de setecentas pastas, chamou-nos a atenção a pasta nº 315: cartas de V. Miliutina a Lena Mukhina. Ambas pintoras! Sete cartas, ao todo 24 folhas, entre os anos de 1942 e 1984. Uma semana depois, quando tivemos acesso a um fino envelope contendo essas cartas e cartões-postais, ficou claro para nós que realmente se tratava de nossa Lena Mukhina. Havia coincidências demais entre elas e o diário para que não fosse. Encontramos resposta à nossa questão essencial: Lena Mukhina foi de fato evacuada de Leningrado no final do mês de junho de 1942 e quatro décadas depois continuava viva e morando em Moscou.

Na pasta havia não somente as cartas, mas também páginas sobre alguns membros da família Miliutina, que são mencionados no diário do cerco, e envelopes com um endereço. Quem sabe Lena ainda estava viva? Antes de telefonar a Moscou, uma dúvida surgiu: seria correto procurar as pessoas em questão? E como reagiriam? Do outro lado da linha, sentimos certo constrangimento: "Conhecemos, sim, Lena Mukhina, mas que diário é esse? Escreveu durante o cerco? Ela nunca nos falou sobre isso...".

Não restava a menor dúvida de que nos referíamos à mesma pessoa. Lena Mukhina não estava mais viva, mas sua sobrinha, Tatiana Sergueievna Mussina e o marido, Rachid Maratovitch, responderam nossas interrogações com bastante interesse. Um álbum de fotografias, cartas de Lena Mukhina, de sua mãe, de "mamãe Lena", assim como documentos de arquivo que descobrimos, esclareceram todas as zonas obscuras que nos embaraçavam: podíamos reconstituir os principais passos do percurso da colegial leningradense Lena Mukhina.

Elena Vladimirovna Mukhina nasceu em Ufa em 21 de novembro de 1924, mas morou em Leningrado desde o início dos anos 1930 com a mãe, Maria Nikolaievna Mukhina. Sofrendo de uma doença grave, Maria Nikolaievna confiou a filha Lena à sua irmã Elena Nikolaievna Bernatskaia, também Mukhina de solteira.

Convém aqui fazer uma rápida digressão e falar um pouco da família Mukhina. Além das duas irmãs, Maria e Elena, havia dois irmãos, Nikolai e Vladimir, assim como uma meia-irmã, Evguenia (Jenia) Jurkova, filha de um casamento anterior do pai. A mãe, Sofia Polikarpovna, era professora primária no vilarejo de Durykino, perto de Moscou. Pelos relatos da família, Sofia Polikarpovna era uma *narodnitsa*, isto é, uma populista de esquerda que participou do movimento de intelectuais plebeus que "iam ao povo" no século XIX. Seu marido, Nikolai, era contador do município de Moscou. A mãe adotiva de Lena, Elena Nikolaievna Bernatskaia, desde criança foi uma entusiasta da equitação, paixão que não diminuiu com a idade. Dançarina, teve que abandonar o palco após uma queda de cavalo, e o amor pelo esporte equestre fez com que mudasse de vida. Mas manteve vínculos com o mundo do espetáculo e se tornou maquetista de cenário no teatro Maly de Leningrado. Lena Mukhina conhecia — e não somente por ouvir dizer — o mundo artístico que envolvia sua mãe, como o cantor Grigori Bolchakov, a pintora Vera Miliutina, o decorador Serguei Senatorski e sua mulher Liubov (chamada "Kissa"), assim como Kira Liphart, encarregada do departamento literário do teatro Maly etc. E o diário confirma tudo isso.

Mas o teatro não garantia boa situação material e esse quadro financeiro não melhora quando Bernatskaia passa a um trabalho independente de copista de projetos. "Agora, isto é, no momento em que escrevo, estou sem trabalho algum e tenho dinheiro para apenas três semanas. Mas isso nem me assusta tanto. De fato, é como vivo desde 1934 [...]. O verão logo chegará e não tenho um copeque sobrando", confessava ela em carta à irmã Jenia, na primavera de 1941. Lena não desconhecia a situação: "Este ano não iremos ao campo. Estamos sem dinheiro", ela anota com tristeza em seu diário em 28 de maio de 1941, prosseguindo em tom vivaz: "Mas não faz mal, inclusive acho bom: há tempos não passo o verão na cidade. Com certeza vou trabalhar". Menos de um mês depois, infelizmente, estourava a guerra.

O leitor sabe, pelo diário, como se passou o primeiro ano de guerra. E depois, o que aconteceu?

No início do mês de junho de 1942, Lena deixou Leningrado. Um comboio transportando habitantes evacuados da cidade tomou a direção de Kotelnitch, no distrito de Kirov, a leste da cidade, e Lena nesse mesmo mês chegou a Górki, onde começou a estudar na escola profissionalizante especializada na fabricação de farinhas. Voltou a Leningrado apenas no outono de 1945, ingressando na Escola de Artes Aplicadas, na qual se diplomou três anos depois como especialista em mosaicos.

Depois de trabalhar por apenas um mês como mosaicista numa fábrica, Lena voltou aos estudos e, em janeiro de 1949, trabalhou numa fábrica de espelhos de Leningrado. "Não só produzia objetos a partir de esboços, mas criava também composições próprias, que não eram ruins", ela escreveu mais tarde a sua tia Jenia. Era um trabalho que ela apreciava. Precisou alugar outra moradia, pois havia perdido o seu quarto ao deixar Leningrado. Mas reduções drásticas nos efetivos da fábrica deixaram-na desempregada.

Vendo-se numa encruzilhada, pensou de início em voltar aos estudos numa escola profissionalizante para obter outra especialização e a possibilidade de fazer carreira, mas não conseguiu alojamento em uma residência para estudantes e com a bolsa de 140 rublos por mês, de que disporia, não teria como alugar um. Não queria também o tempo todo pedir ajuda à família. Lembrando-se da formação obtida na escola profissionalizante em Górki, ela foi a Moscou, procurou a direção da usina de moagem, obteve um posto em Yaroslavl e, de lá, em Rybinsk (Shcherbakov, na época). Nesse momento, porém, seu destino mudou completamente. Recusando um emprego em laboratório numa fábrica de farinhas, ela foi recrutada, em março de 1950, para a região de Kemerovo, no canteiro da central térmica do Kuzbass meridional. Precisou de início trabalhar como simples ajudante, mas no final do mesmo ano foi empregada como artista na direção geral, encarregada dos recursos humanos e folhas de salário. "Minha principal tarefa era a de dar uma forma artística a tudo que dizia respeito à emulação socialista: os slogans, os quadros de índices e de méritos. Com um salário de pouco mais de quinhentos rublos", ela escreveu em carta à sua querida tia Jenia.

No mês de março de 1952 seu contrato expirou e Lena precisou pensar num novo emprego. "Tenho muita saudade de Leningrado, da sua ópera e dos museus. Mas não tenho mais para onde ir lá", ela se lamentou em carta a E. Jurkova. Em Moscou, Lena também não tinha moradia, mas podia contar com a família, então escolheu ir para a capital. No mês de junho de 1952, conseguiu emprego numa indústria mecânica de Kuntsevo, onde trabalhou por quinze anos, basicamente como empacotadora.

Nos anos anteriores à sua aposentadoria, concedida por motivos de saúde, Lena Vladimirovna trabalhou em casa como artista, idealizando estampas para tecidos, encomendados por uma fábrica de artigos para armarinho em Kuntsevo.

Lena Vladimirovna Mukhina morreu em 5 de agosto de 1991, em Moscou.

Alexander Chistikov,
Alexander Rupasov e
Valentin Kovalchuk

Cronologia dos acontecimentos do cerco de Leningrado

1941

14 de junho: publicação de mensagem da agência TASS sobre boatos não fundamentados referentes à "intenção da Alemanha de desistir do pacto unilateral de não ataque e passar à ofensiva contra a Rússia".

22 de junho: início da Grande Guerra Patriótica (nome dado à Segunda Guerra Mundial pelos soviéticos).

Noite de 22 a 23 de junho: primeiro alerta aéreo em Leningrado.

26 de junho: início do metrônomo na rádio de Leningrado: batidas regulares transmitidas por alto-falantes na cidade, o dia inteiro, interrompidas apenas pelos boletins da frente de batalha e pelos programas da rádio de Leningrado. O ritmo lento indicava estar tudo calmo e um ritmo mais rápido anunciava o início dos tiros de artilharia, com um locutor pedindo à população que se dirigisse aos abrigos.

27 de junho: decisão do conselho militar da frente norte, visando à formação de um exército de voluntários em Leningrado, futuro Exército Popular. Início da evacuação de crianças para os distritos de Yaroslavl, Kirov e Sverdlovsk, mas sobretudo para o distrito de Leningrado, do qual os distritos Novgorod e Pskov faziam parte na época.

28 de junho: resolução do Comitê Executivo do Conselho Municipal de Leningrado: "restituição das estações de escuta e dos aparelhos transmissores de toda a população".

Início de julho: construção, pelos habitantes de Leningrado convocados, de obras de defesa nas estradas de acesso à cidade.

10 de julho: invasão do distrito de Leningrado pelas tropas nazistas e início do ataque direto à cidade.

18 de julho: dois aviões penetram até os bairros no sul de Leningrado e lançam duas bombas sobre os imóveis do nº 27, da avenida Syzran. Decisão do conselho popular da URSS de estabelecer um sistema de cartões de alimentação em Moscou, Leningrado e algumas cidades dos distritos de Moscou e Leningrado. A norma para o pão foi fixada em oitocentos gramas para os operários e técnicos, seiscentos gramas para os empregados em geral, quatrocentos gramas para pessoas sem renda e crianças com menos de doze anos.

Julho-agosto: combates defensivos na linha de defesa do Luga, ao longo de 250 quilômetros, desde o golfo da Finlândia até o lago Ilmen.

30 de agosto: tropas nazistas assumem o controle da estação de Mga. Corta-se com isso a última ligação ferroviária de Leningrado com o restante do país.

2 de setembro: primeira redução das rações de pão; para os operários e técnicos, seiscentos gramas; empregados em geral, quatrocentos gramas; pessoas sem renda e crianças com menos de doze anos, trezentos gramas diários.

6 de setembro: primeiro bombardeio do bloqueio: 38 mortos e feridos.

8 de setembro: primeiro ataque das forças aéreas nazistas sobre Leningrado. Incêndio nos depósitos de Badaiev. Trinta e oito depósitos de produtos alimentícios e onze outros edifícios foram incendiados. Os nazistas tomam a cidade de Chlisselburgo, início do cerco completo de Leningrado.

11 de setembro: resolução do Comitê Executivo do Conselho Municipal de Leningrado: estabelecimento de um limite de uso da eletricidade para os produtores e consumidores.

12 de setembro: segunda diminuição nas normas para as rações de pão; os operários e técnicos passam a receber quinhentos gramas, os empregados em geral, trezentos gramas, e as pessoas sem renda e crianças com menos de doze anos, duzentos gramas diários.

13 de setembro: decisão do Conselho Militar da Frente de Leningrado para a

desconexão imediata dos telefones de uso particular e coletivo, exceto para alguns números específicos.
16 de setembro: decisão do Conselho Militar da Frente de Leningrado para a transferência de instituições médicas, das mulheres e das crianças do sul para o norte de Leningrado.
17 de setembro: tropas nazistas tomam a cidade de Slutsk (Pavlovsk) e penetram até o centro da cidade de Púchkin.
19 de setembro: incêndio (consequente a bombardeio) do hospital na esquina da avenida Sovietski (hoje avenida Suvorov) com a rua Krasnaia Konnitsa, provocando 442 mortos e feridos.
1º de outubro: nova baixa das normas para as rações de pão; os operários e técnicos passam a receber quatrocentos gramas, todas as demais categorias, duzentos gramas diários. Resolução do Comitê Executivo do Conselho Municipal de Leningrado: reparo das janelas quebradas com madeira compensada.
Noite de 4 para 5 de outubro: ataque noturno contra um bombardeiro alemão (foi o único no espaço aéreo de Leningrado) pelo piloto A. T. Sevastianov. O avião atacado aterrissa no Jardim de Taurida (na época o principal parque de diversões). Pela façanha, o tenente A. T. Sevastianov recebeu o título de Herói da União Soviética.
13 de novembro: nova diminuição nas normas para as rações de pão; os operários e técnicos passam a receber trezentos gramas, todas as demais categorias, 150 gramas diárias.
17 de novembro: a partir desse dia, o uso de eletricidade se torna exclusivo dos edifícios do Instituto Smolny (sede da direção do Partido Comunista), do Estado-Maior, dos comissariados de polícia, dos comitês de distrito do partido, dos comitês executivos de distrito, dos escritórios de recrutamento de distrito, da direção da Defesa Aérea da Juventude, do telégrafo, da agência de correios, das estações telefônicas, dos bombeiros, dos órgãos judiciários, dos hospitais e dos sindicatos de prédios.
20 de novembro: tropas soviéticas libertam a cidade de Malaia Vichera. Última diminuição nas normas para as rações de pão; os operários e técnicos passam a receber 250 gramas; todas as demais categorias, 125 gramas diários.
21 de novembro: dezenas de toneladas de farinha de trigo são transportadas por

um primeiro comboio de trenós através do lago congelado de Ladoga para os habitantes de Leningrado, isolados do mundo.
22 de novembro: o primeiro comboio de caminhões Ford GAZ-AA chega pela estrada militar 101 (futura Estrada da Vida) e pelo lago Ladoga.
6 de dezembro: fechamento do aquecimento central para imóveis residenciais.
9 de dezembro: as tropas soviéticas libertam a cidade de Tikhvin, e um centro de abastecimento é criado na estação ferroviária da cidade, com considerável diminuição do trajeto para Leningrado.
20 de dezembro: parada definitiva da circulação de trólebus em Leningrado.
24 de dezembro: decisão comum dos bolcheviques e do Comitê Executivo do Conselho Municipal de Leningrado: desmonte das construções em madeira e dos prédios deteriorados dos bairros atingidos por bombardeios.
25 de dezembro: primeiro aumento nas normas para as rações de pão; operários e técnicos passam a receber 350 gramas e todas as demais categorias, duzentos gramas diários.

1942
3 de janeiro: parada definitiva da circulação de bondes na cidade.
13 de janeiro: pela primeira vez, o *Leningradskaia Pravda* publica um anúncio do Comitê Executivo do Conselho Municipal de Leningrado referente à venda de produtos alimentícios com tíquetes, de acordo com as normas mensais. Vários anúncios similares serão em seguida publicados regularmente.
22 de janeiro: decisão do Comitê de Defesa do Estado: evacuação de 500 mil habitantes de Leningrado, começando pela população não qualificada para o trabalho.
24 de janeiro: em consequência da falta de eletricidade, o jornal *Leningradskaia Pravda* não é publicado. Foi a única vez em todos os anos do bloqueio.
Balanço do mês de janeiro: 126.989 pessoas morreram em Leningrado, Kolpino e Kronstadt (pelos números do novo registro de carteiras de identidade, realizado em julho-agosto de 1942). Pelos dados da Defesa Civil, 101.868 pessoas morreram nos quinze bairros da cidade.
Fim de janeiro-início de fevereiro: a produção de pão, em consequência da falta de eletricidade, é interrompida, e surgem dificuldades na distribuição dos car-

tões de racionamento, o que gera um aumento da mortalidade dos habitantes de Leningrado.
10 de fevereiro: decisão do escritório do Comitê do Partido Comunista: abertura de casas de banho na cidade.
Balanço do mês de fevereiro: 122.680 pessoas morreram em Leningrado, Kolpino e Kronstadt (pelos números do novo registro de carteiras de identidade, realizado em julho-agosto de 1942). Pelos dados da Defesa Civil, 108.029 pessoas morreram nos quinze bairros da cidade.
7 de março: resolução do Comitê Executivo do Conselho Municipal de Leningrado relativa à criação de um crematório numa fábrica de tijolos.
8 de março: organização do transporte de mercadorias por bonde; primeiro domingo de trabalho obrigatório para livrar a cidade da neve. Os domingos de trabalho obrigatório seguintes serão 15 e 22 de março.
25 de março: resolução do Comitê Executivo do Conselho Municipal de Leningrado: mobilização de todos os operários qualificados para a retirada da neve no período de 27 de março a 8 de abril. Mais tarde esse período seria prolongado atě 15 de abril.
Balanço do mês de março: 66.365 pessoas morreram em Leningrado, Kolpino e Kronstadt (pelos números do novo registro de carteiras de identidade, realizado em julho-agosto de 1942). Pelos dados da Defesa Civil, 81.541 pessoas morreram nos quinze bairros da cidade.
27 de maio: início de uma nova etapa de evacuação da população de Leningrado.
Balanço do mês de maio: 43.127 pessoas morreram em Leningrado, Kolpino e Kronstadt (pelos números do novo registro de carteiras de identidade, realizado em julho-agosto de 1942). Pelos dados da Defesa Civil, 53.356 pessoas morreram nos quinze bairros da cidade.

1943
18 de janeiro: abertura do cerco de Leningrado. As tropas das frentes de Leningrado e Volkhov conseguem abrir uma ligação nos subúrbios operários nº 1 e nº 5 do distrito de Siniavino.

1944

27 de janeiro: libertação completa de Leningrado e quebra do cerco: 324 canhões festejam a notícia.

Durante os anos de bloqueio

• mais de 107 mil bombas incendiárias e explosivas foram lançadas na cidade e mais de 150 mil granadas foram atiradas. Em média, sobre cada metro quadrado de Leningrado caíram 480 granadas, 320 bombas incendiárias e dezesseis bombas explosivas;

• 187 edifícios históricos da cidade foram destruídos ou gravemente danificados;

• 750 mil habitantes de Leningrado morreram de fome, de doença ou em consequência dos bombardeios e dos tiros de artilharia. Trata-se de uma estimativa: milhares de civis morreram sendo evacuados ou não chegaram ao destino. Outros números foram levantados, variando de 641 mil a 1,5 milhão de pessoas.

ESTE LIVRO, COMPOSTO NA FONTE FAIRFIELD,
FOI IMPRESSO EM PAPEL PÓLEN SOFT 70G/M² NA YANGRAF,
SÃO PAULO, BRASIL, JANEIRO DE 2015.